Philip José Farmer wurde 1918 geboren und trat 1952 schlagartig ins Rampenlicht der Science-fiction-Szene, als sein Roman »The Lovers« herauskam. Bereits 1953 gewann er einen HUGO-Award als »vielversprechendster neuer Autor«; später folgte ein weiterer HUGO-Award für seinen Roman »To Your Scattered Bodies go«. Farmers fünfbändige Serie »The World of Tiers« (Die Welt der tausend Ebenen) gehört zu den farbigsten und phantasievollsten Werken des Autors.

Von Philip José Farmer sind außerdem erschienen:

Meister der Dimensionen (Band 60511)
Lord der Sterne (Band 60513)
Hinter der irdischen Bühne (Band 60514)
Planet der schmelzenden Berge (Band 60515)

Dieses Buch wurde auf chlor- und säurefreiem Papier gedruckt.

Vollständige Taschenbuchausgabe Februar 1996
Die deutsche Erstausgabe erschien erstmals 1979
im Knaur Taschenbuchverlag (Band 5718)

Titel der Originalausgabe »Gates of Creation«

Umschlaggestaltung Agentur Zero, München
Umschlagfoto Image Bank, München
Satz MPM, Wasserburg
Druck und Bindung Ebner Ulm
Printed in Germany
ISBN 3-426-60512-0

2 4 5 3 1

PHILIP JOSÉ FARMER
WELTEN WIE SAND

Die Welt der tausend Ebenen
Band 2

Fantasy-Roman

Aus dem Amerikanischen
von Martin Eisele

Knaur

Erstes Kapitel

Vor Tausenden von Jahren hatten die Herren der Dimensionen und Welten, die sich selbst als »Herren« oder »Lords« bezeichneten, unter Zuhilfenahme von Drogen, Elektronik, Hypnose und Psychotechniken versucht, ohne Schlaf auszukommen. Ihre Körper blieben tagelang, nächtelang, monatelang frisch und kräftig, ihre Augen ungetrübt. Aber ihr Geist nahm Schaden. Halluzinationen, grenzenloser Zorn und eine übermäßige Untergangsstimmung bemächtigte sich ihrer. Einige hielten dieser psychischen Dauerbelastung nicht stand. Sie verfielen dem Wahnsinn – und wurden getötet oder eingesperrt.

Und in jener Zeit erkannten die Lords, daß auch sie, die sie Schöpfer von Universen und Beherrscher einer Wissenschaft waren, die sie nur eine Stufe tiefer stellte als die Götter selbst, träumen mußten. Das Unterbewußtsein, dem man die Kommunikation mit dem Bewußtsein versagt hatte, revoltierte. Und die schlimmste Waffe des Unterbewußtseins war jener Wahnsinn, der die Säulen der Vernunft zum Einsturz brachte ...

Fortan akzeptierten die Lords die Notwendigkeit des Schlafens. Und sie träumten ...

Robert Wolff, der einst Jadawin hieß und der Herr des Planeten der vielen Ebenen – eine Welt, die in ihrer Konstruktion an den Turm von Babylon erinnerte – war, träumte. Und in seinem Traum sah er einen sechszackigen Stern ... Wie von Geisterhand bewegt, war dieser Stern durch das Fenster in sein Schlafgemach geschwebt. Nun stand er – leicht kreisend – über dem Fußende seines Bettes. Sein Zentrum war weißglühend, und jede Facette sandte einen Strahl aus – einer scharlachrot, einer orangefarben, einer azurblau, einer purpurrot, einer schwarz und einer gelb. Der Stern war eines der alten Symbole jener Religion, an die die Herren nicht mehr glaubten, ein *Pandoogaluz.* Ein Hexaculum.

Jetzt pulsierte es wie das Herz der Sonne ... Die Strahlen schienen intensiver zu werden. Sie zitterten über sein Gesicht, über seine Lider, und diese Berührung war sanft und doch bestimmt – wie die spielerische Berührung durch die Pfote einer Hauskatze, die ihre Klauen eingezogen hat.

»Was willst du?« fragte Wolff, und er wußte, daß er träumte. Das Hexaculum stellte eine Gefahr dar. Selbst jene Schatten, die sich zwischen den Strahlen manifestiert hatten, waren böse. Und Wolff wußte, daß das Hexaculum von seinem Vater ausgesandt worden war. Von Urizen, den er seit zweitausend Jahren nicht mehr gesehen hatte.

»Jadawin!«

Keine Stimme hatte seinen Namen ausgesprochen. Die Strahlen des sechszackigen Sternes hatten sich gebogen und gewunden, geschmeidig wie Feuerschlangen. Sie hatten Buchstaben gebildet, Buchstaben des alten Alphabets, der ursprünglichen Schrift der Herren. Wolff sah die leuchtenden Schriftzeichen deutlich – und doch verstand er sie nicht so sehr durch das Sehen ... Da war eine Stimme, welche tief in seinem Innern sprach. Ja, es schien, als reichten die Farben bis ins Zentrum seines Verstandes – um dort eine längst erstorbene Stimme zu erwecken. Die Stimme war tief, so tief, daß sie sein innerstes Selbst erschütterte, herumwirbelte und drohte, es zu Alptraumgebilden zu verformen ... Alptraumgebilde, die ihre schreckliche Gestalt für immer beibehalten würden ...

»Erwache, Jadawin!« grollte die Stimme seines Vaters.

Und bei diesen Worten wußte Wolff, daß dieses strahlende, blitzende Hexaculum nicht nur in seinem Geist existierte. Es war Realität!

Wolff öffnete seine Lider und starrte hinauf zur gewölbten Decke, die in einem weichen, pulsierenden Licht von innen heraus leuchtete – rot, schwarz, gelb und grün. Er streckte seine linke Hand aus, wollte Chryseis, seine Frau, leicht berühren. Aber sie lag nicht neben ihm.
Abrupt setzte er sich auf und sah sich um. Er war allein im Schlafgemach! Wo war Chryseis?
»Chryseis!« rief er.
Dann erblickte er das glitzernde, pulsierende, sechsstrahlige Etwas. Es war ein Stern, der in knapp zwei Metern Höhe über seinem Bett hing. Die Stimme seines Vaters erklang – und sie kam direkt aus dem Stern!
»Jadawin, mein Sohn und mein Feind! Suche nicht nach jenem niederen Wesen, das du dadurch geehrt hast, indem du es zu deiner Gefährtin machtest. Es ist verschwunden – und es wird nicht zurückkehren ...«
Wolff warf die leichte Decke beiseite und glitt aus dem Bett. Seine Gedanken überstürzten sich. Wie war dieses Ding in seinen vermeintlich uneinnehmbaren Palast gelangt? Lange bevor es das im Zentrum gelegene Schlafgemach erreichte, hätte der Alarm ihn, Wolff, wecken müssen! Die massiven Portale des riesigen Bauwerkes hätten sich schließen, Laserbarrieren aktiviert und mehr als hundert weitere tödliche Fallen gestellt sein müssen. Das Hexaculum dürfte normalerweise nicht mehr existieren!
Und doch – nichts war geschehen. Die gegenüberliegende große Wand – für den oberflächlichen Betrachter schien sie lediglich aus verschnörkelter Dekoration zu bestehen, in Wirklichkeit aber war dies die Alarm- und Kontrolldiagrammtafel des Palastes – schimmerte ruhig. Kein Lichtalarm, nichts! Im Umkreis von Millionen Kilometern schien sich kein ungebetener Gast aufzuhalten.
Die Stimme seines Vaters Urizen lachte und höhnte: »Du hast

doch nicht wirklich geglaubt, den höchsten aller Herren mit deinen kümmerlichen Waffensystemen aufhalten zu können? Oder etwa doch? Jadawin – ich könnte dich jetzt, da du bleich und zitternd und schweißüberströmt vor mir stehst und mich anstarrst, töten ...«

»Wo ist Chryseis?« stieß Wolff hervor, ohne auf die Worte seines Vaters einzugehen.

»Chryseis ...«, echote die Stimme Urizens. »Chryseis ist nicht mehr in deinem prächtigen Palast, mein Sohn. Sie wurde – weil sie in deinem Bett, in deinem Universum nicht mehr sicher war, so mühelos und so leise geraubt, wie ein geschickter Dieb ein Juwel raubt.«

»Was willst du damit erreichen, Vater?« fragte Wolff.

»Ich will, daß du versuchst, deine Chryseis zurückzubekommen. Ich will, daß du ihr folgst ...«

Wolffs Muskeln spannten sich. Er warf sich vorwärts, direkt auf den sechszackigen Stern zu! In diesem Augenblick war jegliche Vernunft und Vorsicht, die ihm gesagt hätten, daß dieser impulsive Angriff lebensgefährlich sein könnte, beiseite gewischt ... Wolffs Hände griffen zu ... Aber sie trafen nicht auf Materie. Genau in jenem Moment, in dem er den Raum berührte, den das sternförmige Vieleck beansprucht hatte, verschwand es.

Konnte es sein, daß das Hexaculum nicht wirklich vorhanden gewesen war? Möglicherweise hatte es sich nur um eine Projektion gehandelt. Um eine Art Trugbild, das – wie auch immer – in ihm selbst erzeugt worden war ...

Aber das glaubte er nicht. Der Stern konnte nur eine Kombination von Energiefeldern gewesen sein – Felder, die vorübergehend zusammengehalten und von irgendwoher übertragen worden waren. Der Projektor konnte sich im Nachbaruniversum befinden – oder eine Million Universen entfernt, wenn man hier überhaupt von Entfernung sprechen durfte. Fest stand nur, daß

der Standort des Projektors keine Rolle spielte bei diesem Spiel ... Und – daß es Urizen gelungen war, die Mauern seiner, Wolffs, Welt zu durchdringen und Chryseis zu entführen.
Wolff erwartete nicht, daß sich sein Vater noch einmal zu Wort meldete. Da Urizen mit keinem Wort angedeutet hatte, wohin er Chryseis verschleppt hatte, war seine Chance, sie zu finden, mikroskopisch klein. Und doch wußte Wolff, was er zu tun hatte. Es mußte ihm – wie, das war gleichgültig! – gelingen, den verborgenen, in sich geschlossenen Kosmos seines Vaters ausfindig zu machen. Und dann ... Dann mußte er jenes Tor finden, das ihm Zugang zu dem betreffenden Taschenuniversum verschaffte. Er mußte in jenem Moment, in dem er durch das Tor schritt, die Fallen, die Urizen ihm zweifellos gestellt hatte, entdecken und meiden. Und wenn ihm dies alles gelang – die Wahrscheinlichkeit war äußerst gering –, dann hieß es, an Urizen heranzukommen, ihn zu töten. Nur so konnte er Chryseis retten.
Dies war das viele Jahrtausende alte Muster des Spieles, das die Herren der Universen gegeneinander spielten. Wolff selbst hatte als Jadawin, siebenter Sohn Urizens, zehntausend Jahre des tödlichen Vergnügens überlebt. Aber dieses Überleben war doch nur möglich gewesen, weil er sich damit zufriedengab, in seinem eigenen Universum zu bleiben. Anders als viele andere Herren war er der Welt, die er erschaffen hatte, nicht überdrüssig geworden. Er hatte sie genossen – obgleich es ein grausames Genießen war, wie er jetzt eingestehen mußte. Er hatte nicht nur die Eingeborenen dieser Welt für seine eigenen Zwecke ausgenutzt und benutzt – er hatte auch Fallen ausgelegt, die mehr als einem Eindringling – darunter seinen eigenen Brüdern und Schwestern – zum Verhängnis geworden waren. Die Gefangenen waren auf langsame und schreckliche Art gestorben.
Wolff bereute, was er den Bewohnern seines Planeten angetan

hatte, aber gleichzeitig fühlte er sich schuldlos am Tod jener, die waren wie er. Sie hatten die Risiken gekannt, die ihrer harrten, wenn sie in sein Universum eindrangen ... Und wäre es ihnen gelungen, die Verteidigungssysteme seines Palastes zu überwinden und ihn, Wolff, zu überwältigen – so hätten sie ihm eine wahrlich schmerzensreiche Zeit bereitet, bevor ihm der Tod geschenkt worden wäre.

Einmal gelang es Vannax, in dieses Universum einzubrechen ... Wolff erinnerte sich nur zu gut. Vannax hatte ihn angegriffen – und es tatsächlich geschafft, ihn in das irdische Universum zu schleudern. Doch der Angreifer hatte einen hohen Preis bezahlen müssen – er war von ihm, Wolff, in dieses andere Universum mitgerissen worden. In der Zwischenzeit war der an dieser Auseinandersetzung unbeteiligte Arwoor in das nun herrenlose Universum eingezogen und hatte von der Welt der Ebenen Besitz ergriffen.

Er selbst, Wolff, hatte einen Schock erlitten. Er hatte sein Gedächtnis verloren. Die Tatsache, daß er waffenlos und unvorbereitet in ein fremdes Universum geschleudert worden war und daß es für ihn keine Möglichkeit gab, wieder in seine eigene Welt zurückzukehren, hatte sein Bewußtsein überfordert. Der Halbgott Jadawin war am Ende gewesen ... Leere hatte sich in ihm ausgebreitet. Eine *Tabula rasa.*

Von einem Mann namens Wolff – er besaß in Kentucky eine kleine Farm – wurde er in der Wildnis gefunden und schließlich, nachdem jeglicher Versuch, seine wirkliche Identität festzustellen, gescheitert war, adoptiert. Der Alte gab ihm den Namen Robert Wolff, und er ließ ihn verschiedene Schulen besuchen. Er lernte schnell. In erstaunlich kurzer Zeit brachte er Grundschule und College hinter sich – und schließlich begann er zu studieren. Er promovierte zum Doktor der Philosophie und lehrte an verschiedenen Universitäten des Ostens und des Mittelwestens. Erst im Alter von sechzig Jahren (auf dem

Planeten Erde war er – obgleich in seinem eigenen Universum, auf seiner eigenen Welt, unsterblich und ewig jung – gealtert!) bekam er seine Chance ... Er sollte herausfinden, was vor jenem Tag geschehen war, als er jenen Hügel in der Wildnis Kentuckys hinabstolperte – und seine wahre Identität erkennen.

Lange Jahre hindurch hatte er Latein, Griechisch und Hebräisch gelehrt. Nun wollte er sich in der Nähe von Phoenix, Arizona, zur Ruhe setzen und ein Haus der Hohokam-Wohnanlage kaufen. Und dort, in diesem Neubau – noch während der Besichtigung – begann das Abenteuer. Ein »Tor« hatte sich aufgetan – und ihn in jenes Universum zurückgeführt, das er erschaffen und zehntausend Jahre lang regiert hatte.

Auf der untersten Ebene des Säulenplaneten, dieses erdgroßen Babylonischen Turmes, war er Chryseis begegnet und hatte sich in sie verliebt. Damals war seine Erinnerung noch nicht vollständig zurückgekehrt. Er hatte anfangs nicht gewußt, daß er der Herr dieser Welt war – und sie eine seiner Halbschöpfungen. Denn trat er, nachdem Arwoor besiegt war, erneut die Herrschaft über sein Universum an. Aber er war nicht mehr derselbe, der er einst gewesen war. Er hatte sich verändert. Er war menschlich geworden ...*

Chryseis' Verlust schmerzte ihn – und dieser Schmerz und die Angst vor dem, was ihr zustoßen könnte, ließen ihn weinen. Und seine Tränen waren ein Beweis seiner Menschlichkeit. Keiner der Herren vergoß um ein anderes Lebewesen Tränen – obwohl man erzählte, daß Urizen vor Freude geweint habe, als er vor einigen tausend Jahren zwei seiner Söhne erledigt hatte.

Wolff gab sich einen Ruck. Er durfte nicht noch mehr Zeit verschwenden. Er machte sich daran zu tun, was getan werden mußte. Zuerst mußte er dafür sorgen, daß der Palast während

* Wolffs Geschichte wird in Philip José Farmers »Meister der Dimensionen«, Knaur-TB. Nr. 60511, erzählt.

seiner Abwesenheit besetzt war. Er wollte bei seiner Rückkehr keine unliebsamen Überraschungen erleben. Die Möglichkeit, daß sich ein fremder Herr hier einnistete, bestand jederzeit. Und ein herrenloser Palast, eine herrenlose Welt stellte eine riesige Verlockung dar. Nur einen Mann gab es, der in der Lage war, in seine Fußstapfen zu treten – und dem er vertrauen konnte. Dieser Mann war Paul Janus Finnegan, der auf der Erde, in Terre Haute/Indiana, geboren wurde – und den man Kickaha nannte.

Kickaha war es gewesen, der ihm das Silberhorn gegeben hatte. Und mit Hilfe dieses Silberhorns war es ihm gelungen, in seine Welt zurückzukehren. Und Kickaha hatte Seite an Seite mit ihm gegen Arwoor gekämpft. Dank seiner unersetzlichen Hilfe hatte er es geschafft, seine eigene Herrschaft über dieses Universum zurückzugewinnen ...

Das Silberhorn!

Mußte er damit nicht in der Lage sein, Urizens Welt aufzuspüren und das Tor zu dieser Welt zu finden? Seine Schritte hallten auf dem Chrysopras-Boden, als Wolff zur Wand hinübereilte. Eines der gigantischen Adlerweibchen des Planeten der vielen Ebenen war hier dreidimensional wiedergegeben. Wolff berührte einen unsichtbaren Sensorpunkt. Lautlos schwang ein Teil der Wand beiseite und gab den Blick auf eine Nische frei. Das Horn war verschwunden! Also hatte Urizen nicht nur Chryseis, sondern auch das alte Silberhorn von Shambarimen geraubt!

Sei es drum. Er war fest entschlossen, dem – zugegeben – wertvollen Horn nicht nachzutrauern. Dieses Horn war, irgendwann, zu ersetzen. Chryseis jedoch ...

Wolff eilte durch die Korridore und Hallen des Palastes, und überall stellte er erneut fest, was er bereits wußte: Kein einziges Alarmsystem hatte angesprochen. Alles ruhte, war still und friedlich, gerade so, als sei dies lediglich ein weiterer Tag in der Reihe der glücklichen, unbeschwerten Tage, die verstrichen

waren, seit er zurückgekehrt war. Unwillkürlich fröstelte Wolff. Ein eiskalter Schauer kroch über seinen Rücken.
Immer schon hatte er seinen Vater gefürchtet. Jetzt, da er unmittelbar Zeuge der scheinbar unermeßlichen Macht Urizens geworden war, fürchtete er ihn um so mehr. Dennoch würde er ihm folgen. Er würde ihn aufspüren und ihn töten. Und vielleicht würde er bei dem Versuch, dies zu tun, sterben ...
In einem der gigantischen Kontrollzentren setzte er sich vor ein Steuerpult und aktivierte die Bildschirme. Annähernd zehntausend Video-Optiken existierten – als Felsen oder Bäume getarnt – auf jeder der vier unteren Weltenebenen, und sie übermittelten nun automatisch und in rascher Folge Bilder aller strategisch wichtigen Orte.
Zwei Stunden lang saß Wolff vor den Bildschirmen, auf denen sich die Bilder jagten. Keine Spur von Kickaha! Und mit jeder Sekunde, die ergebnislos verstrich, wurde Wolff nervöser. Er wußte, daß es mehrere Tage dauern konnte, bis er eine erste Fährte Kickahas gefunden hatte ... So lange konnte und wollte er nicht warten. Er gab das Psychomuster Kickahas ein und verließ das Steuerpult. Wenn Kickaha jetzt von einer der Optiken erfaßt wurde, hielt der Bildschirm die entsprechende Szene fest. Ein Signal würde ihn, Wolff, vom Erfolg der Suche unterrichten.
Er aktivierte zehn weitere Steuerpulte. Die Systeme nahmen ihre Tätigkeit umgehend auf. Hypersensible Strahlen tasteten den Kosmos der Paralleluniversen ab, registrierten jene Universen, die bereits seit Ewigkeiten existierten – und ermittelten neugebildete. Eintausendundacht Universen waren bekannt und in seinen nunmehr siebzig Jahre alten Aufzeichnungen registriert. An den Universen, die in der Zwischenzeit neu erschaffen worden waren, war Wolff interessiert.
Urizen lebte nicht mehr in seinem ursprünglichen Universum Gardazrintah, wo Wolff mit vielen Brüdern, Schwestern, Vet-

tern und Kusinen aufgewachsen war. Urizen, der ganzer Welten so schnell müde und überdrüssig wurde, wie ein verzogenes Kind sich mit neuem Spielzeug langweilte, hatte Gardazrintah verlassen. Und er war seitdem dreimal »umgezogen«. Die Wahrscheinlichkeit, daß er sich nun in einem vierten neuen Universum niedergelassen hatte, war groß. Nun, die Chance, dieses Universum zu finden, war, wenn sie auch nicht überwältigend groß erschien, zumindest gegeben.
War ein Universum völlig abgeschlossen, so blieb es unauffindbar. Abgesehen davon konnte es lediglich durch die unverwechselbare, von jedem Tor ausgestrahlte Frequenz aufgespürt werden. Wenn ihm Urizen die Suche erschweren wollte, dann aktivierte er ein Tor, das sich in regelmäßigen oder auch willkürlichen Abständen öffnete. Und wenn sich dieses Tor nicht gerade in jenem Augenblick auftat, in dem der Suchstrahl den entsprechenden Parallelkorridor abtastete, würde es niemals aufgespürt werden. Blieb das Tor geschlossen, so war es für den Strahl einfach nicht existent.
Wie auch immer – es gab eine Hoffnung. Urizen wollte, daß er ihm folgte. Also würde er ihm die Verfolgung nicht allzu schwer – oder gar unmöglich – machen.
Ein *Talos,* ein halborganischer Robot, der an einen Ritter in voller Rüstung erinnerte, servierte Wolff ein leichtes Frühstück. Wolff aß hastig. Dann rasierte er sich und duschte in einem Raum, der aus einem einzigen Smaragd geschnitten worden war. Nachdem er sich erfrischt hatte, kleidete er sich an. Er trug Kordsamtschuhe, eine engsitzende Kordsamthose, ein kurzärmeliges Kordsamthemd, welches am Hals geöffnet und dessen Kragen oben einwärts geschwungen war, sowie einen breiten Gürtel aus Mammutleder. Über seiner Brust ruhte ein rotes Jadebildnis, das an einer goldenen Kette befestigt war. Shambarimen, der große Künstler und Kunsthandwerker der Herren, hatte es ihm gegeben, als er noch ein zehnjähriger Junge gewesen

war. Das sanfte Rot der Jade war der einzige hellere Farbton seiner Kleidung. Hose, Hemd sowie Schuhe waren von dunklem Braun. Wenn er sich im Palast aufhielt, kleidete er sich einfach – oder überhaupt nicht. Und lediglich, wenn er zu Staatszeremonien zu den unteren Ebenen hinunterstieg, hüllte er sich in die großartigen Roben und trug den reichgeschmückten Hut eines Herrn. Bei der Mehrzahl seiner Besuche auf den unteren Ebenen kam er ohne Prunk, ohne Aufsehen, gekleidet oder nicht gekleidet wie die Eingeborenen – und unter fremdem Namen. Und niemand erkannte ihn ...

Wolff verließ den Palast. Er ging hinaus in einen der vielen hundert wie Balkons angelegten Gärten. Ein *Auge* – so wurden die Raben, die so groß waren wie Weißkopfadler, genannt – hatte sich auf einem Baum niedergelassen. Dieses Tier war eines der wenigen, die den Sturm auf den Palast und Arwoors Sturz überlebt hatten. Nach Arwoors Ende hatten die Raben – da sie stets dem jeweiligen Beherrscher dieser Welt dienten – ihre Loyalität auf Wolff übertragen.

Wolff befahl dem Raben, auszufliegen und nach Kickaha zu suchen. Er würde seine Gefährten und auch Podarges Adler davon benachrichtigen, daß dieser Mann auf der Stelle zum Palast zu führen sei. War Wolff nicht anwesend, sollte Kickaha als *Herr auf Zeit* regieren. Sollte er nach angemessener Zeit noch immer nicht zurück sein, stand es Kickaha frei zu tun, was er wollte. Der Rabe erhob sich in die Lüfte, glücklich darüber, daß er einen Auftrag auszuführen hatte.

Wolff wandte sich ab und kehrte in das Kontrollzentrum des Palastes zurück. Noch immer forschten die Optiken erfolglos nach Kickaha. Die Taststrahlen jedoch, die nur Mikrosekunden benötigten, um auszuschweifen, zu forschen und zu identifizieren, hatten Ergebnisse erbracht. Während Wolff den Papierstreifen aufnahm, auf dem in den klassischen Schriftzeichen der alten Sprache die entsprechenden Informationen ausgedruckt

worden waren, ließ er die Taster weiterhin aktiviert. Möglicherweise hatte der Strahl Tore, die bisher geschlossen gewesen waren, noch nicht wahrgenommen und erfaßt.
Fünfunddreißig neue Universen waren erschaffen worden. Und lediglich eines dieser Universen wies nur ein einziges Tor auf.
Wolff legte ein Spektralbild dieses Tores auf einen der wandgroßen Monitore. Ein sechszackiger Stern, dessen Mitte rotglühend war ... Rot für – Gefahr!
Dieser Hinweis war so eindeutig, als hätte Urizen selbst ihm gesagt, wohin er sich zurückzuziehen gedachte. Dort ist das Tor ... Verfolge mich! Versuche, mich zu erledigen – wenn du es wagst.
Wolff stellte sich das Gesicht seines Vaters vor. Die hübschen Gesichtszüge eines Falken mit Augen, die wie feuchte, schwarze Diamanten schimmerten. Die Herren alterten nicht. Physiologisch verharrten ihre Körper im Griff der ersten fünfundzwanzig Jahre ihres Lebens. Aber Gefühle waren stärker als selbst die Wissenschaft der Herren. Gemeinsam mit ihrer Verbündeten, der Zeit, fraßen sie sich in den Fels des Fleisches.
Als er seinen Vater zuletzt gesehen hatte, waren die Furchen des Hasses tief in sein Gesicht eingegraben gewesen. Gott allein mochte wissen, wie tief diese Furchen heute sein mochten. Tief, sehr tief wahrscheinlich – denn sicherlich hatte Urizen niemals aufgehört zu hassen.
Urizen war sein Feind – schon immer war er dies gewesen. Als Jadawin war er sich dieser schwelenden Feindschaft immer bewußt gewesen, und doch hatte er niemals – wie so viele seiner Brüder und Schwestern – versucht, ihn zu töten. Er hatte einfach nichts mit ihm zu schaffen haben wollen. Jetzt hatte Urizen die unschuldige Chryseis in das tödliche Spiel einbezogen. Er hatte ihn herausgefordert. Und Wolffs Geduld war am Ende. Jetzt wollte er Urizen töten ...
Aufbau und Manifestation eines Tores, das dem Frequenzbild

des Hexaculum-Eingangs zu Urizens Welt entsprach, wurden automatisch vorgenommen. Zweiundzwanzig Stunden benötigten die technischen Systeme des Kontrollzentrums für diese Aufgabe. Und als das Tor »stand«, waren sämtliche Optiken des Planeten abgefragt. Kickaha hatte nicht gefunden werden können. Das mußte nicht unbedingt bedeuten, daß sich der unstete Bursche nicht auf diesem Planeten aufhielt. Möglicherweise war er einfach außerhalb des Sichtbereichs der Optiken – oder an einem von hunderttausend möglichen oder unmöglichen Orten. Die Welt der Ebenen hatte eine größere Landfläche als die Erde, und die Optiken deckten lediglich einen winzigen Teil hiervon ab. Es konnte lange dauern, bis Kickaha bildlich erfaßt wurde.

Das Hexaculum war betriebsbereit, und Wolff beschloß, keine Zeit zu verschwenden. Er nahm ein leichtes Essen zu sich und trank Wasser, denn er wußte nicht, wie lange er ohne Essen und Trinken auskommen mußte, wenn er durch das Tor getreten war. Dann bewaffnete er sich. Den Laser und den Dolch befestigte er an seinem Gürtel, den Bogen sowie den mit Pfeilen gefüllten Köcher streifte er über seine Schulter. Diese Waffen waren – das wußte er nur zu gut – primitiv im Vergleich zu den hochtechnisierten Todesbringern, denen er entgegentreten wollte. Eine der ironischen Komponenten der Technologie der Herren der Universen war es jedoch, daß gerade solche primitiven Waffen in gewissen Szenerien wirksam waren.

Aber Wolff erwartete eigentlich nicht, seine Waffen einsetzen zu können. Viel zu gut kannte er die Vielzahl von Fallen, deren sich die Herren bedienen konnten, um sich und ihre Welt zu schützen.

Wolff riß sich von diesen Gedanken los. »Und jetzt«, sagte er, »muß es getan werden. Es hat keinen Sinn, länger zu warten.«

Dort war das Hexaculum. Ein flammender, sechszackiger Stern

– das Tor zu Urizens Welt. Wolff gab sich einen Ruck und schritt durch das Tor. Die Umgebung veränderte sich ...
Wind pfiff und zerrte an seinem Körper. Finsternis umgab ihn. Einen schwindelerregend kurzen Augenblick glaubte er, riesige Hände zu fühlen, die nach ihm griffen. Und dann ...
Er stand auf grasbewachsenem Boden. Nicht weit entfernt wucherten großblättrige Farne. Ein Ozean erstreckte sich in sanftem Blau bis zum Horizont. Roter Himmel wölbte sich über ihm. Keine Sonne stand an diesem Firmament – und doch kam Licht aus allen vier Himmelsrichtungen. Wolff registrierte dieses Phänomen, ohne nach einer möglichen Antwort zu suchen. Im gleichen Sekundenbruchteil stellte er fest, daß er nach wie vor seine Kleidung trug und auch seine Waffen ihm nicht abhanden gekommen waren. Aber hatte er, als er durch das Tor geschritten war, nicht real gefühlt, wie sie ihm weggerissen wurden? War dies nur Einbildung gewesen? Wahrscheinlich.
Und noch etwas stellte er fest: Er war nicht im Innern von Urizens Festung materialisiert. Oder etwa doch? Wenn dies seine Festung war, dann war es zweifellos der wohl ungewöhnlichste Wohnsitz eines Weltenbeherrschers, den er je gesehen hatte.
Wolff wandte sich um und wollte nach dem Hexaculum sehen, welches ihn hierher befördert hatte. Das Tor war verschwunden, schien niemals existiert zu haben. Statt dessen erhob sich auf einem breiten, flachen Felsen ein großes, weites Sechseck aus einem rötlich schimmernden Metall. Und Wolff erinnerte sich plötzlich daran, daß irgend etwas ihn aus dem Schlund dieses Metallsechsecks gestoßen hatte. Daß er mehrere Schritte hatte machen müssen, um die Wucht des Stoßes auszugleichen, um nicht zu fallen.
Urizen hatte ein anderes Hexaculum-Tor geschaffen. Und er hatte es fertiggebracht, ihn, Wolff, umzuleiten. Und jetzt war er hier – wo immer dieses *Hier* auch sein mochte. Warum hatte Urizen sich damit begnügt, ihn umzuleiten? Warum hatte er ihn

nicht in einer tödlichen Falle festgesetzt? Oder – war diese Umgebung tödlich? Wenn dem so war, so würde er es früh genug erfahren.
Wolff wußte, was geschehen würde, wenn er versuchte, das Tor, das ihn hierhergebracht hatte, in umgekehrter Richtung zu durchschreiten. Da er ein Mann war, der die Dinge nicht einfach als gegeben und unabänderlich hinnahm, versuchte er es trotzdem. Er stieg auf den Felsen und näherte sich dem Sechseck ... Ungehindert ging er hindurch und – nichts. Er stand auf der anderen Seite des Sechsecks.
Flucht war also ausgeschlossen. Es war ein Tor, das lediglich in einer Richtung begehbar war ... Eine Einbahnstraße zwischen den Dimensionen. Eigentlich hatte er nichts anderes erwartet.
In diesem Augenblick hüstelte jemand, der direkt hinter ihm stehen mußte. Mit schußbereitem Laser wirbelte Wolff herum.

Zweites Kapitel

Abrupt brach das Land zum Meer hin ab; es gab keinen Strand, der die Macht der Brandung besänftigte. Und dort unten war ein Tier aus dem Wasser aufgetaucht ... Nur noch ein paar Meter trennten es von Wolff. Behäbig und doch auf seine Art geschmeidig kam das Etwas herangewatschelt. Die säulenartigen Gehwerkzeuge knickten immer wieder ein, als gäbe es keine Knochen, die stützend wirkten. Der Leib des Wesens war humanoid, von einer dicken Fettschicht eingehüllt, und der Bauch wölbte sich vor wie der einer Weihnachtsgans. Auf dem langen, biegsamen Hals ruhte ein menschlicher Schädel. Die Nase war flach und hatte große, ovale Löcher. Schlangenleibähnliche Ranken aus rotem Fleisch wucherten rund um das Maul. Die Augen waren riesengroß und moosgrün. Ohren schien das Wesen nicht zu haben – zumindest waren sie nicht sichtbar. Ein dunkelblaues, ölig glänzendes Fell bedeckte Schädel, Gesicht und Körper.

»Jadawin!« krächzte die Kreatur. Und sie bediente sich der alten Sprache der Herren! »Jadawin! Töte mich nicht! Erkennst du mich denn nicht?«

Wolff war erschrocken, aber dieses Erschrecken hielt sich in Grenzen. Vielleicht versuchte dieses Etwas, ihn abzulenken! Er sicherte nach allen Seiten – aber es schien keine Gefahr zu drohen. In diesem Augenblick wenigstens nicht.

»Jadawin! Erkennst du denn deinen eigenen Bruder nicht?«

Wolff hielt den Atem an. Dann schüttelte er langsam, bedächtig den Kopf.

»Nein, ich ... ich erkenne dich nicht«, erwiderte er ehrlich. Und er fragte sich, ob dieses ... dieses Ding nicht nur ein böses Spiel mit ihm trieb. Zweifel keimten jedoch sogleich in ihm auf. Was, wenn es die Wahrheit sagte? Wenn es einer der Brüder war? Nun, dann blieb immer noch der Faktor Zeit. Wenn er dieses Wesen jemals Bruder genannt hatte, so mußte dies Jahrtausende zurückliegen.

Diese Stimme ... Wolff grub in den Lagen verstaubter Erinnerungen tiefer und tiefer – wie ein Hund nach einem alten, vor langer Zeit vergrabenen Knochen sucht. Aber ...

Wieder schüttelte Wolff den Kopf. Und auch jetzt ließ er in seiner gespannten Wachsamkeit seine Umgebung keinen Sekundenbruchteil lang unbeachtet. »Wer bist du?« fragte er schließlich.

Die Kreatur winselte, und dies verriet Wolff, daß sein Bruder – wenn er hier tatsächlich einen der Brüder vor sich hatte – bereits seit sehr, sehr langer Zeit in diesem Körper gefangen sein mußte. Kein Lord, kein Angehöriger einer Rasse, die Welten und Universen schuf, winselte!

»Willst du mich verleugnen? Bist du wie die anderen? Wie jene, die nichts mit mir zu tun haben wollten? Oh ... sie machten sich lustig über mich! Sie spien mich an. Und sie verjagten mich mit Fußtritten und höhnischem Gelächter. Sie sagten ...« Mit einem verzweifelten Glucksen brach das Wesen ab, schlug die Schwimmflossen gegeneinander und wandte sein Gesicht ab. Tränen quollen aus den moosgrünen Augen, rannen über die fellbedeckten Wangen.

»O Jadawin, sei nicht so wie die anderen«, flehte die Kreatur eindringlich »Du warst immer mein Lieblingsbruder ... Sei du nicht so grausam wie sie ...«

Die anderen, dachte Wolff. Also waren andere schon vor ihm hier auf dieser Welt gewesen, hatten sich wie er an diesem Ort materialisiert ... Wie lange mochte das zurückliegen?

Noch während ihm dieser Gedanke durch das Hirn jagte, wandte er sich wieder an die Kreatur. »Albern wir nicht herum –

wer immer du sein magst. Nenne deinen Namen!« Ungeduld schwang in Wolffs Stimme mit.
Die Kreatur erhob sich auf die knochenlosen Säulenbeine. Muskeln ließen das sie bedeckende Fell anschwellen, als es einen Schritt nach vorn tat. Wolff wich nicht zurück. Aber er war nach wie vor auf der Hut. Seinen Laser hielt er feuerbereit im Anschlag. »Du bist jetzt nahe genug herangekommen! Nenne deinen Namen!«
»Du bist so schlecht wie die anderen!« keuchte das Wesen, immer noch weinend. Aber es blieb stehen. »Auch du denkst an niemanden als an dich selbst. Dich bewegt nicht, was mit mir geschehen ist, was mir angetan wurde! Rühren dich meine Leiden und Qualen und Agonien während all dieser Zeit – oh, dieser unermeßlich langen Zeit – überhaupt nicht?«
»Vielleicht – wenn ich weiß, wer du bist«, antwortete Wolff hart. »Und es würde mich interessieren, was mit dir geschehen ist . . .«
»O Herr aller Herren!« stieß das Wesen schrill hervor. »Mein eigener Bruder!«
Und mit diesen Worten setzte es erneut einen Fuß vor. Nässe quoll unter den Schwimmhäuten hervor. Eine der an Schwimmflossen erinnernden Hände hob sich in einer mitleiderregenden Geste, schien nach einer sanftmütigen Hand zu flehen. Dann hielt es inne, und der Blick seiner Augen huschte zu einer Stelle direkt neben Wolff.
Wolffs Reaktion erfolgte im Bruchteil einer Sekunde . . . Er warf sich nach links und wirbelte herum. Seine Hand, die den Laser hielt, ruckte hoch, deckte ihn sowohl gegen das Wesen, das vorgab, sein Bruder zu sein, und gegen jenen Gegner, den er hinter sich vermutet hatte. Aber niemand war hinter ihm!
Ein verdammter Trick! Sekundenlang hatte Wolff seine Aufmerksamkeit auf den vermeintlichen Gegner in seinem Rücken konzentriert – und dies nutzte die Seekreatur aus. Im gleichen Moment, als sich Wolff zur Seite warf, schnellte sie vorwärts.

Instinktiv fühlte er die Gefahr. Er konnte dem ungestümen Angriff des Wesens entgehen – beinahe. Wuchtig schmetterte die rechte Flosse gegen seinen linken Arm und seine Schulter. Dieser Schlag war gewaltig genug, um ihn benommen zur Seite taumeln zu lassen. Der Laser entfiel seiner plötzlich kraftlosen Hand.

Aber Wolff war kein leichter Gegner. Er war hart im Nehmen. Und er war stark. Seine Muskeln waren durch die Wissenschaft der Herren gestählt, seine Nervenimpulse doppelt so schnell wie normal. Wäre er ein normaler Erdenmensch gewesen – der Kampf wäre entschieden gewesen. Der erste Schlag der Kreatur hätte seinen Arm zerschmettert, und er wäre nicht mehr in der Lage gewesen, dem zweiten Angriff zu entkommen.

Aber Wolff war kein Erdenmensch. Er war nicht kampfunfähig – noch nicht!

Die Seekreatur landete, vor Wut und Enttäuschung kreischend, an jener Stelle, an der Wolff eben noch gestanden hatte. Kraftvoll und geschmeidig duckte sie sich auf ihren Beinen nieder, als wären es Sprungfedern ... Sie drehte sich, fixierte Wolffs neuen Standort und warf sich auf ihn. All dies geschah mit einer unglaublichen Geschwindigkeit. Die Kreatur schien einem viel zu schnell laufenden Film entsprungen zu sein ... Ein real gewordener, gedankenschneller Alptraum!

Wolff gelang es, sein Gleichgewicht wiederzuerlangen. Er wich der Kreatur aus. Nur wenige Schritte entfernt lag der Laser. Wolff warf sich nach vorn. Der Schatten des Ungetüms glitt über ihn hinweg, das Kreischen, das es ausstieß, war ohrenbetäubend laut. Direkt an seinem Ohr schien das Wesen den Schrei ausgestoßen zu haben ... Dieser Eindruck haftete sekundenlang in Wolffs Geist fest – und dann schlossen sich seine Finger um den Griff des Lasers. Wolff überschlug sich mehrmals und kam geschmeidig auf die Füße. Der neuerliche Angriff ließ nicht auf sich warten. Dieses Mal war Wolff bereit.

Das Wesen war heran! Wolff sprang zur Seite, und gleichzeitig schmetterte er den leichten, aber praktisch unzerstörbaren Metallgriff des Lasers auf den Schädel des Gegners. Ein dumpfer Laut. Die Wucht des riesigen Körpers schleuderte ihn zurück. Wolff fiel, rollte sich aber gewandt über die Schulter ab. Breitbeinig und leicht wankend stand er und sah zu dem Seewesen hinüber. Bewegungslos, mit dem Gesicht nach unten, lag es auf dem Grasboden. Blut quoll aus einer Schädelwunde.

Jemand klatschte Beifall. Wolff wandte sich um. Zwei menschliche Wesen – ein Mann und eine Frau – standen etwa dreißig Meter entfernt landeinwärts im Schatten eines Farnwedels. Die beiden trugen die prächtige Kleidung der Herren, und abgesehen von den Schwertern, die in Scheiden aus Rohleder oder Fischhaut an ihren Gürteln befestigt waren, schienen sie waffenlos zu sein.

Die beiden setzten sich in Bewegung und kamen rasch näher. Ungeachtet ihrer offenkundigen Harmlosigkeit ließ Wolff nicht von seiner Wachsamkeit ab. Jetzt hatten sie sich bis auf zwanzig Meter genähert.

»Stehenbleiben!« befahl Wolff.

Die Seekreatur stöhnte und bewegte den Schädel, machte jedoch keinerlei Anstrengungen, sich aufzusetzen. Wolff brachte eine sichere Distanz zwischen sich und die Kreatur. Den Mann und die Frau ließ er nicht aus den Augen.

»Jadawin!« rief die Frau mit einer wunderschönen, tiefen Altstimme, die sein Herz und seine Erinnerungen aufwühlte. Obwohl er sie seit fünfhundert Jahren – oder war es noch länger? – nicht gesehen hatte, erkannte er sie jetzt.

»Vala!« flüsterte er. Dann, lauter: »Vala! Was ... was machst du hier?« Die Frage war rein rhetorischer Art, denn Wolff konnte sich natürlich denken, daß auch sie von ihrem Vater überlistet worden war. Und jetzt erkannte er den Mann. Es war Rintrah,

einer seiner Brüder. Vala, seine Schwester, und Rintrah, sein Bruder, waren ebenfalls in Urizens Falle gegangen!
Vala lächelte ihn an, und sein Herz schlug schmerzhaft hart gegen seine Brust. Von allen Frauen, die er kannte, war sie die schönste. Lediglich zwei Ausnahmen gab es: seine liebliche Frau Chryseis – und eine weitere Schwester, Anana, die Schöne. Deren Schönheit übertraf die Valas noch. Aber er hatte Anana nie so geliebt wie Vala – und er hatte sie nie so gehaßt, wie er Vala gehaßt hatte.
Wieder applaudierte Vala. »Gut gemacht, Jadawin«, meinte sie dann. »Nichts von deinem Können und keine deiner Fähigkeiten hast du eingebüßt. Dieses Wesen ist ebenso gefährlich, wie es abscheulich ist. Oh, es krümmt sich und winselt und versucht so, dein Vertrauen zu gewinnen. Und dann ... Bevor du dich versiehst, sitzt es dir an der Kehle. Beinahe wäre es ihm gelungen, Rintrah umzubringen, als er hier materialisierte ... Nun, ich habe dies verhindert. Ich habe es mit einem Felsbrocken bewußtlos geschlagen.« Sie lächelte leicht, gerade so, als plaudere sie über eine Nebensächlichkeit. »Du siehst also, Bruder Jadawin«, setzte sie dann, immer noch lächelnd, hinzu, »daß auch ich mich mit diesem Zeitgenossen befaßt habe.«
»Und warum hast du diesen ... Zeitgenossen verschont?« setzte Wolff sogleich mit einer Frage nach. »Warum hast du ihn nicht getötet?«
Jetzt lächelte auch Rintrah. »Sag, erkennst du deinen eigenen kleinen Bruder nicht, Jadawin? Dieses Wesen dort – es ist dein geliebter, dein reizender kleiner Theotormon.«
»Mein Gott!« keuchte Wolff. »Theotormon! Wer hat ihm das angetan?«
Weder Vala noch Rintrah antworteten. Und Wolff wußte, daß seine Frage nicht beantwortet werden mußte. Dies war Urizens Welt. Nur Urizen konnte den Bruder derart ... verformt haben.

In diesem Augenblick stöhnte Theotormon. Er setzte sich auf. Eine seiner Flossen hatte er auf die immer noch blutende Schädelwunde gelegt. Seinen monströsen Körper wiegte er vor und zurück. Er jammerte unentwegt. Dann richtete sich der Blick der grünen Augen auf Wolff, und sein Mund formte stumme Schmähworte und Beleidigungen, die er nicht laut auszusprechen wagte.

»Du willst mir doch nicht einreden, daß ihr sein Leben aus bloßen geschwisterlichen Gefühlen verschont habt? Ich denke, daß ich euch besser kenne ...«, meinte Wolff voller Ironie.

Vala lachte amüsiert und antwortete an Rintrahs Stelle. »Natürlich war es nicht der von dir zitierten Gefühle wegen. Ich dachte mir, daß er uns später noch nützlich sein könnte ... Er kennt diesen kleinen Planeten gut, da er ja schon so lange Zeit hier lebt.« Sie machte eine kleine Pause, um ihre Worte zu unterstreichen. Dann fuhr sie fort: »Theotormon ist ein Feigling, Jadawin. Da er nicht den Mut hatte, sein Leben im Irrgarten Urizens zu erkämpfen, blieb er auf dieser Insel. Und er degenerierte, wurde so, wie die Eingeborenen dieser Insel sind.

Urizen, unser Vater, wurde es müde, darauf zu warten, daß er seine nicht vorhandene Männlichkeit unter Beweis stellte. Er fing ihn ein und brachte ihn in seine Festung Appirmatzum. Dort gab er dem Feigling Theotormon einen neuen Körper. Dort machte er dieses abscheuliche Seewesen aus ihm. Und selbst in seiner neuen Gestalt wagte er es nicht, durch die Tore in Urizens Palast zu gehen. Er zog es vor hierzubleiben und lebte fortan als Einsiedler. Er haßte und verabscheute sich, und sein Haß und seine Abscheu sind noch gewachsen. Jetzt haßt er nicht nur sich. Er haßt alle Lebewesen und vor allem jene, die wie einst er selbst der Rasse der Herren angehören.

Theotormon ernährt sich von den Früchten der Inseln, von Vögeln und Fischen und anderen Seetieren, die er zu fangen vermag. Er frißt sie roh, und wenn sich die Gelegenheit bietet, tötet er auch Eingeborene und verzehrt sie. Aber sie haben dieses Schicksal verdient, denn sie sind Söhne oder Töchter anderer Herren ... Kretins und Feiglinge wie Theotormon. Sie durchlebten ihr erbärmliches Leben auf diesem Planeten, zeugten Kinder, zogen sie auf und starben. Auch sie sind Urizens schreckliches Werk. Wie Theotormon wurden sie in Appirmatzum verändert und schließlich in einem neuen, abscheulichen Körper wieder hierhergebracht. Vermutlich glaubte unser Vater, sie würden ihn dafür so sehr hassen, daß sie darüber ihre Feigheit vergäßen. Ja, vielleicht hoffte er sogar, daß sie versuchen würden, über die Planetenfallen nach Appirmatzum zu gelangen, um sich zu rächen. Aber allesamt waren sie zu feige. Selbst nach der Übelkeit erregenden Umwandlung zogen sie diese Art der Existenz einem heldenhaften Tod vor.«

»Ich sehe«, sagte Wolff, »daß ich noch eine Menge über dieses kleine Arrangement unseres Vaters lernen muß. Aber woher weiß ich, ob ich euch vertrauen kann?«

Vala lachte. »Alle, die in Urizens Fallen gegangen sind, leben auf dieser Insel. Luvah bereits seit einem halben Jahr, die anderen erst seit einigen Wochen.«

»Und – wer sind diese anderen?«

»Einige unserer Verwandten«, antwortete Vala. »Außer Rintrah und Luvah halten sich noch unsere Brüder Enion und Ariston hier auf. Und unsere Cousins Tharmas und Palamabron.« Sie unterbrach sich, lachte erneut und zeigte zu dem roten Himmel empor. »Alle, alle hat unser Vater überlistet! Alle sind, nach einer herzzerreißenden Trennung, die Jahrtausende dauerte, wieder zusammengekommen! Ein trautes Familientreffen, wie kein Sterblicher es sich je vorstellen kann.«

»Ich kann es mir vorstellen«, versetzte Wolff trocken. »Aber du hast meine Frage noch nicht beantwortet. Kann ich euch vertrauen?«

»Wir haben einen Pakt geschlossen«, erklärte Rintrah. »Alle, die wir auf dieser Insel gefangen sind, kamen überein, persönliche Feindschaften beizulegen und zusammenzuarbeiten. Nur gemeinsam wird es uns letzten Endes möglich sein, Urizen zu schlagen.«

»Einen Pakt«, murmelte Wolff überrascht. »So weit ich zurückdenken kann – niemals schlossen die Herren einen Pakt miteinander. Und doch ... Ich erinnere mich daran, daß Mutter einst von einer Übereinkunft gesprochen hat, die viertausend Jahre vor meiner Geburt beschlossen wurde. Zu jener Zeit, als die Black Bellers die Herren bedrohten. Urizen hat also zwei Wunder vollbracht. Er hat es geschafft, acht Angehörige seiner Rasse in eine Falle zu locken. Und er hat es – indirekt – geschafft, daß diese acht – sich normalerweise gegenseitig bekriegenden – Individuen einen Pakt miteinander schließen. Möge dies Urizens Untergang sein!«

Und im Namen des Vaters aller Herren, des großen Eponym Los, legte Wolff seinen Eid ab. Er schwor, alle Regeln des Friedensabkommens bis zu jener Zeit, da sie gemeinsam dessen Auflösung beschließen würden – oder tot waren – zu beachten. Selbst als er diesen Eid ablegte, wußte er, daß er sich nicht darauf verlassen konnte, von den anderen nicht hintergangen zu werden. Und er wußte, daß Rintrah und Vala sich dessen bewußt waren – und ihm deshalb nicht mehr vertrauten als er ihnen. Im Grunde genommen war der Pakt eine Farce – aber wenigstens ermöglichte er eine Zusammenarbeit auf Zeit. Es war nicht sehr wahrscheinlich, daß es einen vorzeitigen Bruch gab. Aber eine gute Gelegenheit und dazu die Wahrscheinlichkeit, ungestraft davonzukommen – dies könnte für alle sehr, sehr verführerisch sein.

»Jadawin!« winselte Theotormon, der bis jetzt geschwiegen hatte, unvermittelt. »Jadawin! Mein leiblicher Bruder ... Mein Lieblingsbruder, der einst sagte, daß er mich immer lieben und beschützen werde. Du ... du bist so wie die anderen. Auch du willst mich verletzen und willst mich töten! Ja, deinen eigenen kleinen Bruder willst du töten ...«

Vala spie das Wesen an. »Du lausiges, feiges Ungeheuer! Du ... du bist nicht mehr unser Bruder! Und du bist nicht einmal mehr ein Herr! Warum verschwindest du nicht? Warum tauchst du nicht hinab in die Tiefe, um nie wieder aufzutauchen? Warum ertränkst du dich nicht? Warum schaffst du deine Furchtsamkeit und Treulosigkeit nicht aus unseren und den Augen all jener Wesen, die Luft atmen? Mögen die Fische sich von deinem fetten Kadaver ernähren ...« Vala setzte kurz ab und zog eine Grimasse. »Aber wahrscheinlich würden dich sogar die Fische wieder ausspeien ...«

Mit einer flehend ausgestreckten Flosse kroch Theotormon auf Wolff zu. »Oh, du weißt ja nicht, wie sehr ich leiden mußte, Jadawin. Ist denn überhaupt kein Mitleid für mich in deinem Herzen? Immer ... immer dachte ich, daß wenigstens du besitzt, was all den anderen fehlt. Früher zeigtest du oft ein warmes Herz und Mitgefühl. Du warst anders als diese seelenlosen Bestien!«

»Du hast versucht, mich zu töten«, erinnerte ihn Wolff. »Und du würdest es wieder versuchen, wenn sich dir eine günstige Gelegenheit bieten würde.«

»Nein, nein«, beteuerte Theotormon und versuchte, beschwichtigend zu lächeln. Ein grotesker Anblick! »Du hast mich mißverstanden, Bruder. Ich ... ich wollte dich nur entwaffnen, um dir alles erklären zu können. Ja, ich wollte dir von all dem Bösen, das mir widerfahren ist, erzählen, wollte erzählen, wie ich zu dem wurde, der ich jetzt bin. Nichts Böses wollte ich dir antun. Ich habe geglaubt, daß du mich haßt und verachtest, weil ich dieses geringe Dasein dem ehrenhaften Tod vorziehe.

Du warst bewaffnet, und du hast mir nicht geglaubt, als ich dir sagte, daß ich dein Bruder bin. Also hoffte ich, dich überzeugen zu können, nachdem du entwaffnet warst. Vielleicht hättest du mich verstehen können. Ja, und dann ... dann hättest du mir dein Mitleid geschenkt und mich wieder geliebt, so, wie du es getan hast, als wir noch Knaben waren und im Palast unseres Vaters lebten. Das ist alles, was ich tun wollte – alles erklären, damit ich wieder geliebt werde. Ich will nicht mehr gehaßt werden ... Und ich wollte dir nichts Böses antun. Im Namen von Los schwöre ich es dir!« Theotormon unterbrach seine hastig hervorsprudelnde Rede und blickte Wolff an.

»Ich werde mich später mit dir unterhalten«, sagte Wolff. »Jetzt aber solltest du gehen ...«

Theotormon watschelte davon. Als er das Ufer erreicht hatte, drehte er sich um und geiferte Wolff Obszönitäten und Kränkungen entgegen. Wolff hob den Laser. Es war eine drohende Geste, aber sie sollte Theotormon lediglich einschüchtern.

Die Kreatur stieß einen quakenden Schrei aus, schnellte sich wie ein Riesenfrosch ab – und tauchte ins Wasser. Wolff starrte noch sekundenlang auf jene Stelle, an der das Wesen untergetaucht war. Nichts geschah. Theotormon tauchte nicht wieder auf.

»Wie lange kann er es unter Wasser aushalten?« wandte sich Wolff an Vala.

»Ich weiß es nicht«, erwiderte sie. »Vielleicht eine halbe Stunde ... Aber ich glaube nicht, daß er das Atmen so lange einstellt. Wahrscheinlich hat er sich in eine der Höhlen, die es in den Wurzeln und Blasen im Fundament dieser Insel gibt, geflüchtet.« Sie fügte hinzu, daß es an der Zeit war, sich mit den anderen zu treffen.

Während sie durch den Farnwald gingen, erklärte Vala die physikalischen Gegebenheiten dieser Welt, soweit sie ihr bekannt waren. »Sicherlich hast du bemerkt, wie nah der Horizont ist«, sagte sie. »Dieser Planet hat einen Durchmesser von dreitausendvierhundertundachtzig Kilometern ...«

Also etwa vergleichbar mit der Größe des irdischen Mondes, ging es Wolff durch den Kopf.
»... und doch ist die Schwerkraft nur wenig geringer als die unseres Heimatplaneten ...«
Nicht viel höher als die Schwerkraft der Erde, kommentierte er in Gedanken.
»Oberhalb der Atmosphäre endet die Schwerkraft abrupt«, fuhr Vala fort. »Überhaupt dehnt sich die Gravitation in diesem Universum nur mäßig aus. Sämtliche anderen Planeten besitzen ähnliche Felder.«
Diese Information erstaunte Wolff nicht. Natürlich vermochten die Herren mit Magnetfeldern Dinge anzustellen, von denen die Erdenmenschen bisher noch nicht einmal geträumt hatten.
»Die Oberfläche dieser Welt besteht zu einhundert Prozent aus Wasser.«
»Und was ist mit dieser Insel?«
»Es handelt sich um eine schwimmende Insel. Ihr Ursprung ist eine Pflanze, die am Grunde des Meeres gedeiht. Hat diese Pflanze ihre Reifezeit erreicht, füllt sich ihre Blase mit einem Gas, das von einer Bakterienart produziert wird. Daraufhin reißt sich die Pflanze von der Wurzel los und schwebt zur Oberfläche empor. Wurzeln und Ranken breiten sich aus, manchmal verbinden sie sich mit anderen Pflanzen ihrer Art. Gelegentlich entsteht so eine Art Festland auf dem Ozean. Der obere Teil der Pflanze stirbt schließlich ab und wird zu Humus, während der untere Teil weiterhin gedeiht. Die Exkremente von Vögeln, die von den alten Inseln zu den neuen ausschwärmen, verbinden sich mit dem Humus. Futterreste, die sie fallen lassen, mögen Samenkörner enthalten. Aus diesen entwickeln sich die Farne und die ganze restliche Vegetation.«
Wolff deutete mit dem Kopf auf mehrere weißlich schimmernde Felsbrocken – jeder einzelne mochte gut vier Meter im Durchmesser betragen –, die nahe dem Bambusdickicht verstreut

herumlagen. »Aber wie passen dann diese Felsen in deine Geschichte?«
»Die inselbildenden Gasblasenpflanzen sind nur eine von mehreren tausend Arten. Es existieren andere Pflanzen, die sich auf dem Meeresgrund an Felsgestein klammern – und dieses, wenn sie zur Oberfläche steigen, emportragen. Die Eingeborenen schleppen die Felsen – vorausgesetzt, sie sind nicht zu wuchtig – heran und verteilen sie auf den Inseln. Gerade diese weißlichen Felsen wirken – aus welchem Grund auch immer – sehr anziehend auf die *Garzhoos,* Vögel, die von den Eingeborenen bevorzugt getötet oder auch gezähmt werden.«
»Und die Trinkwasserversorgung?«
»Wir sind von einem Süßwasserozean umgeben.«
In diesem Augenblick sah Wolff hinter dem an dieser Stelle eine Lücke freigebenden Gestrüpp aus purpurroten, gelbdurchwirkten Farnen und hüfthohen, mit Beeren beladenen Büschen einen riesigen schwarzen Bogen am Horizont erscheinen. Der Bogen wuchs, wölbte sich empor, größer und größer werdend. Knapp sechzig Sekunden später war er zu einer gewaltigen Kugel geworden, die sich über den Horizont erhob und am Firmament emporkletterte.
»Unser Mond«, sagte Vala. »Hier sind einige Dinge – anders. Es gibt keine Sonne. Das Tageslicht kommt direkt vom Himmel. Also sorgt der Mond für die Nacht. Er schiebt sich zwischen die Lichtquelle und diese Welt. Es entsteht eher eine Art Zwielicht als Dunkelheit, aber immerhin ...
Später wirst du den Planeten Appirmatzum, der das Zentrum dieses Universums bildet, sehen können. Und du wirst die fünf untergeordneten Planeten, die sich um Appirmatzum drehen, erblicken ... Fünf große, völlig schwarze Planeten, die wohl eine ähnliche Funktion wie der Mond erfüllen.«
»Woher stammt dein Wissen über den Aufbau von Urizens Welt?« wollte Wolff wissen.

»Von Theotormon. Er hat es mir natürlich nicht freiwillig gegeben. Er ist ein mürrisches und egoistisches Biest. Also nahmen wir ihn gefangen – und befragten ihn. Auf unsere Art. Und er hat jede unserer Fragen beantwortet. Die meisten seiner Narben dürften in der Zwischenzeit verheilt sein«, setzte sie dann hinzu und lachte.
Und Wolff fragte sich in diesem Moment, ob Theotormon nicht doch gute Gründe hatte, sie töten zu wollen. Irgendwann würde er – in sicherer Distanz, versteht sich – mit Theotormon reden müssen. Und er war neugierig, wieviel von Valas Geschichte über ihren Umgang mit ihm stimmte …
Vala blieb stehen und berührte Wolffs Arm. Er glaubte an einen Trick und wollte sich zur Seite werfen, irgend etwas zu seiner Verteidigung unternehmen … Aber es war kein Angriff. Vala blickte – ebenso wie Rintrah – alarmiert zum Himmel empor.

Drittes Kapitel

Farne und hochaufragende Bäume hatten das Objekt, das etwa fünfzehn Meter über ihnen schwebte, bisher ihren Blicken entzogen. Jetzt jedoch war es deutlich zu sehen.

Eine gewaltige Masse, gut fünfhundert Meter breit, fünfzehn Meter dick und nahezu eintausendfünfhundert Meter lang, trieb dort – entgegen allen Naturgesetzen dieser Welt – am Himmel. Ein Wind wehte von irgendwoher – Norden, Süden, Osten und Westen hatten in dieser Welt ohne Sonne keinerlei Bedeutung –, und er war es, der das Ding vorantrieb.

»Was ist das?« fragte Wolff.

»Eine Himmelsinsel«, antwortete Vala. »Schnell ... Wir müssen das Dorf erreichen, bevor der Angriff erfolgt!«

Ohne eine Reaktion Wolffs abzuwarten, begann sie zu laufen. Rintrah und Wolff folgten ihr.

Von Zeit zu Zeit blickte Wolff zu dem fliegenden Objekt empor. Es machte gute Fahrt und kam ziemlich schnell am anderen Ende der Insel herunter. Wolff holte Vala ein und erkundigte sich danach, wie das Ding gesteuert wurde.

»Der in den riesigen Blasen enthaltene Wasserstoff wird durch Ventile reguliert. Dafür sind viele Eingeborene nötig, denn jedes Blasenventil wird von Hand bedient. Wollen die *Abutal* die Insel in eine bestimmte Richtung bringen, so wird Gas aus den Blasenbänken, die sich auf jener Seite befinden, die der gewünschten Bewegungsrichtung entgegengesetzt ist, freigelassen. Sie erwirken auf diese Art und Weise zwar nicht sonderlich viel Schubkraft, aber sie sind sehr geschickt. Daneben haben sie noch gegen den Wind zu kämpfen – und nicht immer manö-

vrieren sie wirkungsvoll. Wir wurden schon zweimal von den *Abutal* angegriffen, und beide Male haben sie unsere Insel verfehlt. Du mußt wissen, daß sie eine Art Anker auswerfen – Steine, die an Tauen befestigt sind –, um langsamer zu werden. Diese Methode ist nicht sehr wirkungsvoll – glücklicherweise. Während der ersten Angriffe kamen die *Abutal* abseits der Insel herunter, und sie mußten sich mit einem Angriff vom Meer aus begnügen. Wir konnten sie zurückschlagen.« Plötzlich blieb sie stehen, den Blick nach oben gerichtet. »O nein! Das müssen die Ilmawir sein! Möge Los uns beistehen!«
Zunächst glaubte Wolff, jene etwa fünfzig Schatten, die sich nun von der Himmelsinsel lösten, seien kleine Flugzeuge. Als sie jedoch zu kreisen begannen, um gegen den Wind zu landen, erkannte er, daß es Gleiter waren. Die Flügel wiesen eine Spannweite von knapp fünfzehn Metern auf und waren aus einem blaß schimmernden Material gefertigt. An den Rändern waren sie gezackt. Die Unterseite eines jeden Flügels trug ein Bild: ein überdimensionales Auge mit darüber gekreuzten Schwertern. Der Rumpf der Gleiter bestand aus einem nackten Gerüst, dessen Rippen wie das Steuer und die Querruder scharlachrot bemalt waren. Der Pilot saß in einem Korbgeflecht direkt vor den Flügeln. Die Spitze des Gleiters war abgerundet, und ein langes Horn – es erinnerte an den Stachel eines Narwales – ragte daraus hervor. Später sollte Wolff erfahren, daß diese Hörner von riesigen Fischen stammten.
Ein Gleiter zog über sie hinweg. Wenn er diesen Kurs beibehielt, würde er unweit von ihnen niedergehen. Ganz deutlich konnte Wolff den Piloten ausmachen. Sein Gesicht war wie das eines irdischen Indianers mit roten und grünen Kreisen bemalt, schwarze Streifen zogen sich bis zu den Schultern den Hals entlang. Das Haar des Humanoiden stand mindestens einen halben Meter hoch und glänzte von einer Art Fixieröl.

»Das Dorf ist noch gut einen Kilometer von hier entfernt«, erklärte Vala. »Es liegt am äußersten Ende der Insel.«
Wolff wunderte sich über den besorgten Klang ihrer Stimme. Was kümmerte es eine Herrin, was mit den anderen geschah?
»Wenn es den Ilmawir gelingt, auf der Insel niederzugehen, werden sie jedes menschliche Wesen weit und breit töten. Da ihre Himmelsinsel überbevölkert ist, werden sie ihresgleichen auf dieser Insel zurücklassen, eine Kolonie, wenn man so will.«
Hin und wieder gab es Erhebungen, entstanden durch das unregelmäßige Wachstum der Blasen. Wolff stieg auf eine dieser Erhebungen und spähte über die Farne hinweg. Das Himmelsfloß der *Abutal* war tiefer gesunken, und es sank weiterhin. Kein Zweifel, dieses Mal würde es exakt landen!
Dort lag das Dorf. Eine Ansammlung bienenkorbähnlicher Hütten, die aus Farnen errichtet worden waren. Ein etwa sechs Meter hoher Schutzwall aus Steinen, Bambus, Farnen und einigen stumpfgrauen Pfählen – Knochen gigantischer Meereswesen? – umgab die Siedlung. Männer und Frauen eilten aufgeregt durcheinander. Jetzt bezogen sie Stellung hinter dem Wall. Mehrere Gruppen befanden sich außerhalb. Männer und Frauen waren mit Speeren oder mit Bogen und Pfeilen bewaffnet.
Etwas abseits, hinter dem Dorf, gab es aus Bambusstöcken errichtete Anlegeplätze. Boote verschiedener Bauarten und Größen lagen daran vertäut.
Nur noch wenige Meter befand sich die Himmelsinsel vom Boden entfernt. Der Untergrund der Insel bestand aus dichtem Wurzelgestrüpp. Öffnungen waren zu erkennen. Durch diese Öffnungen wurden im gleichen Augenblick, als Wolff sie wahrnahm, Anker ausgeworfen. Sie klatschten ins Meer oder verfingen sich an den Anlegestellen. Andere wiederum krachten gegen den Wall, verhedderten sich in dem wirren Durcheinander. Oder sie schrammten über den nackten Boden und

krachten gegen die Wände der Hütten. Gleichzeitig ging ein Pfeilhagel auf die Verteidiger nieder. Speere und Steine und brennende Gegenstände wurden herabgeschleudert. Hütten gingen in Flammen auf. Die brennenden Gegenstände explodierten, und dichter schwarzer Rauch stieg von ihnen auf. Zahlreiche Inselbewohner lagen bereits bewegungslos am Boden.

Und doch waren sie nicht so hilflos, wie es auf den ersten Blick scheinen wollte. Aus einem großen Gebäude, das in der Dorfmitte errichtet worden war, kamen jetzt Männer und Frauen mit seltsamen Gerätschaften herbeigeeilt. Sie entzündeten die Gegenstände, die daraufhin hell aufloderten und rasch aufstiegen. Im Wurzelwerk der Himmelsinsel verfingen sie sich. Noch heller flackerten die gierigen Flammen auf. Und dann erfolgten mehrere Explosionen. Das Feuer breitete sich im Wurzelwerk aus. Gleichzeitig wurde das Dach einer Hütte angehoben. Mit einem häßlichen Geräusch fiel es zu Boden. Wie die Blütenblätter einer Blume, die sich unter den wärmenden Strahlen des Tageslichtes öffnet, klappten die Wände der Hütte sauber geordnet nach außen. Ein Katapult, ein riesiger Bogen mit eingelegtem Pfeil – offenbar war er aus dem gleichen Material gefertigt wie die Stachel der Fluggleiter – wurde sichtbar. Die Inselbewohner befestigten in fliegender Hast brennende Gasblasen an der Pfeilspitze. Und dann schnellte der Pfeil mit einem sirrenden Geräusch von der Sehne und fraß sich tief in die Unterseite der Himmelsinsel!

Die Männer, die das Katapult bedienten, zogen das Tau ein.

Ein Mann glitt durch eine Luke des Himmelsfloßes. Zehn weitere Männer folgten ihm. Wie Fallschirmspringer schwebten sie herab, denn ihr Fall wurde von einem Bündel Gasblasen, die am Brustharnisch befestigt waren, gehemmt.

Ein Pfeil tötete den ersten *Abutal,* bevor er den Boden der Insel berührte. Wieder hoben die Verteidiger ihre Bögen. Und wieder

jagte der gefiederte Tod von den Sehnen. Drei weitere Angreifer wurden durchbohrt.
Aber sieben *Abutal* hatten überlebt. Mit geschmeidigen Bewegungen landeten sie, nur wenige Meter von dem Katapult entfernt. Sie streiften die Gasblasen ab und stellten sich dem Kampf. Die Eingeborenen hatten sie umzingelt. Ein Kampf, der auf beiden Seiten voller Wildheit und Verbitterung geführt wurde, entbrannte. Die *Abutal* kämpften tapfer. Aber es war ein aussichtsloses Unterfangen. Nur einer von ihnen erreichte das Katapult – und wurde von zwei Speeren getötet.
In der Zwischenzeit war die fliegende Insel allmählich über das Dorf getrieben worden. Weitere Ankersteine wurden von der Besatzung ausgeworfen. Stricke wurden über die Farne geschleudert, und riesige Schlingen schnürten sich zusammen.
Als die Luftinsel am Bug Halt gefunden hatte, drehte sie sich leicht. Die Hauptmasse stand nun genau über diesem Teil der Insel. Die Fluggleiter hatten indessen ihre Mission erfüllt. Wenngleich auch sie Tribut gezahlt hatten. Zahlreiche Gleiter hatten sich überschlagen. Andere wiederum waren in das überall vorhandene Gestrüpp der Farne gekracht und hatten sich verfangen. Wieder andere waren in dem festen, dichten Buschwerk zerschellt. Aber mindestens zwanzig Piloten hatten den Niedergang ihrer Gleiter unverletzt überstanden. Bereit zu kämpfen, zu töten, schoben sie sich durch den Dschungel.
Jemand rief seinen Namen. Vala stand am Fuße des Hügels. »Was hast du vor?« fragte sie, und Ärger schwang in ihrer Stimme mit. »Du mußt Partei ergreifen, Jadawin – ob du nun willst oder nicht. Wenn du es nicht tust, werden dich die *Abutal* umbringen.«
»Vielleicht hast du recht«, erwiderte er und kam den Hügel herunter. »Aber ich wollte nicht blindlings in dieses Abenteuer stürzen, ohne zu wissen, wer wo steht und wie der Kampf bisher verlaufen ist.«

»Immer noch der vorsichtige und gewandte Jadawin«, sagte sie. »Also gut, du hast mir eine Lektion erteilt. Dein Verhalten zeigt, daß du kein Dummkopf bist – aber das war mir bereits bekannt. Glaube mir, Jadawin – du brauchst mich ebensosehr, wie ich dich brauche. Ein Abenteuer dieser Art besteht man nicht allein.«

Sie gingen durch den Farnwald, und kurze Zeit später stießen sie auf Rintrah, der unter einem Farnwedel kauerte. Er bedeutete ihnen mit einer knappen Handbewegung, leise zu sein. Als sie neben ihm waren, sah Wolff in die Richtung, in die Rintrah wies. Keine zwanzig Meter von ihnen entfernt standen fünf Krieger der *Abutal.* Der hintere, teilweise zerfetzte Rumpf eines Gleiters ragte aus dem Gestrüpp zu ihrer Linken.

Die Krieger trugen kleine, runde Knochenschilde und Wurfspeere, die ebenfalls aus Knochen gefertigt und mit Bambusspitzen versehen worden waren. Einige von ihnen waren mit kurzen, stark gewölbten Bogen und mit Pfeilen bewaffnet.

Wolff lauschte mit angehaltenem Atem. Aber die Entfernung zu den Kriegern war zu groß. Kein Wort ihres Kriegsrates war zu verstehen.

»Denk an deinen Laser, Jadawin«, flüsterte Vala. »Dies ist deine Chance. Erledige diese Burschen! Alle fünf kannst du mit einem einzigen Feuerstoß erlegen, bevor sie auch nur ahnen, was los ist!«

Aber Wolff seufzte nur. Es hatte einmal eine Zeit gegeben, da hätte es nicht Valas Drängen bedurft, um ihn handeln, rücksichtslos, gnadenlos handeln zu lassen. Längst schon hätte er die fünf Humanoiden getötet gehabt – und wahrscheinlich wäre er versucht gewesen, auch Vala und Rintrah vom Leben zum Tode zu befördern. Aber jetzt ... Jetzt war er nicht mehr jener Jadawin. Er war Robert Wolff. Natürlich würde Vala seine Beweggründe nicht verstehen können. Und wenn sie es doch

konnte, dann würde sie sein Zögern als Zeichen der Schwäche interpretieren.
Er wollte nicht töten. Und doch ... Er bezweifelte, daß es irgendeinen anderen begehbaren Weg gab, die *Abutal* dazu zu bewegen, den Angriff abzubrechen. Vala kannte diese Leute, und wahrscheinlich hatte sie ihm die Wahrheit über sie gesagt. Also war er wohl oder übel gezwungen, Partei zu ergreifen.
Hinter ihnen ertönte ein schriller Schrei! Wolff warf sich herum. Drei *Abutal* in knapp zehn Metern Entfernung! Die Krieger waren hinter einem Farn hervorgekommen und hatten sie erblickt. Mit erhobenen Wurfspeeren stürmten sie los.
Wolff stellte sich den Angreifern entgegen. Seine Hand mit dem Laser kam hoch, und ein blendendweißer, bleistiftdünner Strahl raste aus dem Lauf der Waffe. Die *Abutal* taumelten und brachen dann leblos zusammen. Büsche und Farne rund um die Getöteten waren verkohlt.
»Hinter dir, Jadawin!«
Er wirbelte herum, gerade noch rechtzeitig. Die Bogenschützen hatten auf ihn angelegt. Wolff feuerte. Und dann war der ungleiche Kampf vorbei. Bewegungslos verharrte Wolff, und Rintrah und Vala taten es ihm gleich. Waren weitere *Abutal* von den Geräuschen des kurzen Kampfes angelockt worden?
Nein, offenbar nicht. Nur der Wind, der durch das Farngestrüpp winselte, und die fernen Schreie und gedämpften Explosionen der nach wie vor tobenden Schlacht um das Dorf waren zu hören.
Schwer lastete der Geruch von verkohltem Fleisch in der Luft, und Wolff spürte eine rasch aufkeimende Übelkeit. Mühsam unterdrückte er sie. Er erhob sich aus seiner lauernden Stellung und wandte sich den toten Körpern zu. Er glaubte nicht, daß einer der Angreifer den Feuerstoß überlebt hatte, aber er wollte sichergehen. Die Männer waren tot. Wolff biß die Zähne zusammen und warf dem Laser, den er immer noch feuerbereit

in der Rechten hielt, einen angewiderten Blick zu. Dann bemerkte er Valas Blick. Auch sie sah die Waffe an. Neugier lag in ihrem Blick. Gleichzeitig aber schien sie zu wissen, daß es sinnlos war, ihn zu fragen, wie man diese tödliche Waffe handhabe. »Eine schöne Waffe«, meinte sie.

»Und eine wirksame«, ergänzte Rintrah.

»Ist sie tatsächlich so wirksam?« Valas Lippen verzogen sich leicht, als sie diese Frage stellte. Wollte sie ihn provozieren?

»Der Strahl«, begann Wolff, »durchdringt eine drei Meter dicke Stahlplatte. Bei dieser Leistung jedoch hält die Ladung lediglich sechzig Sekunden durch. Bei halber E-Leistung ist es möglich, zehn Minuten lang zu strahlen, bevor man nachladen muß. Ist damit deine Neugier einigermaßen zufriedengestellt?«

Vala tat so, als habe sie den Spott in seiner Stimme nicht vernommen. Sie warf einen schnellen Blick auf seine Taschen. Wolff lächelte. Er hatte nicht die Absicht, ihr zu verraten, wie viele Magazine sich in seinen Taschen befanden.

»Was ist mit deinen Waffen passiert?« erkundigte er sich. »Es ist doch ziemlich merkwürdig, daß du waffenlos bist.«

»Ich bin nicht waffenlos hier angekommen, wenn du das meinst. Ich ... ich bin bestohlen worden, während ich schlief! Alle meine Waffen wurden mir genommen. Ich vermag allerdings nicht zu sagen, ob Urizen oder dieser schleimige Theotormon der Dieb war!«

Wolff setzte sich in Richtung des umkämpften Dorfes in Bewegung. Rintrah und Vala schlossen zu ihm auf.

Bald hatten sie sich nahe genug an das Dorf herangearbeitet. Der Pestodem der Schlacht wehte zu ihnen herüber. Die Himmelsinsel warf einen fahlen Schatten über das Land. Bald, wenn der nachtbringende Mond über diesem Teil des Planeten stand, würde sich dieser Schatten noch vertiefen. –

Noch immer ließen sich Ilmawir – sowohl Männer als auch Frauen – durch die Öffnungen im Boden der fliegenden Insel fallen, um das Verderben herabzutragen. Andere Männer und Frauen der Besatzung der fliegenden Insel arbeiteten an der Unterseite, um das sich ausbreitende Feuer unter Kontrolle zu bekommen. Sie benutzten dabei vielflächige Gegenstände, die Wasser verspritzten, wenn man Druck ausübte.

»Das sind See-Lebewesen«, kommentierte Vala. »Amphibien. Wenn sie sich auf dem Lande bewegen wollen, stoßen sie Wasserstrahlen aus. Durch den so entstehenden Rückstoß vermögen sie sich zu bewegen.«

Noch während Vala sprach, handelte Wolff. Es war an der Zeit, in den Kampf einzugreifen. Er stellte den Laser auf volle Energie und feuerte. Die Ankerseile der Himmelsinsel wurden zerschnitten.

Einige Angreifer schrien und hoben ihre Bogen.

Wolff tötete sie und schritt durch das Chaos, das ihn umgab. Rauchschwaden erschwerten die Sicht, Feuer waberten überall. Dann war er bis auf wenige Meter an das Dorf herangekommen.

»Wahrscheinlich hätten wir sie dieses Mal ohne deine Hilfe nicht zurückschlagen können«, meinte Vala.

Wolff zuckte die Schultern. Er warf ein leeres Magazin aus dem Laser und schob ein neues ein. Jetzt besaß er noch sechs Magazine. Nicht genug. Auf der Landseite wurde das Dorf von neunzig zu allem entschlossenen *Abutal*-Kämpfern belagert.

Offenbar waren jene *Abutal,* die im Dorf gelandet waren, getötet worden. Die Dorfbewohner waren in hektischer Aufregung damit beschäftigt, die zahlreichen schwelenden oder noch hell lodernden Brände zu löschen. Einen Angriff von der fliegenden Insel aus hatten sie nicht mehr zu befürchten. Nachdem Wolff einen Großteil der Ankertaue durchtrennt hatte, war das Himmelsfloß der Ilmawir einen halben Kilometer in Windrichtung abgetrieben worden. Wären nicht erneut etwa einhundert

Ankersteine ausgeworfen worden, hätte nichts und niemand mehr die fliegende Insel aufhalten können.
Eine Gruppe von *Abutal*-Offizieren hatte sich auf einem Hügel in der Nähe des umkämpften Dorfes zusammengefunden, um den weiteren Angriff zu beraten. Wolff jagte sie mit mehreren gezielten Feuerstößen auseinander. Die anderen *Abutal* wurden aufmerksam. Gut die Hälfte ließ von der Belagerung ab. Sie formierten sich und griffen an. Speere und Pfeile sirrten durch die Luft und schlugen gefährlich nahe ein.
Wolff riß Vala und Rintrah mit sich in die Deckung mehrerer Steingötzen, die in der Nähe aufgestellt waren. Dumpf prasselten Pfeile und Speere gegen die Deckung.
»Sie sind in der Defensive ... Noch wissen sie es nicht, aber es kann nicht mehr lange dauern«, kommentierte Vala.
Wolff schoß auf drei Männer, die zu einer nahegelegenen Deckung hetzten.
»Unser geliebter Vater ließ eine Botschaft auf dieser Insel zurück«, sagte Vala. »Darin teilte er uns mit, was zu tun ist, wenn wir in seine Festung gelangen wollen. Wir müssen die Tore, die dorthin führen, finden. Auf einer nicht näher bezeichneten anderen Insel sollen angeblich zwei dieser Tore existieren. Da wir gemäß dem Willen unseres Vaters diese Tore auf eigene Faust ausfindig machen sollen, dachte ich mir ...«
Ein Schrei aus zahllosen *Abutal*-Kehlen erhob sich. Der zweite Angriff hatte begonnen! Schon stürmten die ersten Krieger den Hügel herauf. Die Bogenschützen hatten Stellung bezogen und jagten Pfeil auf Pfeil von der Sehne.
Vala und Rintrah kauerten sich hinter den weißlich schimmernden Götzenfiguren nieder, während Wolff geschmeidig wie eine Schlange vorwärts robbte. Er verschwendete nur ungern die Energie seines Lasers in diesem ersten Kampf, aber er war dazu gezwungen. Wieder stellte er den Laser auf volle Energie und feuerte über die Köpfe der vordersten Angreifer

hinweg. Rauch stieg auf. Vegetation und Fleisch verkohlte, als er mit dem weißen Strahl einen Kreis beschrieb. Die Bogenschützen wurden nahezu vollständig vernichtet. Doch jene Schützen, die den verderbenbringenden Feuerstrahl überlebt hatten, hatten Wolff erspäht. Pfeile prasselten rings um ihn hernieder, sprangen mit häßlichem Geräusch von den Götzen ab. Dann fuhr ein glühender Schmerz durch Wolffs Arm. Ein Pfeil hatte ihn gestreift. Ein anderer schlug neben seinem Fuß in den Boden. Dann, von einer Sekunde zur anderen, war es vorbei. Die noch lebenden *Abutal* zogen sich in den Dschungel zurück.

»Wolltest du mir vorhin nicht etwas sagen?« nahm Wolff das Gespräch wieder auf.

»Urizen erwartet von uns, daß wir uns auf die Suche nach den Toren machen. Bisher waren unsere Möglichkeiten allerdings ziemlich beschränkt. Wir waren dazu verdammt, auf dieser schwimmenden Insel auszuharren und zu hoffen, irgendwann einmal zu jener Insel getrieben zu werden, auf der sich die Tore befinden. Tausend Jahre lang hätten wir nach dieser Insel Ausschau halten können, ohne sie zu finden. Und ich glaube, daß unser Vater genau dies bezweckte. Sicherlich würde es ihm ein teuflisches Vergnügen bereiten, unsere vergebliche Suche zu beobachten. Und er würde sich an den Reibereien und Morden zwischen uns – denn eine derart lange Allianz dürfte unweigerlich zu Streit und Mord führen – ergötzen.

Um den niederträchtigen Plänen unseres Vaters ein Schnippchen zu schlagen, benötigen wir also ein anderes, ein schnelleres Fortbewegungsmittel. Die *Abuta,* die Himmelsinsel der *Abutal,* könnte dieses Fortbewegungsmittel sein. Wir würden schneller vorankommen – und von dort oben aus können wir bedeutend weiter sehen ...«

»Eine gute Idee«, sagte Wolff. »Aber es dürfte nicht leicht sein, die *Abutal* zu überreden, uns an Bord zu nehmen. Und selbst wenn uns dies gelingen sollte, so gibt es keine Garantie für uns, daß sie nicht bei der ersten sich bietenden Gelegenheit über uns herfallen.«

»Du scheinst viele Fähigkeiten deiner jüngeren Schwester vergessen zu haben«, erwiderte Vala. »Ausgerechnet du – unter all denen, die mich geliebt haben – erinnerst dich nicht mehr daran?« Ohne seine Antwort abzuwarten, erhob sie sich und rief etwas zu dem scheinbar menschenleeren Farndschungel hinüber. Eine Zeitlang erfolgte keine Reaktion. Unbeeindruckt rief Vala ein zweites Mal. »Tretet vor, Ilmawir. Laßt uns miteinander reden!«

Ein Offizier der *Abutal* kam hinter einem Farn hervor. Er war ein hochgewachsener, schlanker Mann, knapp dreißig Jahre alt. Sein Gesicht war hübsch – das war trotz der grellbunten Kriegsbemalung zu erkennen. Außer den schwarzen Streifen an Hals und Schultern schmückte ihn ein auf die Brust gemalter Seevogel, ein *Iiphtarz*, der den Mann als einen Befehlshaber der Armada der Fluggleiter auswies. Die Frau folgte ihrem Mann dichtauf. Sie trug einen knappen Lendenschurz aus den roten und blauen Federn von Seevögeln. Auch sie war hübsch. Ihr Gesicht war mit grünen und weißen Rauten bemalt, das Haar lag auf ihrem Kopf zusammengerollt. Eine Kette aus Fingerknochen schmückte ihren Hals, und ein *Iiphtarz* war über ihre Brüste gemalt. Drei konzentrische Kreise in Karmesin, Schwarz und Gelb umgaben ihren Bauchnabel.

Wie es Sitte bei den *Abutal* war, begleitete sie ihren Mann in die Schlacht. Wurde er getötet, so war es ihre Pflicht, die Mörder anzugreifen, sie niederzumachen oder selbst im Kampf zu sterben.

Nur noch wenige Schritte trennten die beiden jetzt von Wolff, Vala und Rintrah, die die Deckung der Götzenstatuen nicht verließen. »Halt! Kommt nicht näher!« befahl Wolff schließlich.

Die *Abutal* kamen dem Befehl nach. Mit ausdruckslosen Gesichtern sahen sie zu ihnen herüber. Vala räusperte sich und begann dann zu reden. Ein Lächeln entspannte das Gesicht des *Abutal.* Seine Frau jedoch musterte Vala eindringlich. Ihr Gesicht entspannte sich nicht.

Viertes Kapitel

Die Verhandlungen mit Dugarnn, dem Offizier, zogen sich hin. Er weigerte sich, die Insel aufzugeben und zu verlassen, ohne wenigstens einen Teil der erwarteten Kriegsbeute zu erhalten.

Vala zögerte nicht, dem *Abutal* Geflügel und andere Haustiere – Seeratten sowie kleine Seehunde – als Beute zuzusagen. Darüber hinaus stimmte sie seiner Forderung zu, die Leichen der Feinde verstümmeln und skalpieren zu dürfen. Dugarnn nickte, sichtlich zufrieden. Und damit war die Kapitulation besiegelt.

Die Eingeborenen der Schwimminsel – sie nannten sich Friiqan – protestierten, als sie von der Übereinkunft hörten. Wolff besänftigte sie. Er redete mit den Anführern und machte deutlich, daß er bei einer Fortsetzung des Kampfes nicht noch einmal eingreifen werde. Schweigend zogen sich die Anführer zur Beratung zurück. Wenig später erklärte ein Sprecher der Friiqan verdrossen, daß man alles akzeptiere.

Während die *Abutal* mit der Plünderung des Dorfes begannen, kamen Luvah, Enion, Ariston, Tharmas und Palamabron zu Wolff. Als der Angriff der *Abutal* begann, hatten sie sich im Dorf aufgehalten. Sie waren überrascht, ihn zu sehen. Alle außer Luvah starrten sekundenlang voller Neid auf Wolffs Laser. Überhaupt schien nur Luvah erfreut zu sein, ihn zu sehen.

Luvah war der Kleinste der Gruppe. Sein Gesicht war hager, mit feingeschnittenen Zügen, lediglich sein Mund schien eine Spur zu breit, die Lippen wirkten ein wenig zu voll. Er war blond, und seine Augen schimmerten tiefblau. Seine Wangen sowie der Nasenrücken waren mit Sommersprossen übersät.

Er warf seine Arme um Wolff, drückte ihn an sich und weinte sogar ein bißchen. Wolff erwiderte die Umarmung des Bruders, denn er wußte, daß er die Gelegenheit nicht dazu benutzen würde, ihn zu erdolchen. Damals, als sie noch Kinder waren, hatten sie sich gut verstanden. Sie waren sich irgendwie ähnlich gewesen. Beide waren sie voller Phantasie gewesen und bereit, andere denken und tun zu lassen, was sie mochten. Diese Charakterzüge zeichneten sie auch in späteren Jahren aus. Nie hatte Luvah – so wenig wie er selbst, Wolff – an dem tödlichen Spiel der Herren teilgenommen. Nie hatte er versucht, einen anderen seines Besitzes zu berauben oder gar zu ermorden.
»Wie hat unser Vater es nur geschafft, dich von deiner Welt fortzulocken, Luvah? Wie hat er es angestellt, dich deiner Sicherheit und deinem Glück zu entreißen?«
Luvahs Lippen verzogen sich zu einem gequälten Lächeln. »Diese Frage könnte ich ebensogut dir stellen, Bruder Jadawin«, erwiderte er dann. »Aber ich will dir deine Frage beantworten. Urizen wandte jenen Trick an, der ganz offenbar auch bei dir gefruchtet hat. Ein Hexaculum überbrachte mir eine Botschaft. Eine Botschaft von dir, Jadawin. Du seist einsam und würdest dich über meinen Besuch freuen. Ich schöpfte keinen Verdacht. Schließlich sind wir beide die einzigen in unserer Familie, die sich nicht nach dem Leben trachten. Nun, ich traf meine Vorsichtsmaßnahmen – gute Vorsichtsmaßnahmen, wie ich glaubte. Dann verließ ich mein Universum, trat arglos durch das vermeintliche Tor zu deiner Welt – und fand mich auf dieser Insel wieder.«
Wolff schüttelte den Kopf. »Du warst schon immer zu ungestüm, zu vorschnell, Bruder«, sagte er. »Aber es ehrt mich zu hören, daß du deine Sicherheit aufgegeben hast, um mich zu besuchen. Dennoch ...«
»Dennoch hätte ich weitaus vorsichtiger sein müssen«, ergänzte Luvah. »Natürlich ... Ich hätte mich zumindest vergewissern

müssen, daß tatsächlich du es warst, der mir die Botschaft geschickt hat. Aber ich habe oft an dich denken müssen in letzter Zeit. Und ich habe mich nach dir gesehnt. Selbst die Schöpfer von Universen haben ihre Schwächen, wie du weißt.«
Wolff schwieg. Sein Blick glitt über den Kopf des Bruders hinweg. Sekundenlang beobachtete er das wüste Treiben im Dorf. Die triumphierenden Ilmawir waren immer noch dabei zu plündern und trugen Geflügel, Haustiere, Halsketten und Ringe aus Seejade davon.
»Wir befinden uns in einer verzweifelten Situation«, sagte er dann. »Die größte Gefahr stellt natürlich unser Vater dar. Aber jene, auf die wir uns verlassen müssen, bedeuten eine beinahe ebenso große Gefahr. Obwohl sie ihr Ehrenwort gegeben haben, dürfen wir keinen Augenblick in unserer Wachsamkeit nachlassen. Ich mache dir einen Vorschlag, Luvah. Du wirst Wache halten, wenn ich schlafe. Und ich werde wachen, wenn du schläfst. So dürfte uns beiden geholfen sein.«
Luvah grinste schief. »Und wenn du schläfst, so wirst du ein Auge offenhalten, um mich zu bewachen, nicht wahr, Bruder?«
Wolff runzelte die Stirn. »Kein Grund, ärgerlich zu werden, Jadawin«, erklärte Luvah hastig. »Du und ich – wir konnten nur deshalb so lange am Leben bleiben, weil wir anderen niemals restlos vertraut haben. Und wir hatten gute Gründe, so zu handeln. Früher lebten wir mit unseren Brüdern, Schwestern, Vettern und Cousinen in Unschuld, ja, sogar in Liebe zusammen. Wir haben miteinander gelernt, und wir haben miteinander gespielt. Und doch sind wir heute wie eine Meute hungriger Wölfe. Jeder von uns giert danach, die Kehle des anderen zu zerfetzen. Es ist wirklich traurig. Warum sind wir so? Warum? Ich werde es dir sagen, Bruder. Weil wir alle – jeder von uns – verrückt sind! Jeder glaubt, ein Gott zu sein. Und doch ist jeder nur ein menschliches Wesen, zufälliger Erbe einer gigantischen Macht, einer Wissenschaft und Technologie, die man zu gebrau-

chen, zu benutzen weiß, ohne die grundlegenden Gesetze zu verstehen. Keiner unserer großartigen Rasse ist in Wirklichkeit besser als einer dieser Wilden hier. Die Angehörigen unserer Rasse sind wie verzogene Kinder. Ja, Kinder mit Spielzeug, das ganze Welten zu erschaffen und zu vernichten vermag! Die großen und weisen Männer, die das Spielzeug ersonnen haben, sind schon lange nicht mehr. Sie sind tot. Und mit ihnen ist die Weisheit und die Wissenschaft gestorben. Das Gute, das in den kosmischen Mächten manifestiert war, wird nun von den seelenlosen Nachkommen jener großen Männer – und nur von innen allein – ausgenutzt.«

»Das weiß ich alles, Bruder«, gab Wolff zur Antwort. »Vielleicht weiß ich es sogar besser als du, denn auch ich war früher selbstsüchtig und bösartig. Ich war nicht anders als die anderen. Aber ich habe vieles gelernt. Irgendwann werde ich dir davon erzählen. Ich kann fühlen, und ich kann Schmerz und Trauer und Mitleid empfinden. Und wahrscheinlich bist nur du in der Lage, mich zu verstehen.«

Unterdessen hatten die Ilmawir die Plünderung beendet. Große Ballons wurden von der Himmelsinsel *Abuta* herabgelassen, um die Kriegsbeute aufzunehmen. Waren die Beutestücke festgebunden, so schwebte der Ballon an Führungstauen wieder empor, wurde durch die Öffnungen im Boden der Insel gezerrt und hastig entladen. Die Fluggleiter, deren Reparatur sich lohnte, wurden ebenfalls nach oben transportiert. Es herrschte ein buntes, hektisches Treiben. Schließlich waren die Ladearbeiten der Ilmawir abgeschlossen. Dugarnn gab Wolff und seinen Gefährten mit einem Wink zu verstehen, daß es an der Zeit war, an Bord zu kommen.

Den Bruchteil einer Sekunde lang zögerte Wolff noch. Dann legte er jedoch den Harnisch mit den Gasblasen an und stieß sich vom Boden ab. Langsam schwebte er in die Höhe. Den Laser hielt er im Anschlag. Die Situation, ihn heimtückisch zu töten, mochte manchem *Abutal* günstig erscheinen. Höher und höher stieg er, und nichts geschah. Er erreichte eine der Öffnungen und hielt sich fest. Zwei lächelnde Frauen griffen nach ihm und zogen ihn vollends an Bord. Immer noch lächelnd, lösten sie die Gurte des Harnischs. Die Gasblasen wurden in das Innere eines großen, dunklen Lagerraumes gebracht.

Dugarnn und seine Frau Sythaz hießen ihn an Bord willkommen. Nachdem Vala, Rintrah und die anderen Lords ebenfalls an Bord gekommen waren, führten die beiden *Abutal* sie eine Wendeltreppe zum Oberteil der Himmelsinsel empor. Die Stufen dieser Treppe waren aus einem sehr leichten, papierdünnen, aber nichtsdestotrotz kräftigen Material – vermutlich den gehärteten Schalen von Gasblasen – gefertigt worden. Auf der *Abuta,* der Himmelsinsel, stellte jedes Gewicht natürlich ein Problem dar. Alles mußte so leicht wie nur möglich sein. Wolff lächelte. Später sollte er erfahren, daß das Leben auf der fliegenden Insel sogar die Sprache der Ilmawir beeinflußt hatte. Obgleich sich die Mundart im Grundwortschatz wenig von der Hochsprache unterschied, hatte sie doch einige Lautverschiebungen mitgemacht. Neue Wörter waren aufgekommen. Wörter, die sich auf das Gewicht, die Form, Elastizität, Größe sowie vertikale und horizontale Richtung bezogen. Diese wurden als Zählwörter – die anstelle des Artikels in vielen Sprachen gebraucht werden – in einer Weise benutzt, die bislang unbekannt war. Tatsächlich konnten keine Nomen und nur wenige Adjektive ohne dazugehöriges Zählwort gebraucht werden. Abgesehen davon war eine detaillierte See- und Luftfahrt-Terminologie aufgekommen.

Der Schacht, den sie emporstiegen, war durch ein festes Geflecht von Wurzelranken gegraben worden. Schweigend stiegen sie höher. Oben angekommen, fand sich Wolff in einer Art Amphitheater wieder. Der Boden war mit breiten Platten aus

Gasblasenschalen bedeckt, die man mit Wurzelwerk verbunden hatte. Nur ein Gebäude gab es auf dem großen Deck – ein strohgedecktes Langhaus ohne Wände. Es war unschwer zu erraten, daß dies das Gemeinschafts- und Freizeithaus der Besatzung der Himmelsinsel war, nicht unähnlich den Stammes- oder Gemeinschaftshäusern der irdischen Dschungelindios. Flache Steine dienten als Feuerstelle, auf der alle Familien ihre Mahlzeiten kochten.

Hausgeflügel und Seeratten liefen frei herum, Mastseehunde spielten in einer zentimetertiefen Wasserpfütze nahe dem Zentrum der fliegenden Insel.

Sythaz, die Frau des Befehlshabers, wies ihnen ihre Quartiere zu, Kammern, die in das Wurzelwerk geschnitten und mit Schalen von Gasblasen ausgelegt waren. Eine tragbare Leiter führte hinab, und dort unten war es ziemlich finster, obwohl Licht durch die Luke sickerte und Fischöllampen brannten. Die Kammer selbst war winzig – zwei Schritte zu der einen Seite, zwei Schritte zur anderen. Sargähnlich geformte Aushöhlungen in den Wänden der Kammern stellten die Ruhelager dar. Matratzen aus Seehundfell, die mit Federn gestopft waren, sowie Decken waren bereitgelegt worden.

Nahezu alle Aktivitäten des Tages sowie der Nacht fanden auf dem »Hauptdeck« statt. Und mit Ausnahme der Brücke des Kapitäns war man auf dieser fliegenden Insel nirgendwo richtig allein.

Eigentlich hatte Wolff erwartet, daß die *Abutal* nun die Anker lichten und sofort lossegeln würden. Aber von Dugarnn erfuhr er, daß sie sich noch eine Weile gedulden mußten.

Der eine Grund dafür war, daß die fliegende Insel an Höhe gewinnen mußte, bevor man es wagen konnte, über das Meer zu schweben. Wurden sie gut gedüngt, so dauerte es nicht lange, bis die Bakterien das zum Aufsteigen notwendige Gas in den Blasen produziert hatten. Dennoch würde es noch gut zwei Tage dauern, bis die Blasen ausreichend gefüllt waren und die Leinen gelöst werden konnten.

Der zweite Grund: Die Invasion hatte zahlreiche Todesopfer gefordert, die Besatzung der Himmelsinsel war stark dezimiert. Es gab nicht einmal mehr genug Leute, um das Luftfloß hinreichend bedienen zu können. Deshalb schlug Dugarnn vor – und einen solchen Vorschlag hatte er schon sehr, sehr lange nicht mehr unterbreiten müssen –, Männer von den Friiqan zu rekrutieren.

Nachdem er sich davon überzeugt hatte, daß seine »Gäste« gut untergebracht waren, ging er von Bord der Himmelsinsel. Er schwebte zu der Schwimminsel hinunter, um mit den Anführern der Eingeborenen zu reden.

Wolff war neugierig geworden, und er schloß sich dem Befehlshaber an. Vala bestand darauf, mitkommen zu dürfen. War es auch bei ihr Neugier? Oder wollte sie ihn einfach im Auge behalten? Wolff vermochte es nicht zu sagen. Wahrscheinlich waren beide Beweggründe vorhanden.

Inzwischen hatte Dugarnn dem Anführer der Friiqan den Grund seines Kommens dargelegt. Dieser machte eine Handbewegung, die signalisierte, daß Dugarnn nach Belieben verfahren möge. Also versammelte der *Abutal* die Eingeborenen um sich und machte sein Angebot. Zu Wolffs Überraschung meldeten sich viele Freiwillige.

»Warum tun sie das?« wandte er sich an Vala.

»Obwohl die beiden Völker doch erbitterte Feinde sind? Nun, die Friiqan haben ihr Gesicht verloren. Und viele junge Friiqan glauben, das Leben in der Luft sei romantisch.«

Dugarnn musterte die Freiwilligen und wählte dann jene aus, die sich während des Kampfes ausgezeichnet hatten. Die Zahl der ausgewählten Frauen – besonders solche, die Kinder hatten – überwog die der Männer. Schließlich wurde eine Weihezeremonie mit rituellen Folterungen veranstaltet. Den Auserwählten wurden leichte Verbrennungen in der Leistenbeuge zugefügt. Normalerweise wurden Gefangene zu Tode gefoltert, aber dies war ein Notfall. Die Folter war lediglich symbolisch zu verstehen. Später, wenn die *Abuta* Segel gesetzt hatte, würden die Auserwählten an einer neuerlichen Zeremonie teilnehmen, und jeder von ihnen würde sein Blut mit dem Blut eines Ilmawir mischen. Diese Zeremonie sollte spätere Racheakte der Inselbewohner vermeiden. Blutsbrüderschaft wurde offenbar auch auf dieser Welt heilig gehalten.

»Es gibt noch einen Grund für die *Abuta*, Frauen und Männer aus dem Stamm der Friiqan an Bord zu nehmen«, sagte Vala. »Die Eingeborenen der schwimmenden und der fliegenden Inseln neigen zur Inzucht.«

Unerwartet hauchte sie ihm einen flüchtigen Kuß auf die Wange. Wolff erwiderte ihre Zärtlichkeit nicht. Selbst nach fünfhundert Jahren hatte er nicht vergessen, daß sie einst ein Liebespaar gewesen waren – und daß sie dennoch versucht hatte, ihn zu töten.

Wortlos wandte er sich ab und ging in Richtung des Tores, durch das er diese Welt betreten hatte.

Vala folgte ihm. »Wohin gehst du, Jadawin, *Wivkrath?*« In der Sprache der Lords bedeutete dieses Wort »Liebling«.

»Ich will noch einmal mit Theotormon sprechen.«

»Mit dieser Wasserschnecke willst du reden? Weshalb? Was hat er dir schon zu bieten?«

»Informationen, möglicherweise.«

Sie erreichten das Tor. Theotormon war nicht zu sehen. Wolff ging zum Ufer der Schwimminsel und schlenderte daran entlang. Hier und da gab der Boden unter seinem Gewicht nach. Offenbar waren die Blasen an diesen Stellen dünnwandig.

»Wie viele dieser Inseln mag es auf diesem Planeten geben? Und wie groß können sie werden?«

»Ich kann dir diese Frage nicht beantworten. Zwei Inseln haben wir zu sehen bekommen, seit wir hier sind. Die Friiqan sagen, daß es viele von ihnen gibt. Sie erzählten von der Mutter der Inseln, von einer ziemlich großen Insel. Auch viele Himmelsinseln gibt es, aber keine ist größer als die der Ilmawir. Aber warum willst du über solch langweilige Dinge reden, Jadawin? Es gibt wichtigere Themen. Themen, die uns beide interessieren sollten ...«

»Was sind das für Themen?«

Sie sah ihm direkt in die Augen und stand nun so nahe bei ihm, daß ihre Lippen beinahe sein Kinn berührten. »Warum können wir nicht einfach vergessen, was geschehen ist? Es ist zu einer Zeit passiert, als wir noch jünger waren und nicht so klug wie heute.«

»Ich kann nicht glauben, daß du dich geändert hast.«

Sie lächelte. »Und woher willst du dies wissen? Laß mich dir beweisen, daß ich anders geworden bin.« Sie legte ihre Arme um ihn und legte ihren Kopf an seine Brust. »Einst habe ich dich geliebt, und jetzt muß ich feststellen, daß ich niemals wirklich aufgehört habe, dich zu lieben.«

»Du erinnerst dich vielleicht daran, daß du mich im Bett ermorden wolltest?«

»Ach, das ... Ich glaubte, du seist mit dieser widerlichen, leichtlebigen Alagraada zusammen. Kannst du mir wegen meiner Eifersucht einen Vorwurf machen? Du weißt, wie besitzergreifend ich bin ...«

»Das weiß ich nur zu gut!« Er stieß sie von sich. »Schon als Kind warst du egoistisch. Alle Angehörigen unserer Rasse sind so, aber dein Egoismus übertraf bereits damals jede Norm! Heute kann ich nicht mehr verstehen, wie ich dich jemals lieben konnte!«

»Du Scheusal!« schrie Vala. »Du hast mich geliebt, weil ich Vala bin! Nur deshalb! Einfach nur, weil ich Vala bin!«

Er schüttelte den Kopf. »Vielleicht hast du sogar recht, aber das

ist vorbei! Und es wird nie wieder eine Liebe zwischen uns geben.«
»Du liebst eine andere! Kenne ich sie? Ist es etwa Anana, unsere törichte, mordgierige Schwester?«
»Nein«, antwortete er. »Außerdem – Anana mag mordgierig sein, aber sie ist nicht töricht. Was man schon daran erkennt, daß sie Urizen nicht in die Falle gegangen ist. Sie ist nicht hier. Oder ist ihr etwas zugestoßen? Lebt sie nicht mehr?«
Vala zuckte mit den Schultern und wandte sich ab. »Seit dreihundert Jahren habe ich nichts mehr von ihr gehört. Aber aus deinen Worten spricht die Sorge. Anana scheint dir also tatsächlich etwas zu bedeuten. Anana! Wer hätte das gedacht?«
Wolff machte nicht den Versuch, ihr diesen Gedanken auszureden. Es mochte unklug sein, Chryseis zu erwähnen, so unwahrscheinlich es auch war, daß Vala jemals mit ihr zusammentreffen würde. Vala war unberechenbar.
Plötzlich drehte sich Vala um. »Was ist eigentlich mit diesem Erdenmädchen passiert?«
»Ich weiß nicht, welches Erdenmädchen du meinst«, wich er aus.
»Ich weiß nicht, welches Erdenmädchen du meinst«, äffte sie ihn nach. »Diese Chryseis meine ich ... Chryseis, die du vor zweieinhalbtausend Jahren von der Erde entführt hast. Sie lebte in einer Gegend, welche von den Erdenmenschen Troja oder so ähnlich genannt wird. Diese Chryseis hast du unsterblich gemacht, und sie wurde deine Geliebte.«
»Es gab viele Frauen in meinem Leben«, sagte er. »Wie kommst du ausgerechnet auf Chryseis?«
»Oh, ich weiß, ich weiß ... Tief bist du gesunken, mein Bruder Wolff-Jadawin!«
»Du kennst meinen irdischen Namen? Was weißt du sonst noch von mir? Wie hast du es angestellt, dies alles zu erfahren? Und warum?«

»Es war mir stets ein Bedürfnis, so gut wie irgend möglich über meine lieben Verwandten informiert zu sein«, sagte sie. »Und weil ich stets gut informiert war, lebe ich noch.«
»Und viele andere mußten aus eben diesem Grund sterben.«
»Es gibt keinen Grund, uns zu streiten«, flüsterte sie, und jetzt war ihre Stimme wieder weich. »Warum können wir das Vergangene nicht vergangen sein lassen?«
»Nichts spricht dagegen, die Vergangenheit ruhen zu lassen – vollständig ruhen zu lassen. Auch das, was einmal zwischen uns war, gehört dieser Vergangenheit an. Niemals erinnert sich ein Herr an eine gute Wendung – und zugleich vergißt er niemals eine Beleidigung. Solange du mich nicht vom Gegenteil überzeugt hast, bist du für mich jene Vala, die mich ohne Skrupel getötet hätte, wäre ich nicht schneller gewesen. Oh, du bist immer noch schön – vielleicht sogar noch schöner geworden. Aber deine Seele ist nach wie vor schwarz und verdorben.«
Mühsam versuchte sie zu lächeln. »Ehrlich warst du schon immer, *zu* ehrlich. Vielleicht war dies der Grund, weshalb ich dich so geliebt habe. Du warst anders als die anderen, ein wirklicher Mann – und der größte unter all meinen Liebhabern.«
Vielleicht erwartete sie, daß er dieses Kompliment erwiderte. Aber er tat ihr den Gefallen nicht. »Liebe ist das, was einen Liebhaber kennzeichnet. Und ich habe dich geliebt. *Damals.*«
Er entfernte sich von ihr. Schweigend ging er am Ufer entlang. Hin und wieder blickte er zurück. Vala folgte ihm in einem Abstand von etwa fünf Metern. Er blieb stehen, damit sie ihn einholen konnte. »Auf der Unterseite dieser Insel muß es zahlreiche Höhlen geben«, meinte er dann. »Wie kann man Theotormon herbeirufen?«
»Man kann ihn nicht herbeirufen. Höhlen allerdings gibt es. Manchmal sterben Blasen ab, als Folge einer Infektion, aus Altersschwäche oder weil sie von Fischen gefressen werden. Die

Höhlen bleiben eine Weile bestehen, obwohl sie gelegentlich durch neues Wachstum wieder ausgefüllt werden.«

Dann war es also möglich, daß ein Mensch notfalls unter der Schwimminsel Zuflucht fand. Vala mußte seine Gedanken erraten haben – eine Fähigkeit, die er früher schon als ziemlich lästig empfunden hatte.

»Selbst bei drohender Gefahr würde ich nicht hinuntertauchen, um in den Höhlen Schutz zu suchen«, sagte sie. »Es wimmelt im Wasser von menschenfressenden Bestien.«

»Und wie überlebt Theotormon?«

»Ich weiß es nicht. Vielleicht ist er schnell und stark genug, um sich gegen sie behaupten zu können. Immerhin hat er sich an diese Art zu leben – wenn man seine Existenz auf dieser Welt überhaupt so nennen will – gewöhnt.«

Wolff hatte sich entschieden. Er mußte Theotormon aufgeben. Er hatte nicht die Zeit, noch länger zu warten. Er setzte sich in Bewegung und kehrte Vala den Rücken. Sie benötigte ihn zu sehr, als daß sie ihn hinterrücks töten würde. Er hatte gerade den Farndschungel erreicht, als ein gewaltiger Schlag ihn taumeln ließ. Hatte Vala ihn doch angegriffen? Aber dann verstand er: Vala war gegen ihn geschleudert worden. Der riesenhafte, feucht glänzende Körper Theotormons flog ihm entgegen. Die Wucht des Aufpralls von über vierhundert Pfund raubte Wolff den Atem. Theotormon kauerte sich auf ihm nieder. Wild schlugen die Flossen nach seinem Gesicht. Der erste Schlag machte ihn halb besinnungslos, der zweite Schlag ließ ihn in absolute Dunkelheit versinken.

Fünftes Kapitel

Obwohl er sich an die wenigen Sekunden, die dem Schwinden seiner Sinne gefolgt waren, nicht erinnern konnte, schien er nicht völlig bewußtlos gewesen zu sein.

Es war ihm gelungen, seine Arme von der erdrückenden Masse zu befreien. Er hatte die Flossen ergriffen ... Und jetzt, in jenem Augenblick, als er mit wilder Kraft die Flossen hochriß, erlangte er sein volles Bewußtsein wieder. Theotormon schrie schmerzerfüllt auf und erhob sich halbhoch aus seiner sitzenden Stellung. Das genügte Wolff. Kraftvoll schmetterte er gegen den vorgewölbten Wanst. Theotormon wankte. Wolff gab ihm keine Chance zur Gegenwehr. Er hob sein freies rechtes Bein und trat zu – und jetzt rang Theotormon keuchend nach Luft.

Wolff kam auf die Beine. Wieder trat er zu. Theotormon wankte kreischend zurück. Wolff hatte ihn an einer empfindlichen Stelle am Schädel getroffen. Wolff setzte dem heimtückischen Wesen nach. Theotormon konnte diesem wütend und voller Verbissenheit geführten Angriff nichts entgegensetzen. Seine Augen wurden glasig. Seine Beine knickten unter ihm weg, und er krachte zu Boden.

Der Kampf schien entschieden. Vorsichtig kam Wolff näher heran, um nach dem so schrecklich Veränderten zu sehen. Aber im gleichen Augenblick schnellte Theotormons Fuß hoch. Es gelang Wolff, den Tritt abzublocken, doch er konnte es nicht verhindern, zurückgestoßen zu werden. Theotormon kam hoch, duckte sich und sprang. Aber auch Wolffs Körper schnellte hoch. Ein wuchtiger Schlag traf Theotormons Kinn. Die beiden Gegner stürzten zu Boden. Wolff rappelte sich auf

und tastete nach seinem Laser. Die Waffe steckte nicht im Halfter!
Jetzt richtete sich auch sein Bruder wieder auf. Schwer atmend standen sie sich gegenüber, und in diesem Moment wurden sie sich der Schmerzen bewußt, die ihnen die Schläge eingebracht hatten.
Wolffs natürliche Kraft war künstlich verdoppelt worden. Seine Knochen waren – um der Muskelkraft zu entsprechen – gehärtet und dennoch nach wie vor elastisch. Allerdings hatten sich alle Angehörigen seiner Rasse dieser Behandlung unterzogen, so daß die ursprünglichen Kräfteverhältnisse einigermaßen konstant geblieben waren. Theotormon allerdings war von Urizen umgeformt worden und mindestens einhundertundsechzig Pfund schwerer als sein Bruder Wolff. Dennoch schien Urizen Theotormons Körperkraft nicht wesentlich beeinflußt zu haben. Bisher war Wolff durchaus in der Lage gewesen, es mit dem monströsen Bruder aufzunehmen. Und doch konnte Theotormons Gewicht den Kampf entscheiden. Er durfte Theotormon keine Chance geben, sein Gewicht zu seinem Vorteil einzusetzen.
Theotormon schien sich indessen erholt zu haben. »Ich werde dich bewußtlos schlagen, Jadawin. Und dann werde ich dich mit mir hinab in die Tiefe nehmen. In einer meiner Höhlen werde ich dich festhalten, und meine Haustierchen werden dich bei lebendigem Leibe fressen ...« Keuchend hatte er diese Worte hervorgestoßen.
Wolff sah zu Vala hinüber, die einige Schritte abseits stand. Ein seltsames Lächeln lag auf ihrem Gesicht. Wolff verschwendete weder Atem noch Zeit damit, sie um Hilfe zu bitten. Gedankenschnell griff er Theotormon an. Sekundenlang schien dieser durch die unerwartete Attacke überrascht. Dann duckte er sich. Und genau das hatte Wolff vorausgesehen. Er trat zu. Aber Theotormon war schnell. Es gelang ihm auszuweichen. Wolffs

Füße schrammten hart über Theotormons pelzige Rückenpartie. Er stürzte und wirbelte herum. Das Ungetüm hatte sich gedreht und sprang. Wolff schlug zu und traf voll den Kiefer Theotormons.

Wieder brach die Kreatur zusammen. Und dieses Mal kam sie nicht wieder hoch. Ihr dunkles Fell war vom Blut einer zerschlagenen Lippe, einer klaffenden Wunde am Kiefer und der zerschmetterten Nase gerötet. Theotormon lag auf dem Rücken, seine mächtige Brust hob und senkte sich in gewaltigen Atemzügen.

Vala klatschte in die Hände. »Gut gemacht, Jadawin!« sagte sie. »Du bist noch immer der Mann, den ich einst liebte – den ich noch immer liebe ...«

»Warum hast du nicht in den Kampf eingegriffen?«

»Das war unnötig. Ich wußte, daß du siegen würdest.«

Wolff suchte im Gras nach seinem Laser. Vergeblich. Die Waffe war verschwunden.

Vala rührte sich noch immer nicht von der Stelle. »Warum hast du dein Messer nicht benutzt?« erkundigte sie sich.

»Wäre es nötig gewesen, hätte ich es getan. Aber ich wollte Theotormon nicht töten. Er soll mit uns kommen.«

Valas Augen weiteten sich. »Im Namen von Los – warum denn?«

»Weil er gewisse Fähigkeiten besitzt, die uns von Nutzen sein könnten.«

Theotormon stöhnte und setzte sich auf. Wolff behielt ihn im Auge, setzte aber seine Suche fort. Schließlich richtete er sich auf. »Na schön, Vala. Gib ihn her!« sagte er dann.

Sie griff in ihr Gewand und brachte den Laser hervor. »Ich könnte dich jetzt töten ...«

»Dann töte mich, aber vergeude nicht meine Zeit mit leeren Drohungen. Du jagst mir keine Angst ein.«

»Schon gut, nimm deine Waffe.« Sie hob den Laser leicht an. Einen Sekundenbruchteil lang glaubte Wolff, sie zu sehr gereizt zu haben.

Vala war wie alle Wesen ihrer Rasse stolz, viel zu stolz, und konnte auf Beleidigungen unberechenbar reagieren.
Aber sie zielte auf Theotormon. Ein grellweißes Lichtbündel zuckte auf und traf eine der Flossen. Rauch stieg spiralförmig auf, es stank nach verbranntem Fleisch. Theotormon kippte mit geöffnetem Mund nach hinten, die Augen weit geöffnet.
Lächelnd reichte Vala Wolff den Laser.
»Das war gemein und dumm. Verdammt – es gab keinen Grund, so etwas zu tun! Wer weiß, ob nicht Theotormon jener Faktor geworden wäre, der für uns zwischen Leben und Tod hätte entscheiden können!«
Sie schlenderte zu dem großen, nassen, reglosen Körper hinüber, beugte sich vor, betrachtete ihn und hob schließlich die verwundete Flosse leicht an. »Er ist nicht tot – noch nicht. Wenn dir daran liegt, kannst du ihn retten. Aber du wirst die Flosse amputieren müssen.«
Wolff eilte durch den Farndschungel, ohne sich darum zu kümmern, ob Vala ihm nun folgte oder nicht. Er rief eine Anzahl Ilmawir herbei, und gemeinsam kümmerten sie sich um den immer noch bewußtlosen Theotormon. Sie legten ihm Gasblasen an. Schließlich schwebte der monströse Körper zu der Himmelsinsel empor. Eine Öffnung nahm ihn auf. Wolff blieb an der Seite des Bruders. Die Ilmawir schleppten ihn in einen Käfig mit sehr leichten, aber stahlharten Gitterstäben aus gespaltenen Blasenschalern.
Wolff führte die Operation persönlich durch, nachdem er Theotormon einen Drogentrank, der vom Medizinmann der Ilmawir zubereitet worden war, gewaltsam eingeflößt hatte. Sorgfältig wählte er sein Werkzeug aus einer Anzahl von Sägen und anderen chirurgischen Instrumenten aus, die dem Zauberer der Ilmawir gehörten, der sowohl für das geistliche als auch für das körperliche Wohlergehen seines Volkes zuständig war. Dann säuberte Wolff die Wunde und setzte den ersten Schnitt.

Mühelos durchtrennte er mit einer der Sägen das Fleisch dicht unterhalb der Schulter. Theotormons Knochen jedoch boten einigen Widerstand und kosteten zwei Sägeblätter. Minuten später war er fertig. Der Zauberer preßte das rotglühende Ende einer Fackel in die große Wunde, um die heftige Blutung zum Stillstand zu bringen. Dann trug er eine Salbe auf und versicherte Wolff, daß sie schon Männern das Leben gerettet hatte, die schlimmere Verbrennungen erlitten hatten.

Während der Operation hing Valas Blick an Wolffs Händen. Als er aufsah, kreuzten sich ihre Blicke, und sie lachte. Ein Frösteln lief über seinen Körper, obwohl ihr Lachen nicht unangenehm gewesen war. Es erinnerte ihn an den Klang eines Gongs, den er vernommen hatte, als er den Fluß Guzirit im Lande Khamshem auf der dritten Ebene seiner Welt bereist hatte. Ein mächtiges Instrument, das irgendwo in der Dunkelheit eines alten, zerfallenen Tempels aus Jade und Kalkgestein hing. Sein Klang wurde gedämpft vom Gestein und dem grünen Dickicht des Dschungels. Der Gong war zwar aus Bronze gewesen, aber er hatte goldene Schwingungen in die Weite des unberührten Landes gesandt. Der Vergleich war treffend ... Valas Lachen war wie jener Gong – bronzen und golden zugleich. Finsternis, aber auch Licht hatten sich darin vereinigt.

»Seine Flosse wird nicht nachwachsen, wenn du nicht immer wieder den Schorf abschälst. Du weißt, daß Bindegewebe eine Regeneration verhindert ...«

»Laß dies nur meine Sorge sein«, erwiderte er. »Du hast dich genug eingemischt.«

Sie rümpfte die Nase und ging davon. Wolff wandte seine Aufmerksamkeit Theotormon zu. Nachdem er sicher sein konnte, daß er nicht an den Folgen des Operationsschocks sterben würde, erhob er sich und stieg ebenfalls zum Oberdeck empor.

Die in den Stamm der Ilmawir aufgenommenen Friiqan wurden in ihre neuen Pflichten eingewiesen. Eine Weile sah Wolff zu.

Dugarnn stand unweit von ihm, und er begab sich an seine Seite.
»Wie werden die großen Gaspflanzen eigentlich ernährt?« stellte er schließlich jene Frage, die ihn bereits eine Zeitlang beschäftigte. Die Nährsubstanz mußte einiges wiegen, da es mindestens viertausend Gasblasen – jede annähernd so groß wie ein Zeppelin – gab. Wie hatten die *Abutal* dieses Gewichtsproblem gelöst?
»Eine im Wachstum befindliche Blase braucht nicht genährt zu werden«, erwiderte Dugarnn. »Nach der Reifezeit stirbt die Blase ab. Ihre Hülle wird trocken und hart und muß mit besonderen Essenzen behandelt werden, damit die Elastizität und Dehnbarkeit erhalten bleibt. Ist dies geschehen, werden neue Kolonien gaserzeugender Bakterien eingesetzt. Diese benötigen allerdings Nahrung. Aber die Gasmenge, die sie produzieren, ist wesentlich höher als die benötigte Nahrungsmenge. Die Nahrung selbst besteht zum Großteil aus dem Mark wachsender Pflanzen, aber die Bakterien sind auch mit Fisch, Fleisch oder zerfallenden pflanzlichen Stoffen zufrieden.« Mit diesen Worten zog sich Dugarnn zurück. Es gab noch eine Menge Arbeit zu erledigen.
Langsam wanderte der Schatten des Mondes weiter. Das Tageslicht gewann an Intensität. Die fliegende Insel bewegte sich, zerrte an den Ankertauen. Schließlich befahl Dugarnn, die Leinen zu lösen. Die Steinanker wurden gelichtet und die Taue, die mit den Farnen verbunden waren, durchtrennt. Die Himmelsinsel begann aufzusteigen und gewann schnell an Fahrt.
Als die Insel eine Flughöhe von etwa zweihundert Meter erreicht hatte, ordnete Dugarnn an, die Speisung der Bakterienkolonien zu verringern und machte sich daran, die Insel zu inspizieren.
Nachdem Wolff kurz nach Theotormon gesehen hatte – der Zauberer, der am Lager des monströsen Wesens Wache hielt, berichtete, daß es ihm überraschend gutgehe –, stieg er zur

Mauerkrone der Insel hinauf. Hier traf er auf Luvah und einen seiner Vettern, Palamabron. Palamabron war ein gutgebauter, hübscher Mann, dunkelhäutig und mit durchdringendem Blick. Er trug einen konischen Hut mit einem Rand, der sechszackig war und smaragdgrüne Eulen als Schmuck aufwies. Der weite Umhang bauschte sich leicht im Wind, der Kragen war hinten hochgeschlagen, die Schulterstücke waren liegenden Löwen nachgebildet. Das Material, aus dem der Umhang gefertigt war, schillerte grün und war mit Kleeblättern, die von blutigen Lanzen durchbohrt wurden, gemustert. Sein Hemd war von durchdringender blauer Farbe und mit den Abbildungen weißer Schädel besetzt. Ein breiter, goldbeschlagener und mit Diamanten, Smaragden und Topasen gefaßter Gürtel war um seine Hüften geschlungen. Weite, großzügig geschnittene, schwarzweiß gestreifte Hosen endeten in hellroten Schaftstiefeln aus Leder.

Palamabron war sich seiner Erscheinung voll bewußt. Er erwiderte Wolffs Gruß mit einem Kopfnicken und entfernte sich dann.

Wolff sah ihm nach und schmunzelte. »Der gute Palamabron hat sich nie viel aus mir gemacht. Wäre dies anders, müßte ich mir Sorgen machen ...«

»Solange wir uns auf der fliegenden Insel aufhalten, werden sie nichts unternehmen«, sagte Luvah. »Aber natürlich darf die Suche nach der Insel mit den Toren nicht zu lange dauern. Ich frage mich, wann wir sie sichten werden. Im Grunde genommen könnten wir bis in alle Ewigkeit über diesem Ozean dahintreiben, ohne die Insel je zu Gesicht zu bekommen.«

Wolff musterte den roten Himmel, dann den grünblau schillernden Ozean. Dort unten lag die Insel, die sie verlassen hatten. Ein dahintreibendes Stückchen Land, nicht viel größer als eine kleine Münze. Weiße Vögel mit riesigen Schwingen und gelben, gebogenen Schnäbeln flatterten schrill kreischend über ihnen. Einer stieß herab und landete nicht weit von ihnen entfernt, richtete den für einen Vogel unverhältnismäßig großen Schädel auf und starrte sie aus einem großen, grünen Auge an. Das Gefieder am Auge bildete einen orangefarbenen Ring – ein extremer Kontrast. War dieser Vogel ein Beobachter Urizens? Enthielt dieser große Schädel vielleicht sogar ein menschliches Gehirn? Es war nur logisch anzunehmen, daß ihr Vater sie zu beobachten versuchte. Nur so bot ihm dieses Spiel die nötige Kurzweil.

»Dugarnn sagte, die *Abuta* werde stets von demselben Wind vorangetrieben. Der Kurs ist annähernd spiralförmig. Das bedeutet, daß wir im Laufe der Zeit so ziemlich jeden Quadratmeter dieser Welt überfliegen werden.«

»Vielleicht liegt die Insel mit den Toren auf einem anderen Kurs, so daß wir sie nie zu sehen bekommen.«

»Dann werden wir sie niemals finden«, räumte Wolff ein.

»Vielleicht will Urizen, daß wir vor Frustration und Langeweile verrückt werden und uns gegenseitig töten.«

»Schon möglich. Andererseits ist es durchaus möglich, den Kurs der Himmelsinsel zu ändern. Es ist schwierig, aber notfalls zu bewerkstelligen. Und außerdem ...« Er unterbrach sich.

»Außerdem – was?«

»Unser guter Vater hat diese Welt noch mit anderen Geschöpfen bevölkert. Ich hörte, daß auf einigen schwimmenden und fliegenden Inseln ziemlich bösartige fliegende Kreaturen leben.«

Vala rief ihnen von unten zu, daß das Essen zubereitet sei. Wolff und Luvah verließen ihren Platz auf der Mauer und ließen sich am Kopfende von Dugarnns Tisch nieder. Nachdem sie gegessen hatten, lehnten sie sich zurück und erfuhren Dugarnns Pläne.

»Wir werden die *Abuta* auf einen neuen Kurs bringen«, sagte Dugarnn. »Wir steuern die schwimmende Insel unserer erbittertsten Feinde, der Waerish, an und greifen sie an. Dank der Waffe, die Blitze zu schleudern vermag, werden die Ilmawir

einen ruhmreichen Sieg erringen! Die Waerish werden für alle Zeiten vom Ozean verschlungen werden.«
Wolff blieb nichts anderes übrig, als zustimmend zu nicken. Dabei hoffte er, daß es nicht gelang, die Insel der Waerish ausfindig zu machen. Die Energie des Lasers war zu kostbar, um sie bei derartigen Scharmützeln zu verschwenden.
Die Zeit verstrich. Die hellen roten Tage und die blassen roten Nächte reihten sich in steter Gleichförmigkeit aneinander. Wolff jedoch empfand keine Langeweile. Er lernte alles über die Bedienung der *Abuta.* Er studierte die Sitten der Ilmawir und die persönlichen Eigenarten jedes einzelnen.
Die anderen Herren zeigten, mit Ausnahme von Vala, an all dem wenig Interesse. Sie verbrachten ihre Zeit am Bug der fliegenden Insel und hielten Ausschau nach der geheimnisvollen Insel mit den Toren. Oder sie beklagten sich über dieses und jenes bei den *Abutal* oder bei ihresgleichen. Und stets tauschten sie Beleidigungen aus, die gerade noch so harmlos waren, daß kein Angriff provoziert wurde.
Von Tag zu Tag wurde Wolff immer mehr von diesem Verhalten angewidert. Abgesehen von Luvah war es keiner aus dieser Horde wert, aus Urizens Falle gerettet zu werden. Ihre Arroganz mißfiel sogar den *Abutal,* und mehrere Male warnte er sie eindringlich.
»Unser aller Leben hängt vom Wohlwollen der Eingeborenen ab! Drängt ihr sie zu weit in eine oppositionelle Position, so werden sie uns einfach über Bord werfen! Verdammt, wann begreift ihr das endlich?«
Eine Zeitlang wurde sein Rat beherzigt. Aber schließlich gewann der an Größenwahn grenzende, lebenslang gehegte Glaube an die eigene Halbgöttlichkeit wieder die Oberhand.
Wolff verbrachte seine Zeit auf der Brücke bei Dugarnn. Oft gelang es ihm in letzter Sekunde, die Wogen des Unwillens, die durch das Verhalten seiner Brüder und Vettern aufgeworfen

wurden, wieder zu glätten. Auf die Dauer jedoch war seine Position nicht zu halten, das wußte er nur zu gut.
Wolff ließ sich im Fliegen eines Gleiters ausbilden und erfuhr dabei, daß die *Abutal* nur solchen Männern, die sich ihre Flügel »verdient« hatten, volle Bewunderung und Respekt zollten. Erstmals stieg Wolff in einem Gleiter auf. Er hatte ein doppelsitziges Fahrzeug zugewiesen bekommen, das wie ein irdisches Segelflugzeug auf Höhe gebracht wurde. Das Tau, das den winzigen Gleiter mit der Insel verband, wurde von zwei Gasblasen getragen. Der Gleiter stieg höher und höher, bis die Himmelsinsel nur noch ein kleines, braunes Oval in der Tiefe war.
Dugarnn, der neben ihm saß, erklärte Wolff, daß sie nun im Bereich der schnelleren oberen Windströmungen seien. Tatsächlich wurde der Gleiter schnell vorangetrieben, gewann mehr und mehr an Fahrt und war schon bald der *Abuta* mehrere Kilometer voraus. Dugarnn löste die Schleppvorrichtung, und die Gasblasen wurden mit einem dünnen Seil eingeholt, um später neu verwendet zu werden.
In seinem langen Leben hatte Wolff viele Flugmaschinen geflogen. Selbst in seinem Exil auf der Erde hatte er einen Privatpilotenschein erworben, der ihn zum Fliegen einer einmotorigen Maschine qualifizierte. Seit vielen Jahren war er nicht mehr geflogen, aber seine Fähigkeiten waren nicht verlorengegangen. Als sie spiralförmig tiefer gingen, überließ ihm Dugarnn eine Weile die Kontrolle über den Gleiter, nickte anerkennend und klopfte Wolff auf die Schultern. Dann übernahm er wieder. Der Gleiter bekam Aufwind, glitt im letzten Augenblick seitwärts weg und landete wohlbehalten auf einer Seite des Inseldecks.
Weitere fünf Stunden ließ sich Wolff im Fliegen des Gleiters ausbilden, und zweimal übernahm er die Landung. Am vierten Tag schließlich flog er allein.

Nachdem er sicher gelandet war, kam Dugarnn zu ihm. Der Ilmawir war sichtlich beeindruckt. »Viele Schüler benötigen die doppelte Zeit«, meinte er.

Wolff winkte ab. »Was geschieht, wenn ein Schüler im Alleinflug die *Abuta* verfehlt?« erkundigte er sich.

Dugarnn lächelte und hob seine Hände, die Innenflächen nach oben gerichtet. »Er wird zurückgelassen«, sagte er. Damit schien für ihn dieses Thema beendet zu sein.

Wolff verstand nun, warum Dugarnn vor seinem Alleinflug darauf bestanden hatte, daß er den Flug ohne den Laser antrat. Er hatte die Waffe in die Obhut von Luvah gegeben.

Von diesem Tag an ging Wolff mit nacktem Oberkörper, wie es einem Mann zukam, der die Zeichnung eines *Iphtarz* auf der Brust trug. Und er schloß Blutsbrüderschaft mit Dugarnn.

Als Wolffs Brüder und Vettern davon hörten, spotteten sie. »Was? Jadawin, der Sohn des großen Lord Urizen, ein direkter Nachfahre des Los persönlich, willigt ein, Bruder dieser ungebildeten Wilden zu werden? Hast du keinen Stolz, Bruder?«

»Diese Menschen haben niemals versucht, mich zu erschlagen«, erwiderte Wolff. »Von Luvah abgesehen, kann ich das von keinem von euch behaupten. Kreaturen eurer Art sollten sich nicht anmaßen, auf diese Menschen herabzusehen. Die Ilmawir sind die Herren ihrer eigenen kleinen Welten. Und was seid ihr? Heimatlos und gefangen wie stumpfsinnige, fette Gänse! Ihr solltet damit aufhören, leichtfertig über sie oder mich zu lachen. Steigt endlich von eurem hohen Roß und freundet euch mit den Eingeborenen an. Es könnte der Augenblick kommen, da ihr die Freundschaft dieser Menschen sehr, sehr nötig habt.«

Theotormon, dessen verletzte Flosse rosafarben schimmerte und schon wieder zur Hälfte nachgewachsen war, richtete sich in der Pfütze, in der er sich gesuhlt hatte, auf. »Euer ganzer verfluchter Haufen ist dem Untergang geweiht!« schrie er. »Lange sollt ihr wimmern und schreien, wenn sich Urizens Fallen endlich um euch schließen. Und was Jadawin betrifft: Er ist doppelt soviel wert wie jeder andere von euch. Und ich wünsche ihm Glück! Ich wünsche mir, daß es ihm gelingt, zu unserem geliebten Vater vorzudringen und Genugtuung zu erzwingen! Aber ihr anderen – ihr sollt auf schreckliche Art und Weise sterben!«

»Halt dein häßliches Maul, Kröte!« schrie Ariston. »Schlimm genug, daß wir dich Tag für Tag ansehen müssen! Mein Magen rebelliert, wenn ich dich sehe! Aber dich zu hören, du Scheusal, das ist zuviel! Oh, ich wünschte, ich wäre wieder in meiner eigenen lieblichen Welt. Und dann wünschte ich, dich in Ketten zu meinen Füßen zu haben. Schnell würde ich dich zum Sprechen bringen, Monsterwesen, und schnell würden deine Worte zu einem um Gnade winselnden Geplapper werden. Und ich würde dich nach und nach an einige meiner Lieblingstiere verfüttern. An meine wunderschönen kleinen Haustierchen ...«

»Und ich«, erwiderte Theotormon, »ich werde dich eines Nachts über Bord werfen, Bruder. Und ich werde lachen, während ich deinen Flug beobachte und deinen letzten Schrei höre.«

»Schluß jetzt mit dieser kindischen Zankerei!« befahl Vala. »Begreift ihr denn nicht, daß ihr so unserem Vater die größte Freude bereitet? Er will, daß wir uns streiten. Und liebend gerne würde er erleben, daß wir uns gegenseitig zerfleischen!«

»Vala hat recht«, stimmte Wolff zu. »Ihr nennt euch Schöpfer und Herren ganzer Universen. Und doch benehmt ihr euch keinen Deut anders als verzogene, bösartige Gören! Gut, ihr haßt einander. Dann denkt daran, daß jener, der euch diesen schrecklichen Haß lehrte, jener, der jetzt euren Tod in Szene setzt, noch lebt! Er muß sterben! Wenn wir seines Todes sicher sein können, so mag es geschehen, daß auch wir selbst sterben. Aber versucht wenigstens, mit Würde zu leben – und zu sterben.«

Ariston trat vor. Sein Gesicht war hektisch gerötet, sein Mund verzogen. Ariston war größer als Wolff, jedoch in den Schultern nicht so breit gebaut. Er trug pompöse safrangelbe Kleider, die

mit scharlachroten und grünen Schuppen besetzt waren. Als er in einer ruckartigen Bewegung seinen Arm hochriß, schienen die Schuppen lebendig zu werden.
»Ich habe mir nun genug von dir gefallen lassen, verhaßter Bruder!« schrie er. »Du hast dich erniedrigt, bist eines dieser Tiere geworden – und scheinst dir darauf noch etwas einzubilden! Dazu deine Beleidigungen! Du hast meinen Zorn herausgefordert! Und ich sage dir direkt ins Gesicht: Ich hasse dich, wie ich dich immer gehaßt habe, weit mehr als die anderen. Du bist ein Nichts ... ein Findling!«
Er hatte die schlimmste Beleidigung ausgesprochen, die es gab. Nichts war für einen Herren schlimmer als der ausgesprochene Zweifel an der Abstammung von der alten Rasse.
Ariston zog seinen Dolch. Mit leicht gespreizten Beinen, bereit zu kämpfen, stand ihm Wolff gegenüber. Und doch hoffte er noch immer, daß er nicht gezwungen war, gegen Ariston zu kämpfen. Er wollte keinen offenen Streit vor den *Abutal*.
Ein Schrei, ausgestoßen von dem Späher in der Gondel am Bug der Himmelsinsel, durchbrach Wolffs Konzentration. Die *Abutal* ließen alles stehen und liegen und rannten durcheinander, versuchten sich in Sicherheit zu bringen.
Wolff bekam einen vorbeihetzenden Mann am Arm zu fassen und fragte nach dem Grund für die Aufregung. Der Mann deutete zum Himmel hinauf, riß sich los und rannte weiter. Wolff drehte sich um. Vor dem roten Firmament war ein dunkles, verschwommenes Objekt zu erkennen.

Sechstes Kapitel

Während Wolff zur Brücke rannte, erschien ein weiterer drohender Schatten am Himmel, und noch bevor er die Gondel erreicht hatte, tauchten zwei weitere auf. Der Anblick dieser Flugobjekte verursachte ihm ein unangenehmes Prickeln. Ihre Fremdartigkeit ließ ihn erschauern. Und plötzlich wußte er, was diese Fremdartigkeit ausmachte! Die herannahenden Flugobjekte trieben nicht mit dem Wind! Sie näherten sich im rechten Winkel dazu. Irgend etwas trieb sie an!

Dugarnn empfing ihn auf der Brücke mit einem verwegenen Grinsen. »Du bleibst an meiner Seite, Bruder Wolff, bis ich dir einen anderen Befehl gebe!« sagte er. »Und für deine Gefährten ist jetzt die Zeit gekommen, sich ihren Aufenthalt auf dieser *Abuta* zu verdienen! Ich hörte, wie sie mit ihrer Verwegenheit prahlten. Mögen sie nun ihre Schwerter so führen, wie sie ihr Mundwerk zu führen verstehen – oder dem Feind Worte entgegenschleudern, die eine entsprechende Wirkung ergeben!«

Trommeln wurden geschlagen. Sie sicherten während der Schlacht die Verständigung zwischen dem Befehlshaber auf der Brücke und den einzelnen Oberdecks. Zu jenen Kampfstationen, die sich im Innern der Himmelsinsel oder an den Außen- oder Bodenluken befanden, gab es eine andere Art der Befehlsübermittlung. Ein Netz dünner Rohre, die aus den Knochen des *Girrel*-Fisches gewonnen wurden und gute Schallträger waren, durchzog die *Abuta.* Bis zu einer Entfernung von fünfundzwanzig Metern war es möglich, miteinander zu sprechen – wobei jedes Wort zu verstehen war. Für Befehle an weiter entfernte

Stationen gab es einen Code, der mit einem winzigen Hammer geklopft wurde.
Schweigend beobachtete Wolff den Befehlshaber. Ruhig und besonnen erteilte er seine Befehle. Die Mannschaft war gut aufeinander eingespielt. Selbst Kinder nahmen, im Rahmen ihrer Fähigkeiten, an den Kampfvorbereitungen teil und entlasteten so die erwachsenen Männer und Frauen.
Wolff registrierte eine Bewegung neben sich. Vala war auf die Brücke gekommen. »Von diesen angeblichen Wilden können wir angeblich göttlichen Herren eine Menge über Zusammenarbeit lernen«, sagte er.
»Ohne Zweifel«, stimmte sie zu und blickte über den Ozean. »Jetzt sind es sechs dieser fliegenden Objekte. Woher kommen sie? Was wollen sie?«
»Dugarnn erwähnte die Nichiddor, hatte aber keine Zeit, mir zu erklären, wer oder was die Nichiddor sind. Gedulde dich. Ich bin sicher, daß wir sehr bald eine Antwort auf unsere Frage bekommen werden. *Zu* bald, fürchte ich.«
Inzwischen waren an den Fluggleitern Steigblasen befestigt worden. Die Piloten kletterten an Bord. Die Bedienungsmannschaften brachten die explosiven Blasenbomben an den Flügeln der Gleiter an. Alles geschah in großer Eile, aber dennoch diszipliniert. Kein Ilmawir behinderte einen anderen. Jeder Handgriff wirkte knapp und präzise.
Der Zauberer der *Abutal* schritt die lange Reihe der startbereiten Gleiter ab. Er hatte sich in festliche Gewänder gehüllt, und eine Maske verbarg sein Gesicht. In seiner Rechten trug er ein Doppelkreuz, mit dem er Piloten und Gleiter segnete. Hin und wieder unterbrach er seine Zeremonie, deutete mit dem Doppelkreuz zu den sich rasch nähernden Flugobjekten hinüber und stieß Verwünschungen aus.
Dugarnn wurde ungeduldig, aber offenbar wagte er nicht, den Zauberer zur Eile zu drängen. Endlich war dieser fertig, und

Dugarnn gab das Startsignal. Die Gasblasen mit ihren geflügelten Lasten wurden freigelassen und stiegen rasch auf etwa dreihundert Meter Höhe.

»Sobald die Nichiddor-Nester nahe genug sind, werden sie sich ausklinken. Der große Los behüte sie. Nur wenige von ihnen werden zurückkommen. Aber wenn es gelingt, die Nester zu zerstören ...«

»Acht sind es jetzt«, unterbrach ihn Wolff. Eines der Nichiddor-Nester war inzwischen bis auf knapp eintausend Meter herangekommen. Es war kugelförmig und mochte einen Durchmesser von etwa dreihundert Metern haben. Pflanzen wucherten auf der Außenhaut der Nester und verbargen die Gasblasen, die unregelmäßig konzentrisch angeordnet waren. Die Pflanzen bewirkten das schemenhafte Aussehen, wenn die Nester weiter entfernt waren.

Jetzt erst bemerkte Wolff die winzigen Gestalten. Hunderte von ihnen bewegten sich auf der Oberfläche der Kugel. Ein fliegender Misthaufen, dachte Wolff.

Dugarnn zeigte nach oben. Winzige Punkte standen hoch am Himmel. »Das sind ihre Späher. Die Nichiddor werden erst dann angreifen, wenn die Späher berichtet haben.«

»Erzähle mir von den Nichiddor, Dugarnn.«

»Dort drüben siehst du eine dieser Ausgeburten der Hölle. Sieh sie dir genau an, und ich werde mir eine Menge Worte schenken können.«

Wolff befolgte den Rat. Der Körper des Nichiddor war unbehaart und wirkte entfernt menschlich. Er besaß breite Schultern, aus denen mächtige Schwingen wuchsen. Diese Schwingen waren über und über mit schwarzem Gefieder bedeckt. Die Beine waren dünn und endeten in großen, klauenbewehrten Füßen. Ein langer, schwarzgefiederter Schweif unterstrich das bizarre Aussehen des Wesens.

Das Gesicht des Nichiddor hingegen war nahezu menschlich,

nur die Nase, lang und biegsam, an einen Rüssel erinnernd, störte diesen Eindruck. Als der Nichiddor über Wolff und Dugarnn hinwegglitt, stieß er einen schrillen Laut aus.

Dugarnn warf einen bezeichnenden Blick auf Wolffs Laser. Aber Wolff schüttelte den Kopf. »Es wird besser sein, sic noch nicht wissen zu lassen, worauf sie sich einlassen. Außerdem ist mein Vorrat an Energieladungen begrenzt.«

Der Nichiddor war indessen mit schwerem Flügelschlag zu dem nächsterreichbaren Nest geflogen. Ohne Zweifel waren diese Kreaturen ein Werk Urizens. Er hatte sie zu einem Bestandteil dieser Welt gemacht, um sich an ihnen und ihren schrecklichen Taten zu erfreuen. Es mußten menschliche Wesen sein – wenngleich auch nicht unbedingt Angehörige der Rasse der Herren –, deren Körper er in seinen Labors verändert hatte. Wahrscheinlich hatte er sie von anderen Welten entführt. Einige von ihnen mochten sogar von der Erde stammen.

Jetzt führten sie ein fremdartiges Leben unter einem roten Himmel und einem finsteren Mond. Sie wurden in einem fliegenden Nest geboren und aufgezogen. In einem Nest, das in den Winden dieser Welt ohne Festland dahintrieb. Sie lebten hauptsächlich von Fischen, die sie, dem Fischadler ähnlich, mit ihren Klauen fingen. Führte sie ihr Kurs jedoch in die Nähe einer schwimmenden oder fliegenden Insel, so töteten sie, um rohes Menschenfleisch fressen zu können.

Und jetzt sah Wolff, warum sich die Nester näherten, obwohl ihnen der Wind entgegenstand. Die Schwingen mehrerer hundert Nichiddor schlugen im Gleichtakt. Die Flügelkreaturen zogen das Nest!

Das erste Nest war jetzt bis auf fünfhundert Meter heran, und diesen Abstand behielt es bei. Die anderen Nester schlossen auf. Zwei stiegen tiefer. Von diesen Kugeln aus würden die Nichiddor die Himmelsinsel von unten her angreifen. Zwei

Nester schwenkten ein und bezogen auf der anderen Seite Position.

Ruhig wartete Dugarnn ab, bis die Nichiddor ihre Angriffspositionen eingenommen hatten.

»Warum gibst du den Gleitern nicht den Befehl zum Angriff?«

»Würden sie angreifen, bevor der Haupttroß der Angreifer über uns steht, so würde sich jeder Nichiddor in die Luft schwingen, um sie abzufangen. Sehr wahrscheinlich würden die Gleiter nicht durchkommen. Aber wenn der Hauptteil der Armee der Angreifer im Kampf mit der *Abuta* steht, ist die Zeit des Angriffs für die Gleiter gekommen. Dann nämlich werden sich nur wenige Nichiddor mit ihnen befassen können. Den Gleitern verbleibt so die Chance, zu den Nestern durchdringen zu können. Bisher jedenfalls war diese Strategie erfolgreich.«

»Warum beseitigen die Nichiddor die Gleiter nicht, *bevor* sie Himmelsinseln angreifen?«

Dugarnn zuckte mit den Schultern. »Sie tun nie das, was uns als strategisch am besten erscheint. Vielleicht bedeutet das Fehlen von Händen gleichzeitig eine verminderte Intelligenz? Bis zu einem gewissen Maß können sie ihre klauenbewehrten Füße oder ihren Körper natürlich einsetzen, aber sie sind weit weniger geschickt als wir.

Andererseits ... Vielleicht bereitet es den Nichiddor auch ganz einfach ein gewisses Vergnügen, den Piloten der Gleiter eine Chance im Kampf zu geben. Oder sie sind ganz einfach überheblich – wie ein Seeadler, der einen Hai oder eine andere gefährliche Kreatur angreift, die ihm vom Gewicht her um vielleicht tausend Pfund überlegen ist und die er überhaupt nicht zu töten vermag.«

Jetzt trug der Wind das Schnattern der Nichiddor heran. Dann war das schrille Trompeten ihrer Rüssel zu hören. Und plötzlich wurde es vollkommen still. Dugarnn schien zu Stein erstarrt,

nur seine Augen lebten. Dann hob er langsam seine Hand. Ein Krieger, der in seiner Nähe Stellung bezogen hatte, hielt eine Gasblase bereit. Neben dem Mann, der seinen Blick unverwandt auf den Befehlshaber gerichtet hielt, war eine Steinschale aufgestellt, die glühende Kohlen enthielt.
Das Schweigen wurde von einem hundertstimmigen Angriffsschrei der Nichiddor zerfetzt. Mit der Wucht eines Donnerschlages rollte der Schrei heran – und zerfaserte. Die Nichiddor erhoben sich von ihren Nestern, kraftvoll schlugen ihre mächtigen Schwingen.
Dugarnn senkte seine Hand. Der Krieger hielt den kurzen Zünder der Gasblase in die Glut der Kohlen. Dann ließ er sie los. Rasch stieg sie gut zwanzig Meter hoch und explodierte.
Jetzt handelten die Piloten der Gleiter. Sie lösten die Steigleinen und stürzten sich auf die Nichiddor-Nester. Wolff starrte den finsteren, rasch heranflatternden Horden der Flügelkreaturen entgegen, und sein Vertrauen in den Laser begann zu wanken. Aber er sagte sich, daß es den Ilmawir auch ohne Hilfe eines Lasers bereits früher gelungen war, die Angriffe der Nichiddor zurückzuschlagen. Sie hatten große Verluste hinnehmen müssen, aber sie waren siegreich geblieben. Doch der Rest eines unguten Gefühls blieb bestehen. Nie zuvor hatten acht kampfbereite Nester gleichzeitig ein *Abuta* der Ilmawir umringt.
Einer der weißen Vögel flog über sie hinweg, und sein wilder Schrei war weithin zu hören. Wolff fragte sich abermals, ob diese Vögel die Augen Urizens waren. Konnte sein Vater durch ihre Augen sehen, ihre Gehirne lenken? Wenn diese Vermutung zutraf, würde er nur zu bald ein Schauspiel zu sehen bekommen, das so ganz nach seinem blutgierigen Herzen war.
Wie eine schwarzbraune Wolke umgaben die Nichiddor die Himmelsinsel. Aber sie stießen nicht weiter vor. Knapp außerhalb der Reichweite der Bogenschützen verharrten sie kurz, um

dann in stetig enger werdenden Kreisen näher heranzufluten. Die Bogenschützen der Ilmawir warteten auf das Zeichen ihres Befehlshabers. Die Frauen hatten ihre Stellungen an den Steinschleudern eingenommen, und auch sie warteten.

Dugarnn hatte seine Leute am Bug der fliegenden Insel konzentriert. Wolff erkannte den Sinn dieser Strategie. Dugarnn hatte vermeiden wollen, seine ohnehin dezimierte Mannschaft dadurch zu schwächen, daß er sie ein weiträumiges Gebiet verteidigen ließ. So waren die Inselwälle nahezu unbesetzt. Nichts hielt die Nichiddor davon ab, am hinteren Ende der *Abuta* niederzugehen. Sie taten es jedoch nicht, vermutlich deshalb, weil sie es haßten, sich auf ihren schwachen Beinen voranzubewegen.

Noch drohte keine unmittelbare Gefahr. Wolff hielt Ausschau nach den Fluggleitern, die den Kampf inzwischen aufgenommen hatten. Einige Gleiter waren tief abgefallen, um die beiden unter der Himmelsinsel stehenden Nester anzugreifen. Andere kamen in diesem Moment in steilem Gleitflug herab. Zahlreiche Nichiddor stiegen aus ihrem Nest auf, um den Ilmawir zu trotzen.

Zwei Gleiter schwebten über dem nächstgelegenen Nest. Kleine Gegenstände, die eine Rauchfahne hinter sich herzogen, wurden abgeworfen und fielen direkt auf das Nichiddor-Nest. Weibliche Flügelkreaturen krabbelten mit hektisch schlagenden Flügeln herbei. Eine Explosion, Feuer und Rauch ... Gleich darauf erfolgte eine weitere Detonation.

Die beiden Gleiter wurden scharf emporgerissen. Dank der Wucht ihrer Eigengeschwindigkeit, die durch den Sturzflug noch vervielfacht wurde, gelang es ihnen zu wenden. Sie kamen zu einem zweiten und letzten Angriff zurück. Wieder gelang es den Piloten, die Gasbomben ins Ziel zu setzen. Feuer breitete sich auf dem trockenen Pflanzenwerk des Nestes aus, erfaßte und umhüllte einige der riesigen Gaszellen. Die weiblichen

Flügelkreaturen schrien und zeterten. Ihre Schreie übertönten sekundenlang, minutenlang den Flügelschlag und das Trompeten jener Nichiddor, die die Himmelsinsel der *Abutal* eingekreist hatten.
Schweigend beobachtete Wolff das Ende des Nestes. Gigantische Flammenzungen leckten über die Kugel. Weibliche Nichiddor stiegen daraus empor, ihre Jungen mit den Fußklauen haltend. Das Nest brach auseinander. Trümmerstücke segelten, scheinbar schwerelos geworden, durch die Luft und trafen flüchtende Nichiddor. Ein Nichiddor-Junges stürzte, hilflos mit den nur mäßig ausgebildeten Schwingen flatternd, in die Tiefe – und wurde in letzter Sekunde von einem Nichiddor-Weibchen, vermutlich der Mutter, aufgefangen. Mit ruhigem Flügelschlag stieg sie höher und flog einem Nest entgegen, das noch nicht umkämpft war.
Zur gleichen Zeit trudelten zwei Nester brennend und von Explosionen zerrissen ab. Mehrere hundert Nichiddor lösten sich aus dem Blockadering, den sie um die Himmelsinsel der *Abutal* geschlossen hatten. Sie schwangen sich hinab und folgten den Gleitern, die zur Wasserlandung ansetzten.
Wolffs Hand umkrampfte den metallenen Griff des Lasers. Jene Nester, die sich auf gleicher Höhe mit dem *Abuta* befanden, waren außerhalb der Reichweite. Möglicherweise aber waren die unter der *Abuta* stehenden Nester näher herangekommen ...
Wolff verständigte den Befehlshaber von seinem Vorhaben und jagte los. Er stieg hinab. Im Bauch der Himmelsinsel war es dunkel und stickig. Wolff achtete nicht darauf. Er erreichte eine Luke und spähte vorsichtig hindurch. Die Nester waren tatsächlich nahe genug herangetrieben. Wolff visierte nur kurz, dann drückte er ab. Der Energiestrahl traf voll ... einmal ... zweimal ... Beide Nester vergingen in einer gigantischen Detonation, und die nachfolgende Druckwelle schleuderte

Wolff zurück. Rauchfahnen stiegen in die Höhe, zerfaserten langsam.
Jene Nichiddor, die dem Inferno hatten entgehen können, versuchten, durch die Bodenluken zu gelangen. Wolff atmete tief durch. Es wurde ernst. Er stellte den Laser auf halbe Energie und feuerte. Mehr und mehr Nichiddor flatterten heran. Verbissen hielt Wolff sie eine Weile auf Distanz. Dann war es einigen gelungen, die Verteidigung zu durchbrechen. Scharenweise quollen sie durch die Luken in das Innere der Himmelsinsel.
Wolff hetzte wie ein Berserker hierhin und dorthin. Der gleißende Silberstrahl des Lasers fraß sich in die Mengen der Angreifer und reduzierte sie. Wolff mußte vorsichtig sein. Der Energiestrahl durfte keine der zahlreichen großen Gasblasen verletzen. Das würde den Anfang vom Ende bedeuten.
Schließlich war der Angriff der Nichiddor auf dieser Seite zu einem Großteil zerschlagen, obwohl die Himmelsinsel zu groß war, um den gesamten Luftraum darunter wirksam im Alleingang verteidigen zu können. Wolff zog sich zurück, als er sicher sein konnte, daß kein weiterer Angriff unmittelbar bevorstand. Er rannte die Stufen hinauf. Oben angekommen, stellte er fest, daß die Nichiddor ihren Hauptangriff gestartet hatten. Der Entscheidungskampf hatte begonnen. Dieser Teil der Insel war ein wirbelndes, kreischendes, schreiendes Tohuwabohu. Nichiddor und Ilmawir kämpften verbissen, Körper an Körper.
Die Bogen- und Schleuderschützen hatten einen hohen Blutzoll von der ersten Angreiferwelle gefordert. Die heranwimmelnde zweite Welle kam jedoch nahezu unbehelligt durch. Die Nichiddor waren über den Ilmawir, die Schlacht wurde zum Kampf Mann gegen Mann. Obwohl die Flügelkreaturen keine Waffen besaßen, waren sie mächtige Gegner.
Mit einem einzigen Flügelschlag vermochten sie einen Ilmawir

niederzuwerfen. Anschließend machten die großen, klauenbewehrten Füße dem bedauernswerten Opfer den Garaus.
Die *Abutal* verteidigten sich mit Speeren und Schwertern, deren flache Klingen mit Haifischzähnen umsäumt waren, sowie mit Dolchen, die aus einer bambusartigen Oberflächenpflanze hergestellt waren.
Wolff griff in den Kampf ein. Er tötete jeden Nichiddor, der sich in der Nähe des Hauptdecks aufhielt. Die Herren der Dimensionen hatten sich zu einer Gruppe zusammengeschlossen und einen Kreis gebildet. Sie schlugen mit ihren Schwertern um sich. Wolff nahm die Nichiddor, die sie bedrängten, unter Feuer.
Plötzlich lag ein Schatten über ihm. Wolff ließ sich fallen, wirbelte herum, kam auf dem Rücken zu liegen und feuerte. Zwei Flügelkreaturen stürzten leblos zu Boden. Eine Schwinge wischte über Wolff hinweg und bedeckte ihn schließlich, wie eine Fahne den Leichnam eines hohen Staatsmannes bedeckt. Atemberaubender Fischgestank drang in Wolffs Nase. Mühsam arbeitete er sich unter der Nichiddor-Schwinge hervor. Gerade noch rechtzeitig, um zwei Angreifer zu erschießen, die Dugarnn mit dem Rücken an die Wand gezwungen hatten. Dugarnns Frau lag in seiner Nähe. Ihr Speer hatte einen Nichiddor tödlich getroffen. Aber sie hatte ihren Mut mit dem Leben bezahlen müssen. Gesicht und Brüste waren von den Klauen des Nichiddor zerfetzt. Eine andere Flügelkreatur hatte sich auf ihrem Leichnam niedergelassen und zerrte an ihm. Wolff feuerte, und der Nichiddor verging in einer glühenden Wolke.
Mindestens zwei Dutzend Nichiddor griffen ihn nun konzentriert von allen Seiten und von oben her an. Wolff drehte sich wie ein Kreisel, und der Strahl des Lasers forderte Tribut. Die Getöteten türmten sich, verkohlt und stinkend, um ihn herum. Tränen standen in seinen Augen, als er das Zentrum des Angriffs hinter sich ließ. Er stieg über die toten Nichiddor hinweg. Das Tosen der Schlacht war überlaut um ihn herum.

Wolff schoß nach allen Seiten, und gewöhnlich traf er sein Ziel. Durch die Wucht des Kampfes wurden jedoch zwei *Abutal* in seine Feuerlinie geschleudert. Leblos brachen sie zusammen. Ein Würgen kam in Wolff hoch, und Verzweiflung breitete sich in ihm aus, obwohl er wußte, daß er im Grunde genommen am Tod der beiden Männer unschuldig war. Er riß sich zusammen. Es fiel ihm schwer, weiterzukämpfen und noch mehr Leben zu vernichten. Aber es blieb ihm wohl keine andere Wahl.
Trotz ihres verbissenen Widerstandes hatten die Ilmawir nahezu die Hälfte ihrer Leute verloren. Eine Niederlage schien unvermeidbar. Selbst Wolffs Laser vermochte daran nichts mehr zu ändern. Längst schon hätten die gewaltigen Verluste die Nichiddor zur Aufgabe bewegen müssen. Aber sie kämpften wild entschlossen weiter, wie in einem Rausch, bereit, ihr Leben im Kampf zu beenden.
Wolffs Brüder und Vettern hielten sich, wenngleich blutüberströmt, noch immer auf den Beinen. Er verschaffte ihnen abermals Luft und rief sie zu sich. Sie kamen, umstellten ihn und hielten die Flügelkreaturen auf Distanz, während Wolff feuerte. Nur noch zwei Magazine waren vorhanden. Obwohl er insgeheim immer noch gehofft hatte, den Laser gegen Urizen einsetzen zu können, fühlte er jetzt keine Traurigkeit in sich. Er zog den Kampf mit dem Schwert, Mann gegen Mann, dem Töten mit dem Laser vor. Der Kampf gegen die Nichiddor allerdings stand auf einem anderen Blatt geschrieben. Dieses Übermaß an Grausamkeit und Vernichtungswut konnte nur mit dem Laser in die Schranken gewiesen werden. Zwar nicht so vollständig, wie er es sich gewünscht hätte, aber doch zu einem großen Teil.
Vala stand dicht vor ihm und schrie auf. Ihr ausgestreckter Arm deutete zum Himmel empor. Dort oben war ein dunkles Objekt zu erkennen – ein schwarzer Komet!

Die *Abutal* wurden ebenfalls aufmerksam, blickten auf und vernachlässigten sekundenlang ihre dem Kampf gewidmete Konzentration. Und sie sahen den Kometen. Aus Hunderten von Kehlen gleichzeitig kam ein Schrei der Verzweiflung. Die *Abutal* ließen ihre Waffen fallen, wandten sich ab und rannten zu den nächstliegenden Luken, die in die Tiefe der Himmelsinsel führten.

Auch die Nichiddor reagierten mit Panik, als sie den schwarzen Kometen erblickten. Mit hastigem Flügelschlag stießen sie in die Luft und versuchten, ihre Nester zu erreichen oder unter die Himmelsinsel der Ilmawir zu gelangen.

Wolff kannte den Grund. Dugarnn hatte ihm von den schwarzen Kometen, die gelegentlich den Raum über dieser Welt heimsuchten, erzählt. Und er hatte ihn vor dem unheimlichen Tod, der diese Kometen stets begleitete, gewarnt.

Wolff warf seinen Laser nicht fort, aber auch er rannte jetzt, so schnell er konnte, einer Luke entgegen. Leise, pfeifende Geräusche näherten sich rasch. Löcher erschienen, wie hingezaubert, im Blatt- und Wurzelwerk der Wände. Winzige Rauchfahnen ringelten sich aus der Überdachung des Hauptdecks.

Einer aus der fliehenden Horde der Nichiddor schrie grell auf, seine Schwingen schlugen wild. Dann fiel er auf das Deck der *Abuta* zurück. Sein Körper war durchlöchert. Weitere Flügelkreaturen fielen vom Himmel. Dann erwischte es *Abutal*, die den Schutz der Unterkünfte nicht mehr erreicht hatten. Die Leichen zuckten epileptisch unter dem Prasseln der winzigen Tropfen.

Dort war die Luke, dort war Sicherheit! Wolff hastete weiter. Ein Quecksilbertropfen schlug ihm den Laser aus der Hand. Mitten im Lauf griff Wolff erneut nach der Waffe und rannte weiter.

Dann hatte er die Luke erreicht. Enion, Ariston, Palamabron und Tharmas versperrten den Weg in die Sicherheit. Sie stritten

sich. Alle wollten sich gleichzeitig in die Sicherheit der Unterkunft retten und behinderten sich gegenseitig. Sie schlugen aufeinander ein, fluchten und riefen nach Los. Einige schrien sogar nach ihrem Vater Urizen oder nach ihrer längst toten Mutter.
Den Bruchteil einer Sekunde lang war Wolff tödlich entschlossen, sich den Weg freizuschießen. Keiner von ihnen, ausgenommen Luvah, hätte in diesem Augenblick gezögert, so zu handeln. Hier draußen zu bleiben, bedeutete den Tod. Jede Sekunde zählte.
Wolff feuerte nicht, sondern warf sich vorwärts, direkt in das Getümmel seiner Brüder und Vettern hinein. Er riß sie mit sich. Sie kratzten, bissen und fluchten.
Glühender Schmerz brannte auf seiner Wade. Mit einem klatschenden Geräusch prallte ein Quecksilbertropfen auf seinen Schädel. Dann endlich war er in Sicherheit. Er taumelte und fiel. Mit den Händen blockte er den Sturz ab. Der Laser entfiel ihm und schepperte zu Boden.
Wolff rollte sich über die Schulter ab und kam wieder hoch. Er stieß gegen Palamabron, der soeben die zweite Leiter in die Tiefe hinuntersteigen wollte. Palamabron wurde nach vorn geschleudert und fiel in den Schacht hinunter. Palamabron wälzte sich in einem Knäuel aus Menschenleibern. Das waren die anderen Herren, die anderen Lords.
»Es tut gut, die ganze Verwandtschaft auf einem Haufen liegen zu sehen«, flüsterte Wolff halb zu sich selbst.
Die Lords brüllten und fluchten. Niemand schien jedoch ernsthaft verletzt zu sein. Zu einem anderen Zeitpunkt hätte Wolff sich amüsiert. Aber jetzt hatte er andere Sorgen. Er kratzte die Quecksilbertropfen aus seinem Haar. Dann untersuchte er sein Bein. Der Tropfen hatte es glücklicherweise lediglich gestreift. Es war keine gefährliche Verletzung.
Wolff erhob sich und stieg in die Tiefe hinunter. Es war wohl

das beste, sich so tief wie möglich in den Bauch der Insel zurückzuziehen. Denn ein schwerer und lange anhaltender Quecksilberregen konnte die gesamten oberen Decks der *Abuta* zerstören.
Wolff wagte nicht daran zu denken, was geschehen würde, wenn die Quecksilbertropfen die Hüllen der großen Gasblasen durchlöcherten.

Siebentes Kapitel

Vala stand in der Nähe einer kugelförmigen Kammer. Sie begrüßte ihn und lachte. In ihrem Lachen zitterte keine Hysterie und keine Furcht, sondern echtes Vergnügen. In dem Dämmerlicht, das hier unten herrschte, konnte Wolff Valas Gesicht nur schwer ausmachen. Aber er war sicher, daß ihre Augen in diesem Moment amüsiert leuchteten.

»Ich freue mich für dich, daß du diese Situation lustig finden kannst«, sagte er. Er war vom Blut der Nichiddor überströmt und schwitzte. Mit einer müden Geste wischte er über sein Gesicht. Da Vala nichts entgegnete, fuhr er schließlich fort: »Du warst schon immer seltsam. Schon als Kind hast du uns andere mit Vorliebe gequält und grausame Scherze mit uns getrieben. Und jetzt, herangewachsen zu einer Frau, liebst du das Blut und die Leiden anderer mehr als die Liebe.«

»Dann bin ich doch ein typisches Beispiel aus der Rasse der Lords«, gab sie zur Antwort. »Ich bin die wahre Tochter meines Vaters. Und ich bin die wahre Schwester meines Bruders Jadawin. Denn du warst wie ich, bevor du zu diesem sentimentalen, degenerierten Halberdenmenschen Wolff wurdest!«

Sie kam näher heran, und ihre Stimme wurde zu einem Flüstern. »Lange ist es her, daß ich einen Mann hatte, Jadawin. Und du hast keine Frau berührt, seit du durch Urizens Tor gekommen bist. Ich kenne dich, Bruder. Ich weiß, daß du leidest, wenn ein Tag vergeht, ohne daß du mit einer Frau geschlafen hast. Ich kann den Abscheu, den du mir entgegenbringst, nicht verstehen. Und doch bitte ich dich, ihn zu vergessen. Komm mit mir.

Es gibt hundert Verstecke im Zwielicht des Bauches dieser Insel. Dunkle, warme und intime Orte, wo niemand uns stören wird. Ich *bitte* dich, obwohl mein Stolz groß ist ...«

Sie hatte nicht ganz unrecht. Wolff fühlte, wie jenes Verlangen ihn überkam, das er bisher durch ständige Aktivität verdrängt hatte. Nachts, wenn er nicht hatte schlafen können, waren seine Gedanken auf die Reise gegangen. Er hatte versucht, sich vorzustellen, wie es gelingen würde, zu Urizen vorzudringen. Er hatte tausend Fallen vorhergesehen, und er hatte tausend Möglichkeiten überlegt, das Beste aus der augenblicklichen Situation zu machen.

»Erst das Blutmahl, und zum Nachtisch dann die Lust«, versetzte er. »Nicht ich bin es, der dich erregt, sondern der Stoß einer Klinge, das Spritzen von Blut.«

»Beides erregt mich«, erwiderte sie und streckte ihre Hand aus. »Komm mit mir.«

Er schüttelte den Kopf. »Nein, ich will nichts mehr davon hören. Dieses Thema ist gestorben, endgültig!«

»Auch du wirst bald sterben!« erwiderte sie bissig. »Niemand darf es wagen ...« Sie brach ab und ging davon. Wenig später sprach sie mit Palamabron. Bald darauf verschluckte die Dunkelheit eines Korridors die beiden.

Einen Augenblick lang spielte Wolff mit dem Gedanken, ihnen den Befehl zu geben zu bleiben. Immerhin hatten sie ihre Posten verlassen. Zwar war die Gefahr der angreifenden Nichiddor vorerst gebannt, aber wenn der Quecksilberregen intensiver wurde, bestand immerhin die Möglichkeit, daß die Insel völlig zerstört oder zumindest schwer angeschlagen wurde. Jeder wurde dann gebraucht, um zu retten, was zu retten war. Andererseits war die Kooperation der Lords lediglich eine mündlich beschlossene Sache, und es gab kein formelles Abkommen mit entsprechenden Strafen für Befehlsverweigerung. Versuchte er dennoch, sich in Valas und Palamabrons Angelegenheiten einzumischen, so würde man ihn zweifellos beschuldigen, aus Eifersucht gehandelt zu haben. Und diese Anschuldigung wäre nicht einmal völlig aus der Luft gegriffen. Er fühlte tatsächlich einen Stich in seiner Brust, als er Vala mit einem anderen Mann fortgehen sah. Ein Beweis dafür, daß ihm Vala – trotz allem, was geschehen war, und trotz der fünfhundertjährigen Trennung – immer noch etwas bedeutete.

»Wie lange mag der Quecksilberregen noch dauern?« fragte Wolff Dugarnn.

»Möglicherweise noch etwa eine halbe Stunde«, erwiderte der Befehlshaber. »Der Regen wird von dem schwarzen Kometen mitgeführt. Wir nennen ihn übrigens das *Gelächter Urizens*, denn Urizen selbst muß diesen Regen erdacht und erschaffen haben. Er ist ein grausamer und blutiger Gott, der sich an den Leiden seines Volkes erfreut.«

Dugarnn hatte keine wahre Vorstellung von dem Universum, in das er als Nachkömmling gefangener Herren und Herrinnen hineingeboren worden war. Für ihn existierte nur diese eine Welt. Die Lords waren Halbgötter, Söhne und Töchter, die Urizen mit sterblichen Frauen gezeugt hatte. Die Lords waren sterblich, jedoch ungewöhnlich mächtig.

Eine Explosion war zu hören. Einen Augenblick lang fürchtete Wolff, daß die Quecksilbertropfen in eine der Gasblasen am hinteren Ende der Insel eingeschlagen waren. Aber ein *Abutal* erklärte ihm, daß lediglich ein Nichiddor-Nest explodiert sei.

»Es ist weniger geschützt als diese *Abuta*«, sagte der Mann. »Ein konzentrierter Quecksilberregen vermag eine Gasblase zu verletzen, und die so entstehende Kettenreaktion zerreißt das ganze Nest.«

Wolff ging zu Theotormon hinüber, der in einer dunklen Ecke der Kammer kauerte. Mit einer Mischung aus Haß und Trübsal blickte ihm Theotormon entgegen.

»Bist du unverletzt?« erkundigte sich Wolff.
Theotormon wandte seinen Schädel ab und schwieg. Wolff verstummte und hockte sich neben den monströsen Bruder. Nach einer Weile wurde Theotormon unruhig. Schließlich sah er Wolff direkt an. »Warum erkundigst du dich nach meinem Befinden? Willst du dich in meine Gunst schmeicheln? Willst du etwas von mir wissen?«
»Du weißt, daß ich es nicht nötig habe, dir zu schmeicheln, Bruder Theotormon. Ich könnte dich zum Reden zwingen – und zwar so, wie es die anderen getan haben . . .« Wolffs Stimme hatte härter geklungen als beabsichtigt, und Theotormon war leicht zusammengezuckt.
»Was willst du wissen?«
»Erzähle mir von Urizens Universum.«
»Vater erzählte mir, daß es vier Planeten gibt, jeder auf einer stabilen Kreisbahn um den zentralen fünften Planeten Appirmatzum. Auf Appirmatzum befindet sich Urizens Festung. Jeder Planet in diesem Universum mag etwa so groß sein wie dieser hier. Die Distanz zu Appirmatzum beträgt knapp dreißigtausend Kilometer.
Dieses Universum Urizens ist sehr alt. Bereits vor mehr als fünfzehntausend Jahren wurde es, wie eine ganze Reihe anderer Universen, von unserem Vater geschaffen. Und er verstand es, jedes seiner Universen verborgen zu halten. Die Tore wurden nur dann aktiviert, wenn er ein Universum betrat oder verließ. Den Suchstrahlen blieb keine Chance, sie wahrzunehmen und aufzuspüren.«
»Deshalb also konnte ich nur drei Planeten sehen«, murmelte Wolff. »Die beiden äußeren Planeten stellen die Eckpunkte eines Quadrats dar. Der gegenüberliegende Planet wird stets von Appirmatzum verdeckt.«
Keine Sekunde lang wunderte er sich über die gewaltigen Kräfte, die derart große Körper dirigierten und sie Bahnen beschreiben

ließen, die sie relativ nahe zusammenführten und doch in stabilem Umlauf hielten. Er vermochte zwar die ererbte Supertechnik der Lords zu bedienen, aber er verstand sie ebensowenig wie die anderen. Aber im Gegensatz zu den anderen, denen es genügte, die Kräfte der Supertechnik nutzen zu können, empfand er diesen Zustand als unbefriedigend. Er wollte lernen. Denn er wußte, daß gerade die fehlende Sachkenntnis den Status eines jeden Lords verwundbar machte. Wurde ein Waffensystem oder eine besonders wichtige Apparatur defekt – oder von einem anderen Schöpfer gestohlen –, so vermochte man sie nur zu ersetzen, indem man sie anderweitig stahl. Immer vorausgesetzt, daß gerade jenes Waffensystem oder gerade jene Apparatur überhaupt noch existierten. Deshalb waren die Verteidigungssysteme im Laufe der Zeit wirkungsloser geworden. Das Netzwerk der tödlichen Fallen wurde großmaschiger. Auch wenn eine Festung uneinnehmbar schien, so gab es doch Lücken, und es war entscheidend, so lange zu überleben, bis man eine dieser Lücken ausfindig gemacht hatte.

Möglicherweise gab es auch in Urizens scheinbar so perfekt ausgeklügeltem System von Todesfallen Lücken, durch die man entkommen konnte. So aussichtslos das Schicksal der Gruppe im Moment erschien – Wolff gab die Hoffnung nicht auf.

Noch immer prasselte der Quecksilberregen hernieder. Bis in die Tiefe der *Abuta* waren die Einschläge der alles vernichtenden Tropfen zu hören. Wolff achtete jetzt nicht mehr so sehr auf diese Geräusche. Er grübelte. Da war irgendeine Belanglosigkeit aufgeleuchtet, sekundenlang nur. Und er wußte, daß diese scheinbare Belanglosigkeit ihn schon eine ganze Weile plagte. Jetzt endlich gelang es ihm, sich zu erinnern. Die Namen seines Vaters, seiner Brüder, Schwestern, Vettern und Nichten hatten damals, als er seine Erinnerung als Jadawin, der Herr der Welt der Ebenen, zurückerlangt hatte, eine Saite in ihm zum Schwingen gebracht, aber er hatte es nicht vermocht, sie real zu fassen.

Stets war eine Ungewißheit in ihm verblieben. Aber jetzt war diese Ungewißheit wie weggewischt.
Urizen, Vala, Luvah, Anana, Theotormon, Palamabron, Enion, Tharmas, Rintrah – das waren die Namen der gewaltigen und finsteren Weltenschöpfer, die sich in den didaktischen und symbolischen Werken des Erdenmenschen William Blake wiederfanden. Und diese Übereinstimmung war gewiß kein Zufall!
Aber wie kam es, daß der mystische englische Dichter ausgerechnet diese Namen benutzt hatte? War einer der Lords auf der Erde gewesen und hatte aus irgendeinem Grund von der Rasse der Herren erzählt? Diese Möglichkeit war nicht auszuschließen.
Blake mußte einen Teil der Gesichte als Basis für seine apokalyptische Poesie verwendet haben – wenngleich auch stark verzerrt und entfremdet.
Wolff beschloß, entsprechende Nachforschungen auf der Erde vorzunehmen, falls es ihm gelang, mit heiler Haut aus dieser Situation zu entkommen. Und er würde mit anderen Lords reden. Zumindest würde er es versuchen, schränkte er ein.
Das Trommeln des Quecksilberregens wurde schwächer und versiegte schließlich ganz. Dennoch warteten sie eine weitere halbe Stunde, um sicher sein zu können, daß die tödliche Gefahr tatsächlich vorüber war.
Schließlich kehrten die *Abutal* auf die Oberfläche der Himmelsinsel zurück. Der Boden war aufgebrochen, zerfressen und versengt.
Die Wände des Amphitheaters – Wolff war im Laufe der Zeit dazu übergegangen, das sich stufenförmig nach oben hin verjüngende Oberdeck der *Abuta* so zu nennen – waren durchlöchert, Wurzelranken und Blattwerk zerfetzt. Die Gondel am Bug der Himmelsinsel war ein Wrack. Kleine Quecksilberkügelchen lagen auf dem ganzen Oberdeck verteilt. Gott Chaos hatte

zugeschlagen. Die fliegende Insel bot ein schreckliches Bild der Zerstörung.
»Der Quecksilberregen kann nicht mit einem Meteorregen verglichen werden«, sagte Theotormon, der sich neben Wolff aufhielt. »Die Quecksilbertropfen bewegen sich lediglich mit einer Geschwindigkeit von einhundertundfünfzig Kilometern pro Stunde, und wenn sie in die Atmosphäre eintauchen, erfahren sie einen erheblichen Geschwindigkeitsverlust und brechen auseinander. Und doch ...« Er hob eine seiner Flossen und deutete auf die Zerstörung ringsum.
Die noch unzerstörten Nester der Nichiddor trieben langsam davon. Offenbar hatten die Flügelkreaturen nun genug mit ihren eigenen Problemen zu tun. Sie schienen keine Lust zu verspüren, den Kampf neu aufleben zu lassen. Eines der Nester war derart mit Flüchtlingen überladen, daß es an Höhe verlor.
Wolff trat zu Dugarnn, der niedergeschlagen aussah. »Die Verluste waren bitter«, sagte Dugarnn. »Es wird nun nahezu unmöglich sein, die *Abuta* zu manövrieren. Einem neuerlichen Angriff werden wir hilflos ausgeliefert sein. Wir werden hilflos über die Meere dieser Welt treiben und niemals wieder unsere alte Macht zurückgewinnen. Es dauert zu lange, bis die Kinder zu starken Kriegern herangewachsen sind, wenn sie überhaupt heranwachsen. Mein Volk ist dem Tode geweiht.«
»Dein Volk ist nicht verloren, solange ihr euch nicht selbst aufgebt«, widersprach Wolff. »Ihr könnt Schlachten mit anderen Himmelsinseln und mit Schwimminseln vermeiden, und Nichiddor-Nester existieren nicht in großer Zahl. Du selbst hast erzählt, daß du seit über fünfzehn Jahren keinem Nester-Schwarm mehr begegnet bist.«
»Du erwartest von uns, daß wir einem Kampf ausweichen?« stieß Dugarnn hervor. »Das ist undenkbar. Der Name unseres Volkes wäre dann ein Schimpfwort im Mund unserer Feinde!«
»Unsinn!« versetzte Wolff. »Ihr könnt jederzeit verhindern, von

möglichen Gegnern überhaupt erkannt zu werden. Indem ihr euch zurückhaltet, werdet ihr wieder ein großes und starkes Volk werden. Die Jünglinge könnten heranwachsen. Aber das ist eine Entscheidung, die dein Volk treffen muß. Wenn ihr mit der überlieferten Tradition nicht brechen könnt, dann sterbt.«

Wolff wandte sich ab und half den Räumkommandos, die die Insel vom Hauch des Todes und der Zerstörung säuberten. Die Leichname der Nichiddor wurden über Bord geworfen. Dann wurde eine mehrstündige Trauerzeremonie für die getöteten *Abutal* abgehalten. Dugarnn sprach die Gebete und Beschwörungen, denn der Zauberer der Himmelsinsel lebte nicht mehr. Während der Schlacht mit den Nichiddor war ihm der Schädel abgerissen worden.

Erst im Morgengrauen des nächsten Tages beendeten die *Abutal* die Zeremonie. Man ließ die toten Körper der Gefallenen über den Rand der fliegenden Insel gleiten, und der Ozean nahm sie auf.

Tage und Nächte zogen langsam, wie eine von schwachem Wind getriebene Himmelsinsel, vorüber. Wolff verbrachte einen Großteil seiner Zeit damit, die großen, während der Tagperioden braun schimmernden Planeten zu beobachten. Und oft starrte er zu Appirmatzum empor. Nur dreißigtausend Kilometer war diese Welt entfernt. So nahe – und doch so unendlich weit.

Aber war es tatsächlich unmöglich, nach Appirmatzum zu gelangen? Ein Plan begann in Wolffs Gehirn zu reifen, ein Plan, der so phantastisch war, daß er nahe daran war, ihn sogleich wieder zu verwerfen. Aber wenn es ihm wirklich gelingen sollte, das nötige Material zu beschaffen ...

In den folgenden Tagen überflog die *Abuta* das Polargebiet, das sich um keinen Deut von den anderen Regionen des Planeten unterschied.

Zweimal tauchten feindliche Himmelsinseln in der Ferne auf und nahmen Kurs auf Dugarnns *Abuta,* aber Dugarnn hatte die Flucht befohlen. Die seitwärts angebrachten Gasblasenreihen wurden bedient, und mit dem Entweichen des Gases nahm die Insel Fahrt auf. Die Distanz zwischen den beiden Inseln blieb konstant, und schließlich gaben die Verfolger der *Abuta* auf. Wahrscheinlich hatten Kurskorrektur und anschließende Verfolgung so viel Gas verbraucht, daß der feindliche Befehlshaber weitere Verluste nicht riskieren konnte. Wie Wolff von Dugarnn erfuhr, dauerten die Manöver, die zwei Himmelsinseln in Kampfstellung brachten, manchmal bis zu fünf Tagen.

»Noch nie habe ich menschliche Wesen kennengelernt, die derart versessen darauf waren zu sterben«, war Wolffs einziger Kommentar.

Die meisten Lords hatten inzwischen jede Hoffnung aufgegeben und sich damit abgefunden, für alle Zeiten über den Meeren dieser Welt dahinzutreiben. Aber eines Tages stieß der Mann in der Buggondel einen Schrei aus, der sie aus ihrer Lethargie riß.

»Die Mutter aller Inseln!« rief er. »Tod voraus! Die Mutter aller Inseln!«

Dann erblickten alle die Insel inmitten der Unendlichkeit des Ozeans. Aus tausend Meter Höhe konnte man sie mit einem Blick von Ufer zu Ufer überschauen. An der breitesten Stelle maß sie nicht mehr als fünfzig Kilometer, und insgesamt mochte sie zwanzig Kilometer lang sein. Die Bezeichnung *Mutter aller Inseln* war für Wolffs Geschmack ziemlich übertrieben. Aber die meisten Dinge waren eben relativ. Auf dieser Wasserwelt mochte diese Insel tatsächlich eine Art Kontinent sein.

Er kniff die Augen zusammen, um gegen das Gleißen des Meeres besser sehen zu können. Es gab zahlreiche Buchten. Meeresarme hatten sich teilweise weit ins Innere der Insel vorangefressen. Hier und da waren aufgebrochene Stellen zu erkennen – Seen, die vom Meer gespeist wurden. Ganze Teile der Insel waren, möglicherweise durch Kollisionen mit anderen Inseln, aufgeworfen, bildeten Hügel. Und auf einem dieser Hügel entdeckte Wolff die Tore! Es waren zwei gewaltige Sechsecke aus einem selbstleuchtenden Metall, jedes einzelne so groß wie die geöffnete Seite eines Zeppelinhangars.

Wolff beeilte sich, Dugarnn Bescheid zu geben. Aber der Befehlshaber der *Abuta* war bereits informiert. Er hielt sich auf der Brücke auf, und seine Befehle kamen mit der gewohnten Präzision.

Vor langer Zeit hatte Wolff mit Dugarnn vereinbart, daß er sowie seine Brüder und Vettern und Vala die Himmelsinsel verlassen würden, wenn die Mutter aller Inseln gefunden war. Heute schien der Tag des Abschieds gekommen zu sein.

Es blieb nicht annähernd genug Zeit, um Gas abzulassen und damit die Himmelsinsel niedergehen zu lassen. Bevor die gewünschte Höhe erreicht werden konnte, würde die *Abuta* längst über die *Mitza,* die Mutter, hinweggedriftet sein.

Deshalb eilten die Lords zum untersten Deck der fliegenden Insel. Ilmawir-Frauen hielten Harnische mit Gasblasen für sie bereit. In fliegender Hast legten sie die Harnische an und begaben sich zu den Luken.

Dugarnn und die anderen überlebenden Männer, Frauen und Kinder des Volkes der *Abutal* waren gekommen, um Abschied zu nehmen. Sie küßten Wolff und Luvah und drückten ihnen die Blüten junger Gaspflanzen in die Hände. Die anderen Lords schienen sie überhaupt nicht wahrzunehmen. Mit unbewegten Gesichtern starrten sie an ihnen vorbei. Wolff wußte, daß es für dieses Verhalten mehr als genügend Gründe gab.

Wolff sah Dugarnn noch einmal in die Augen, dann folgte er Luvah, Ariston, Vala, Palamabron, Enion, Tharmas, Rintrah und Theotormon, die sich bereits durch die Luke hatten fallen lassen und in die Tiefe hinabschwebten.

Ihr Fall wurde von den Gasblasen gebremst. Langsam, behäbig, wie an einem irdischen Fallschirm, glitt nun auch Wolff der Mutter aller Inseln entgegen. Tief unten machte er eine Lichtung in dem sonst undurchdringlichen Farndschungel aus und versuchte durch leichtes Hin-und-her-Pendeln seine Landung entsprechend zu beeinflussen. Leichter Wind kam auf und erfaßte ihn. Er driftete ab.

Rasend schnell näherte er sich nun der Oberfläche der Insel. Wolff stürzte in den Wipfel eines Farns. Das Gewächs bog sich federnd und milderte seinen Fall. Geschmeidig rollte er sich ab. Auch die anderen Lords waren wohlbehalten gelandet; abgesehen von einigen Quetschungen hatten sie sich nicht verletzt. Theotormon, seiner vierhundertundfünfzig Pfund wegen mit einem besonders großen Gasblasenharnisch ausgestattet, war besonders schnell heruntergekommen. Mit seinen Sprungbeinen hatte er die Wucht des Sturzes abgefangen und war wieder nach oben geschnellt. Sein Schädel wurde dabei gegen einen Farnstamm geschmettert. Jammernd tastete er mit seinen Flossen über die schmerzende Stelle.

Wolff wartete, bis sich alle erholt hatten. Er winkte den Ilmawir zu, die ihre Landung beobachtet hatten. Die Himmelsinsel war bereits ein beträchtliches Stück abgetrieben worden, und kurz darauf geriet sie außer Sichtweite.

Schweigend machten sich die ungleichen Gefährten auf den Weg durch den Dschungel. Ihr Ziel war jener Hügel, auf dem Urizen die Tore errichtet hatte. Sie waren wachsam, denn von der *Abuta* aus hatten sie mehrere Eingeborenendörfer gesichtet. Unbehelligt und ohne die Bewohner der Insel überhaupt gesehen zu haben, erreichten sie die gewaltigen Sechsecke.

Palamabron war es, der das Schweigen brach. »Warum zwei Tore?«

»Sicherlich ein weiteres Rätsel unseres Vaters«, vermutete Vala. »Ein Tor führt nach Appirmatzum, in den Palast Urizens. Und das andere führt irgendwohin – vermutlich in den Tod.«

»Und wie sollen wir erraten, welches Tor wir zu benutzen haben?«
»Du bist ein Dummkopf, Palamabron!« sagte Vala. »Deine Frage werden wir natürlich erst beantworten können, *nachdem* wir durch das eine oder andere Tor gegangen sind!«
Wolff lächelte schwach. Seit jenem Tag, als Vala mit Palamabron verschwunden war, hatte sie diesen mit zunehmender Geringschätzung und Verachtung behandelt. Palamabron zeigte sich durch dieses Verhalten sichtlich verwirrt. Er verstand Vala nicht. Offenbar hatte er Zuneigung und eine Art Dankbarkeit erwartet.
»Ich denke, daß es ratsam ist, gemeinsam durch eines der beiden Tore zu gehen«, sagte Wolff. »Unabhängig davon, ob wir uns für den richtigen oder falschen Weg entscheiden, wäre es unklug, uns zu trennen.«
»Ich bin ganz deiner Ansicht, Bruder«, stimmte Palamabron zu. »Außerdem würde jene Gruppe, der es gelänge, in Urizens Palast zu gelangen und ihn zu töten, die Kontrolle gewinnen. Unnötig zu sagen, was dies für die andere Gruppe bedeuten würde.«
»Das war zwar nicht der Grund, der mich bewegt hat, aber immerhin ist dieses Argument nicht von der Hand zu weisen«, gab Wolff zur Antwort.
Vala kicherte. »Unser guter Palamabron ist so wenig ein Intellektueller, wie er ein guter Liebhaber ist. Es reicht bei ihm nur sporadisch zu einem Erguß.«
Palamabron errötete, und seine Hand fuhr an den Griff seines Schwertes. »Ich habe jetzt genug Beleidigungen aus deinem Mund gehört, du läufige Hündin«, brüllte er unbeherrscht. »Noch ein Wort, und dein Schädel rollt dir von den Schultern!«
»Hört endlich auf!« sagte Wolff. »Spart eure Wut für das auf, was uns auf der anderen Seite eines dieser Tore erwartet!«
Er registrierte aus den Augenwinkeln heraus eine Bewegung im Unterholz des Farndschungels, knapp einhundert Meter ent-

fernt. Gleich darauf war ein Gesicht zu sehen. Wolff fragte sich, ob einer der Eingeborenen jemals versucht hatte, durch eines dieser Tore zu gehen. Wenn dies zutraf, so mußte sein Verschwinden die anderen erschreckt haben. Möglicherweise war dieses Gebiet tabu.

Die Reaktionen der Eingeborenen interessierten ihn, aber im Moment hatte er nicht das Gefühl, daß er sich Zeit lassen durfte. Chryseis war in Urizens Gewalt, und jede weitere Minute im Palast des Vaters mochte mit Höllenqualen verbunden sein. Sicherlich begnügte sich Urizen nicht damit, ihr nur seelische Qualen zu bereiten – körperliche Qualen durch Foltern waren ihm ebenfalls zuzutrauen.

Wolff fröstelte und versuchte, jene Bilder aus seinem Kopf zu verdrängen, die von diesem Gedanken heraufbeschworen wurden.

Er sah die anderen Lords der Reihe nach an. Sie erwiderten seinen Blick und warteten. Wolff erkannte in diesem Augenblick, daß sie ihn als ihren Anführer akzeptierten. Er wußte, daß es so war, aber er wußte auch, daß sie dies entschieden bestreiten würden. Er war nicht der älteste unter den Brüdern, und sogar einer seiner Vettern war wesentlich älter. Aber bisher war stets er es gewesen, der schnelle und wirksame Gegenmaßnahmen bei Gefahr getroffen hatte. Und er war es, der den Laser besaß. Vielleicht spürten sie auch, daß er etwas besaß, das ihnen fehlte, eine für sie fremde Dimension. Jene Erfahrung nämlich, die er sich angeeignet hatte, als er der Erdenmensch Robert Wolff gewesen war. Er besaß ein Geschick für Dinge, die sie stets als zu erdverbunden betrachtet hatten, um sich damit zu befassen. So hatten sie harte körperliche Arbeit vermieden und sich nicht mit Dingen primitiven Niveaus befaßt. Jetzt fühlten sie so etwas wie Verlorenheit. Und das war verständlich. Sie, einst Schöpfer und halbgöttliche Regenten ihrer eigenen privaten Universen, waren jetzt nicht besser als jene Wilden, die sie so verachteten, vielleicht sogar geringer als diese.

Jadawin – oder Wolff, wie sie ihn neuerdings nannten – war ein Mann, der sich in von Wilden bevölkerten Welten auskannte und zurechtfand.

»Ein Fall für ... ene, mene, mu ...«, murmelte Wolff.

»Was ist das für eine barbarische Sprache?« wollte Vala wissen.

»Eine irdische, liebe Vala«, antwortete er. »Ich werde euch einen Vorschlag machen. Vala ist die einzige Frau unter uns ...«

Sie unterbrach ihn: »... und doch mehr ein Mann als die meisten von euch!«

»Warum lassen wir also nicht Vala wählen, welches Tor wir benutzen? Diese Methode ist so gut wie jede andere.«

»Noch nie in ihrem Leben hat diese Hure etwas richtig gemacht!« knurrte Palamabron. »Aber gut, soll sie die Wahl treffen. Dann können wir jedenfalls keinen Fehler machen, wenn wir durch jenes Tor gehen, das sie *nicht* gewählt hat.«

»Macht, was ihr wollt«, sagte Vala. »Aber ich sage: Gehen wir durch dieses Tor!« Und sie zeigte auf das Sechseck zu ihrer Rechten.

»Na schön«, meinte Wolff.

»Da ich im Besitz des Lasers bin, werde ich zuerst hindurchgehen. Ich weiß nicht, was mich drüben erwartet. Oder doch – der Tod wird dort lauern, aber ich weiß nicht, welche Gestalt er annimmt. Bevor ich gehe, möchte ich euch jedoch noch etwas sagen. Es gab eine Zeit, Brüder, Vettern, Schwester, da haben wir uns geliebt. Unsere Mutter lebte noch, und wir waren glücklich mit ihr. Wir hatten Ehrfurcht vor unserem Vater, dem finsteren, entrückten, bedrohlichen Urizen, aber wir haßten ihn nicht. Dann starb unsere Mutter, und noch heute wissen wir nicht, *wie* sie starb. Vielleicht war Urizen ihr Mörder; vieles spricht dafür. Auch die Tatsache, daß er nur drei Tage nach Mutters Tod Araga, die Herrin einer eigenen Welt, zur Frau nahm und die beiden Herrschaftsbereiche vereinigte.

Aber wer auch immer unsere Mutter ermordet hat, wir wissen,

was nach ihrem Tod geschah. Urizen schien plötzlich zu bedauern, Kinder zu haben. Ohnehin war er einer jener wenigen Lords, die Kinder gezeugt und aufgezogen hatten. Die Herren sterben aus. Das ist *ein* Preis für die sogenannte Unsterblichkeit, für nahezu unumschränkte Macht. Der andere ist längst mit dem Verlust dessen, was das Leben lebenswert macht, bezahlt worden – mit der Liebe!«

»Liebe!« wiederholte Vala und lachte. Die anderen folgten ihrem Beispiel. Nur Luvah hielt sich zurück und beließ es bei einem Lächeln.

»Ihr hört euch an wie ein Rudel Hyänen«, sagte Wolff. »Hyänen sind Aasfresser, kräftige, scheußliche, gemeine Untiere, deren Gestank und deren Lebensweise sie verachtet und verhaßt gemacht hat. Dennoch erfüllen diese Tiere eine nützliche Funktion – und das ist mehr, als ich von euch behaupten könnte.

Ja, ich habe ›Liebe‹ gesagt. Und ich wiederhole dieses Wort, obwohl es für euch nichts bedeutet. Viele Jahrtausende sind vergangen, seit ihr zuletzt Liebe *gefühlt* habt. Und ich bezweifle, daß dieses Gefühl sehr stark war. Aber ich will mit meiner Geschichte fortfahren. Erinnert ihr euch? Wir erkannten, daß Urizen mit dem Gedanken spielte, uns aus dem Weg zu räumen. Er wollte uns entrechten, uns vertreiben. Wir sollten mit den Ureinwohnern auf einem Planeten in einem seiner Universen leben. Auf einer Welt ohne Tore. Niemals sollte es uns möglich sein, zu entkommen und uns zu rächen. Wir konnten rechtzeitig fliehen. Urizen folgte uns und versuchte, uns zu töten. Wir entkamen abermals und töteten nun unsererseits andere Lords. Wir ergriffen Besitz von den Universen der Getöteten.

Und wir vergaßen, daß wir Brüder, Schwestern und Vettern sind. Wir wurden zu echten Lords. Haßerfüllt, ränkeschmiedend, eifersüchtig, habgierig. Mörder, grausam gegen Angehörige der eigenen Rasse und grausam gegen jene bedauernswerten Geschöpfe, die ihre Welten bevölkerten.«

»Genug davon, Bruder«, unterbrach Vala. »Was willst du damit erreichen?«
Wolff seufzte. Seine Worte waren hier verschwendet. Dennoch antwortete er ihr.
»Ich wollte euch begreiflich machen, daß Urizen uns ungewollt einen Gefallen getan hat. Vielleicht können wir in uns selbst etwas finden, das die Liebe unserer Kindheit wieder zum Leben erweckt und uns so handeln läßt, wie Geschwister handeln sollten. Wir …«
Er brach ab. Ihre Gesichter waren so steinern wie die von Götzenbildern. Die Zeit mochte sie zerbrechen, aber der Liebe würde es niemals gelingen, sie zu erweichen.
Er wandte sich um und trat durch jenes Tor, das Vala bestimmt hatte.

Achtes Kapitel

Seine Füße verloren den Halt, und er stürzte. Sekundenlang sah er glatte, glasartige Flächen. Immer schneller glitt er jenen Hügel hinunter, auf dessen Gipfel das Tor errichtet worden war. Er versuchte vergeblich, sich irgendwo festzukrallen. Der Untergrund, auf dem er schneller und schneller bergab sauste, war glatt, trocken und irgendwie ölig.

Er schoß voran, seine Geschwindigkeit nahm stetig zu. Mit einer zuckenden Bewegung warf er sich herum, kam in »Fahrtrichtung« zu liegen und sah, wohin er rutschte. Unweit voraus flachte der Abhang leicht ab, und seine Geschwindigkeit verlangsamte sich ein wenig. Und doch mochte er noch immer mit gut neunzig Kilometern pro Stunde dahingleiten. Hilflos, ohne die Möglichkeit, diese unfreiwillige Rutschpartie zu beenden.

Längst schon hätten ihm die Reibungshitze die Kleider vom Leib gebrannt und sein Fleisch zermürbt und verkohlt haben müssen. Aber er raste weiter unverletzt dahin. Lediglich ein leichtes Wärmegefühl war registrierbar.

Der Himmel war purpurrot. In der Ferne wölbte sich der obere Teil eines Mondes – er vermutete wenigstens, daß es sich hierbei um einen Mond handelte – über dem Horizont. Der Mond war von dunklerem Purpur als der Himmel. Also war er nicht in Urizens Palastfestung materialisiert, sondern auf irgendeinem anderen Planeten seines Universums gelandet.

Er traf diese Feststellung beinahe leidenschaftslos. Dann versuchte er sich zu orientieren. Gemessen an der Entfernung zum Horizont, schien diese Welt ungefähr so groß zu sein wie jene,

die er gerade verlassen hatte. Ja, er war seiner Sache sogar ziemlich sicher, daß er auf einem jener Himmelskörper materialisiert war, die er von der *Abuta* aus oft beobachtet hatte.
Urizen hatte sie hereingelegt! Möglicherweise führte das andere Tor in den Palast auf Appirmatzum. Aber es war zu spät, um darüber nachzugrübeln. Er war hilflos einem Scherz seines Vaters ausgeliefert, einem üblen und zugleich praktischen Scherz – mit seinem Tod als Pointe.
Etwa fünf Kilometer mochte er inzwischen gleitend zurückgelegt haben. Der Abhang beschrieb einen leichten Aufwärtsbogen, und Wolffs Rutschgeschwindigkeit verringerte sich.
Zur Rechten erhoben sich in einiger Entfernung fremdartig aussehende Bäume. Da er weder die Entfernung noch ihre Größe zu schätzen vermochte, gab es keinen Bezugspunkt für ihn, um festzustellen, wie schnell er sich noch voranbewegte. Aber seine Fahrt verlangsamte sich immer mehr. Abrupt wölbte sich der Abhang nach oben, und Wolff wurde über den Rand geschleudert. Er wirbelte durch die Luft, sah unter sich einen Abgrund und fiel. Ein Schrei löste sich von seinen Lippen. Tief unten schäumte ein Fluß. Er wußte nicht, wie tief das Wasser war, wußte nicht, ob es dort unten Klippen im Wasser gab. Mit einer heftigen Bewegung warf er seinen Körper herum. Wie im Zeitraffer sah er, wie er sich der gegenüberliegenden, schroff aufragenden Felswand näherte. Dann tauchte er mit den Füßen voran in das Wasser ein. Es war nicht kalt, sondern leicht temperiert. Wolff sank tiefer und tiefer, machte Schwimmbewegungen, kam wieder höher. Die Faust eines Giganten schien ihn emporzutragen. Sekundenlang schoß er mit Kopf und Schultern aus dem reißenden Wasser und schnappte gierig nach Luft. Die Strömung packte ihn, schleuderte ihn wie einen Ball zwischen den Wänden der Schlucht hin und her. Dann wurde er um eine Biegung gespült. Kurz zuvor hatte er aus den Augenwinkeln heraus gesehen, daß seine Gefährten folgten. Auch sie hatten

mit der Rutschbahn und mit diesem nassen, schäumenden, brodelnden Ungetüm Bekanntschaft schließen müssen.
Die Schlucht öffnete sich, der Fluß wurde breiter. Gischtwolken hüllten Wolff ein. Er wurde über Stromschnellen getragen, und einmal schrammte seine ausgestreckte Rechte über einen schroffen Felsen. Andere Felsen waren glatt und glitschig, beinahe glasartig. Schnittwunden zog er sich nicht zu, dafür aber ziemlich viele blaue Flecken. Endlich wurde das Wasser ruhiger. Heftig atmend schwamm Wolff dem Ufer entgegen. Er wollte sich aus dem Wasser ziehen, aber seine Hände fanden keinen Halt. Er glitt in den Fluß zurück. Es blieb ihm nichts anderes übrig, als am Ufer entlangzuschwimmen und darauf zu hoffen, daß es irgendwo eine Stelle gab, die es ermöglichte, an Land zu klettern.
Das Gewicht seiner Kleidung und Waffen machte sich bemerkbar, drohte ihn in die Tiefe zu ziehen. Er widerstand der Versuchung, die Waffen aufzugeben. Aber die Erschöpfung machte sich immer stärker bemerkbar, und er wußte, daß er nicht mehr lange durchhalten konnte. Der Kampf gegen die reißende Strömung hatte seine letzten Kraftreserven gekostet.
Er streifte zunächst Bogen und Köcher ab, dann entledigte er sich des Gürtels samt Halfter und Dolchscheide. Den Laser und den Dolch steckte er hinter den Bund seiner Hose, schließlich jedoch trennte er sich auch noch von dem Dolch.
Hin und wieder drehte er seinen Hals und blickte zurück. Acht Köpfe schienen hinter ihm auf der Wasseroberfläche zu tanzen. Also hatten es auch die anderen geschafft zu überleben.
Bisher – denn wenn es ihnen nicht bald gelang, ans Ufer zu kommen, würden sie ertrinken. Alle würden sterben, nur Theotormon nicht. Obwohl die verletzte Flosse erst zur Hälfte nachgewachsen war, konnte er ausdauernder schwimmen als die anderen oder sich damit begnügen, sich treiben zu lassen.
In diesem Augenblick kam Wolff eine Idee. Er drehte sich und

schwamm gegen die Strömung an, obwohl dies mehr Kraft kostete, als er sich eigentlich leisten konnte. Luvah, Vala und Tharmas kamen näher. Wolff riß eine Hand aus dem Wasser, gestikulierte, machte sie auf sich aufmerksam. »Kehrt um!« schrie er, so laut er konnte. »Schwimmt gegen die Strömung, wenn ihr euch retten wollt!«
Er sah ihnen an, daß sie nicht verstanden, was er plante. Aber sie folgten seinem Rat. Wenig später war Theotormons riesiger, öliger, blauschwarzer Leib neben ihm. Unweit schwammen Ariston, Enion und Rintrah. Palamabron war der letzte. Er, der am lautesten geprahlt hatte, schien sich am meisten davor gefürchtet zu haben, durch das Tor zu treten. Und die Furcht stand ihm auch jetzt ins Gesicht geschrieben. Er war bleich und atmete keuchend und schwerer als die anderen.
»Rette mich, Bruder!« flehte er. »Ich kann nicht mehr länger durchhalten. Ich werde sterben …«
»Spare deinen Atem!« versetzte Wolff und wandte sich an Theotormon.
»Wir brauchen jetzt deine Hilfe, Bruder. Nur du, der von allen verachtet wird, kannst uns helfen. Ohne deine Hilfe werden wir jämmerlich ertrinken.«
Theotormon, der mit Leichtigkeit gegen die Strömung ankam, lachte. »Warum sollte ich euch helfen? Ihr alle habt mich angespien. Mein Anblick hat euch Übelkeit bereitet.«
»Ich habe dich nicht angespien«, erwiderte Wolff. »Und ich habe auch niemals gesagt, daß mir dein Anblick Übelkeit bereitet. Ich bestand sogar darauf, daß du mit uns kommst. Ich ahnte, daß wir dich brauchen würden. Dein Körper ist eine mächtige Waffe. Und nur mit diesem Körper mag es uns gelingen, aus diesem Fluß herauszukommen.
Es ist eine Ironie des Schicksals, daß ausgerechnet Urizen dir diesen Körper gegeben hat und damit dafür sorgte, daß du dieser teuflischen Falle mühelos trotzen kannst. Er hat dir mit

diesem Körper unbeabsichtigt die Möglichkeit gegeben, zu entkommen und gleichzeitig uns das Entkommen zu ermöglichen.« Wolff hatte eindringlich gesprochen. Es war eine lange Rede unter diesen Umständen, und sie ließ ihn nun nach Atem ringen. Aber er mußte Theotormon überzeugen. Wenn er sie zurückließ, waren sie verloren.

»Du meinst also, daß Urizen sich selbst überlistet hat?« fragte Theotormon.

Wolff nickte.

»Und wie sollte es mir gelingen, dieser Falle zu entkommen?«

»Im Wasser bist du schnell und stark wie ein Seehund. Es wird dir mühelos gelingen, aus dem Wasser zu schnellen und das Ufer zu erreichen. Ich weiß, daß du es kannst.«

Theotormon grinste verschlagen. »Vielleicht kann ich das wirklich. Aber warum sollte ich *euch* in Sicherheit bringen?«

»Du kannst uns natürlich sterben lassen – niemand hindert dich. Aber wenn du das tust, dann wirst du auf dieser Welt verdammt einsam sein. Du wirst leben, ja. Aber du wirst allein sein. Ich bezweifle, daß es hier Wesen gibt, mit denen du dich unterhalten könntest. Und wenn wir diese Welt wieder verlassen wollen, so müssen wir die entsprechenden Tore finden. Bist du in der Lage, die Tore allein zu finden? Wenn du erst wieder an Land bist, wirst du unsere Hilfe benötigen!«

»Zum Teufel mit dir!« schrie Theotormon. Er warf sich geschmeidig hoch und tauchte kopfüber in die Fluten.

»Theotormon!« schrie Wolff.

Die anderen fielen in den Schrei ein. Aber Theotormon blieb verschwunden. Verzweiflung zeichnete sich auf den Gesichtern ab. Jede Spur von halbgöttlichem Hochmut war verschwunden. Plötzlich schrie Vala auf und warf ihre Hände in die Luft. Ihre Augen waren geweitet. Dann verschwand sie ruckartig. Jemand mußte sie in die Tiefe gezerrt haben!

Einige Sekunden verstrichen, dann durchbrach Theotormons

Schädel die Wasseroberfläche. Wenig später tauchte Valas rotes Haar auf. Theotormon hielt ihr Haar mit seinen kräftigen Zehen fest.
»Sag, daß es dir leid tut!« forderte Theotormon. »Entschuldige dich! Sag, daß ich keine widerliche Schleimmasse bin! Sag, daß ich schön bin! Und versprich mir, mich so zu lieben, wie du Palamabron auf der Insel geliebt hast.«
Vala riß sich auf Kosten einiger Haarbüschel los. »Ich bringe dich um, du Eiterbeule! Noch bin ich nicht tot! Und wenn ich sterben muß, dann sterbe ich lieber, als mich mit dir einzulassen!«
Mit weit aufgerissenen Augen glitt Theotormon fort von ihr und schwamm zu Wolff. »Du hast es gehört! Warum also sollte ich sie oder einen von euch retten? Bis in alle Ewigkeit werdet ihr mich hassen – so wie ich euch bis in alle Ewigkeit hassen werde!«
Palamabron schlug plötzlich heftig um sich. »Rette mich, Theotormon! Ich kann nicht mehr länger schwimmen. Ich bin zu erschöpft! Ich werde sterben!«
»Denke an meine Worte über die Einsamkeit, Theotormon!« keuchte Wolff.
Theotormon grinste und tauchte unter. Plötzlich durchlief Palamabrons Körper ein heftiger Ruck. Er fuhr aus dem Wasser, glitt in die Höhe und schlug hart auf dem glasigen Boden des Ufers auf. Dort blieb er liegen und keuchte wie ein krankes Pferd. Wasser rann aus seiner Nase, Speichel aus seinem Mund.
Einen nach dem anderen schnellte Theotormon die steile, glasierte Uferböschung hinauf, wo sie erschöpft zusammenbrachen und keuchend nach Luft rangen. Nur Vala lehnte Theotormons Hilfe ab. Sie mobilisierte Kraftreserven, die niemand in ihrem zierlichen Körper vermutet hätte. Ihre Muskeln spannten sich, dann preßte sie ihren Körper gegen das Ufer und richtete sich auf. Es gelang ihr, sich festzuhalten, und Zentimeter für

Zentimeter schob sie sich weiter den leicht landeinwärts gewölbten Abhang hinauf. Schließlich wälzte sie sich vollends über den Rand der Böschung, setzte sich auf und musterte die anderen. »Das also sind meine Brüder, die allmächtigen Herren der Universen! Eine Horde halb ertrunkener Ratten! Speichellecker einer Wasserschnecke, Kretins, die um ihr bißchen Leben betteln!«

Theotormon glitt ans Ufer, ging wortlos an den Männern und an Vala vorüber und vermied es, sie anzusehen.

Die Männer erholten sich allmählich und krochen etwas weiter vom Ufer fort. Nackt, waffenlos und erschöpft wie sie waren, boten sie einen traurigen Anblick. Lediglich Wolff und Vala waren noch bekleidet. Er hatte den Laser gerettet, sie ihr Schwert. Wolff musterte sie. Man sah ihr die Anstrengungen kaum an. Ihr rotes Haar klebte naß und wirr an ihrem Kopf, ließ sie auf eine seltsame Art und Weise reizvoll erscheinen. Ihre Kleidung schien wasserabweisend zu sein; sie war bereits wieder trocken.

Luvah kam herangeschlittert. Zweimal bereits hatte er versucht, aufrecht zu gehen und war jedesmal auf seinem Hinterteil gelandet. Er war einfach zu erschöpft, um auf dem glatten Boden das Gleichgewicht halten zu können. Aber die Farbe war inzwischen in sein Gesicht zurückgekehrt, die Sommersprossen auf Wangen und Nase stachen nicht mehr so kraß hervor. »Unserem Vater ist es gelungen, uns so mühelos zu fangen, wie man Kinder fängt, die herumtollen. Er hat uns erniedrigt. Wir waren Kinder – und jetzt sind wir Säuglinge! Wir vermögen nicht einmal mehr aufrecht zu gehen! Wir sind gezwungen zu krabbeln. Ob er uns damit etwas sagen will?«

»Das kann ich nicht beurteilen«, erwiderte Wolff. »Fest steht nur, daß Urizen dieses Spiel lange und sorgfältig geplant und in Szene gesetzt hat. Und ich beginne zu glauben, daß all diese Planeten, die um Appirmatzum kreisen, lediglich erschaffen wurden, um uns zu foltern und zu prüfen.«

Luvah lachte freudlos. »Und wie mag die Belohnung aussehen, wenn wir sämtliche Foltern überleben und alle Prüfungen bestehen?«

»Dann bekommen wir eine Chance, von unserem Vater getötet zu werden oder ihn zu töten.«

»Glaubst du wirklich, daß er fair sein wird? Wird er nicht längst dafür gesorgt haben, daß sein Palast uneinnehmbar ist? Ich kann einfach nicht glauben, daß unser Vater das Wort Fairneß überhaupt kennt.«

»Fairneß? Was bedeutet schon Fairneß? Hier geht es nur darum, daß eine unausgesprochene Übereinkunft existiert, wonach jeder Lord ein winziges Schlupfloch in seinem Defensivsystem zu belassen hat. Ein geschickter und kluger Feind vermag dieses Schlupfloch zu finden.

Ob dies voll und ganz der Wahrheit entspricht, weiß ich nicht. Tatsache ist jedoch, daß Lords getötet und ihres Besitzes beraubt wurden, die sich vor den stärksten und klügsten Angreifern sicher fühlten. Wenn ich ehrlich bin, dann glaube ich nicht an das unsinnige Gerücht von der Übereinkunft. Die Lücken in den Verteidigungssystemen gibt es aus einem anderen Grund. Alles, was wir besitzen, haben wir geerbt. Unsere Waffen, unsere Maschinen, unsere Alarm-, Kampf- und Verteidigungssysteme. Das alte Wissen und Können der Rasse ist längst verlorengegangen. Aus kreativen Schöpfern sind einfallslose Benutzer und Verbraucher geworden. Jeder Lord muß sich jener geerbten oder gestohlenen Waffen, Apparaturen und Systeme bedienen und sie so erfolgversprechend wie nur möglich einsetzen. Jeder Lord kann sich also nur entsprechend seinem Besitz an funktionierenden Systemen absichern. Aber Maschinen funktionieren nicht in alle Ewigkeit; sie werden irgendwann defekt. Und da sie niemand zu reparieren vermag, gibt es Lücken in den Verteidigungssystemen.

Es gibt noch einen weiteren Aspekt, der zu beachten ist. Jeder

Angehörige unserer Rasse kämpft um sein Leben. Jeder einzelne trachtet danach, seinen Gegner zu töten. Viele werden es müde, dieses Spiel zu spielen und wollen sterben. In den tiefsten Abgründen ihrer Seele, begraben von Tausenden von Jahren, die mit viel zuviel Macht und viel zuwenig Liebe gefüllt waren, schwelt der Wunsch zu sterben.«

Luvah schüttelte erstaunt den Kopf. »Du glaubst doch nicht wirklich an diese verrückte Theorie, Bruder?« fragte er. »Ich zumindest weiß definitiv, daß ich meines Lebens nicht überdrüssig bin. Ich liebe das Leben immer noch so wie damals, als ich hundert Jahre alt war. Und auch die anderen kämpfen verbissen um ihr Leben – heute wie damals!«

Wolff zuckte die Schultern. »Es ist nur eine Theorie, Luvah. Seit ich Robert Wolff bin, vermag ich Dinge zu sehen, die ich vorher nicht sah. Dinge, die niemand von euch sehen kann.«

Er beendete die Unterhaltung und kroch zu Vala hinüber. »Leih mir einen Augenblick dein Schwert«, bat er. »Ich möchte ein Experiment machen.«

»Indem du mir den Kopf abschlägst?« fragte sie.

»Unsinn! Wenn ich dich töten wollte, würde ich den Laser benutzen.« Sie zog die kurze Klinge aus der Scheide und reichte sie ihm. Er nahm sie und schlug damit auf den glasierten Boden. Der Boden blieb unversehrt. Wolff schlug härter zu.

»Was machst du da?« rief Vala. »Du zerbrichst mir die Klinge!«

Wolff deutete auf die Schramme, die der zweite Schlag hinterlassen hatte. »Sieht aus wie ein Kratzer in Eis. Dieses Zeug ist zwar weitaus glatter als Eis, aber dem Eis doch ähnlich.«

Er gab Vala die Waffe zurück und zog den Laser. Nachdem er ihn auf halbe Energie gestellt hatte, visierte er einen Punkt der Oberfläche an und feuerte. Der Boden wurde rotglühend und warf Blasen. Flüssigkeit quoll hervor. Wolff steckte den Laser weg und blies die Flüssigkeit aus dem Loch. Die anderen kamen herbeigekrochen, um ihm zuzusehen.

»Du bist ein seltsamer Mensch«, sagte Vala. »Wer sonst hätte daran gedacht, so etwas zu machen?«

»Warum tut er das?« erkundigte sich Palamabron. »Ist er so verrückt geworden, daß er nun Löcher in den Boden brennt?« Offensichtlich hatte Palamabron seine Arroganz und seine geschwollene Art zu reden zurückerlangt.

»Er ist nicht verrückt«, erwiderte Vala. »Bloß neugierig, das ist alles. Hast du vergessen, was es heißt, neugierig zu sein, Palamabron? Bist du bereits so tot wie du aussiehst ... und handelst? Vor einer Weile warst du noch weitaus munterer.«

Palamabron wurde rot, erwiderte aber nichts darauf. Er beobachtete, wie winzige Kristalle aus dem Loch im Boden hervorwuchsen.

»Selbstregeneration«, erklärte Wolff. »Ich habe viele Bücher über die vergessene Wissenschaft unserer Vorfahren gelesen, aber derartiges ist mir noch nicht untergekommen. Urizen scheint Dinge zu wissen, die andere vergessen haben.«

»Vielleicht hat er seine Kenntnisse von Red Orc«, meinte Vala. »Man sagt, daß Red Orc mehr weiß als alle anderen Lords zusammen. Er ist der letzte der Alten. Man sagt, er sei vor mehr als einer halben Million Jahren geboren worden.«

»Man sagt vieles«, erwiderte Wolff. »Tatsache ist, daß Red Orc seit über hunderttausend Jahren nicht mehr gesehen wurde. Wahrscheinlich ist er längst tot – und nur seine Legende ist es, die noch lebt. Genug davon! Wir müssen die nächsten Tore finden.«

Vorsichtig richtete er sich auf und tat ein paar Schritte. Einige hundert Meter entfernt gab es vereinzelt stehende Bäume, hier und da pilzförmige Büsche. Die Stämme der Bäume waren dünn, spiralförmig gebogen und rot und weiß gestreift wie Zuckerstangen. In etwa sechs Metern Höhe teilte sich der Stamm, bog sich nach rechts und links. Bizarr geformte Äste, die mit einem dünnen, grauen, etwa einen halben Meter langen Flaum bedeckt waren, ragten daraus hervor.

Der nackte Rintrah fröstelte. »Es ist nicht wirklich kalt«, meinte er, »aber irgend etwas flößt mir ein ungutes Gefühl ein, das mich erschauern läßt. Dieses Schweigen, diese Stille ... Kein Laut ist zu hören!«
Alle lauschten. Nur ein fernes, leises Säuseln war zu vernehmen – Wind, der sich in den Büschen und den steifen Fortsätzen der Bäume fing. Dazu gab es das Geräusch des rasch dahinfließenden Wassers. Aber kein Vogel zwitscherte. Kein Tier schrie. Keine menschliche Stimme weit und breit. Nur die Geräusche von Wind und Wasser, und selbst sie klangen so gedämpft, als würden sie vom Purpur des Himmels niedergedrückt.
Ringsum dehnte sich die fahlweiße Landschaft bis hin zum Horizont. Vereinzelt waren hochaufragende, kegelförmige Hügel auszumachen. Auch jenen Hügel, auf dem das Tor errichtet war, vermochten sie zu sehen. Dort drüben, der höchste Hügel. Das Tor auf seinem Gipfel war ein kleines, unscheinbares, dunkles Etwas. Die Hügel waren von niedrigen Gehölzen und ebenen Flächen umgeben.
Wohin also? In welche Richtung sollen wir gehen? überlegte Wolff. *Ohne einen Orientierungspunkt sind wir so gut wie verloren. Wir können bis zum Ende unserer Tage auf dieser Welt umherirren – vorausgesetzt, daß wir hier und da etwas zu essen finden ...*
Laut sagte er: »Vielleicht sollten wir dem Lauf des Flusses folgen. Er führt bergab, möglicherweise zu einem größeren Gewässer. Da Urizen dafür Sorge getragen hat, daß wir in den Fluß stürzen, mag dies eventuell ein Hinweis sein. Vielleicht dient er gleichzeitig als Führer zu den nächsten Toren.«
»Das könnte stimmen«, meinte Enion. »Aber dein Vater – mein Onkel – hat ein verschrobenes Gehirn, das weißt du ja. In seiner perversen Art will er den Hinweis mit dem Fluß vielleicht so verstanden wissen, daß wir seinem Lauf bergan statt bergab folgen sollen.«
»Du könntest recht haben, Vetter«, stimmte Wolff zu. »Es gibt

aber nur eine Möglichkeit für uns, dies herauszufinden. Ich schlage vor, daß wir flußabwärts gehen. Es ist der leichtere Weg.« Zu Vala gewandt, fragte er: »Was meinst du, Schwester?«

Sie hob die Schultern. »Ich weiß nicht ... Beim letzten Mal traf ich die falsche Wahl. Warum fragst du mich?«

»Weil du Vater stets am nächsten standest. Du kennst ihn besser als wir. Du weißt, wie er denkt.«

Sie lächelte schwach. »Ich glaube nicht, daß du mir mit dieser Feststellung ein Kompliment machen wolltest, Wolff. Aber ich nehme es als solches. So sehr ich Urizen hasse, so sehr bewundere und respektiere ich seine Fähigkeiten. Er hat im Gegensatz zu den meisten seiner Zeitgenossen bis heute überlebt. Also gut, wenn du mich fragst – wir gehen flußabwärts.«

»Und wie habt ihr euch entschieden?« fragte Wolff und blickte seine Brüder und Vettern an. Er hatte sich bereits entschieden, aber er wollte sie an der Verantwortung beteiligen, falls es der falsche Weg war.

»Ich bin dagegen, flußabwärts zu gehen«, erklärte Palamabron. »Ich bestehe darauf, daß ...«

Neuntes Kapitel

Ein klagender Ton zerriß die eintönige Melodie von Wind und Wasser. Alle starrten in die Richtung des Lautes. Etwa einhundert Meter flußaufwärts stand ein bizarres Wesen. Es war etwa so groß wie ein irdischer Elefant. Sein Schädel saß auf einem langen Hals und trug ein Geweih, glich ansonsten aber eher dem eines Kamels. Die Augen waren riesig, die Zähne lang und scharf. Ein Fleischfresser. Der Körper der Bestie wies einen rotbraunen Pelz auf, die Beine waren, dem schweren Körper zum Trotz, so dünn wie die einer Giraffe und endeten in großen, gespreizten dunkelbraunen Schalen. Saugnäpfe? Zweifellos, denn nur so konnte es der Bestie möglich sein, sich auf dieser Welt fortzubewegen.

»Rührt euch nicht vom Fleck!« wies Wolff die anderen an. »Die Bestie darf uns nicht bemerken. Wir können nicht laufen. Und selbst, wenn wir es könnten, wäre unsere Sache ziemlich aussichtslos, da es hier keine Verstecke gibt.«

Das Ungeheuer schnaubte bedrohlich und kam langsam näher. Immer wieder schwenkte es den langen Hals vor und zurück. Und gelegentlich drehte es den Schädel, um nach hinten zu sichern. Der rechte Vorderlauf und der linke Hinterlauf hoben sich im gleichen Takt. Mit einem saugenden Geräusch lösten sich die Schalen vom Boden. Sekundenlang verhielt das Tier, dann bewegte es sich wieder und stelzte näher heran.

Fünfzig Meter war es noch entfernt, als es wieder anhielt und witternd den mächtigen Schädel hob. Ein fürchterlicher Schrei, halb Eselsgeschrei, halb Klagen einer Todesfee, drang aus dem

Maul des Ungetüms. Es senkte den Hals, bis der Kiefer mit einem häßlich scharrenden Geräusch über den Boden fuhr. Vor und zurück, vor und zurück ...

Glich dieses Verhalten nicht dem eines irdischen Stieres, der zum Angriff ansetzte? Wolff stellte den Laser auf halbe Energie und wartete.

Plötzlich riß die Bestie den Schädel hoch, stieß einen wilden Schrei aus und fiel in einen leichten Galopp. Die Saugschalen, die sich offenbar nicht besonders leicht vom Boden lösen ließen, verhinderten eine schnellere Gangart. Dann war das Tier bis auf zwanzig Meter herangekommen. Wolff zielte auf eine Stelle zwischen Hals und Brust und feuerte. Der Strahl schlug in den Körper des Angreifers. Rauch quoll aus der Wunde. Die Bestie schrie, brach den Angriff aber nicht ab.

Noch wenige Meter, und der mit Reißzähnen und Geweih bewehrte Schädel mußte ihn zerfetzen! Wolff schaltete auf volle Energie und zog den Abzug durch.

Ein greller Lichtblitz fraß sich in den Körper des Tieres. Ein letzter Schrei ließ die Luft erzittern. Die langen, dünnen Beine knickten ein.

Noch immer hafteten die Schalen am Boden. Die Fußknochen der Bestie zersplitterten unter dem Gewicht des auf sie niederbrechenden Körpers. Hals und Schädel pendelten hin und her, dann krachten auch sie nieder. Ein letztes, schwaches Zucken durchlief den gewaltigen Körper.

Die plötzliche Stille wurde durch Valas Lachen beendet. »Dort liegt soviel Proviant, daß unser Überleben vorerst gesichert sein dürfte«, sagte sie.

»Hoffen wir, daß das Fleisch genießbar ist«, schränkte Wolff ein.

Vala und Theotormon machten sich daran, das Tier zu häuten. Anschließend schnitten sie große Fleischstreifen aus dem Körper. Des Fleisch war durch den Strahlschuß zum Teil bereits vorgegrillt, zum Teil sogar verkohlt.

Vala hielt Theotormon eines der Steaks hin und forderte ihn zum Essen auf, aber dieser weigerte sich.
Wolff schob sich vorsichtig vorwärts, glitt aber doch aus und stürzte. Vala und Theotormon, die diese Strecke zurückgelegt hatten, ohne auszurutschen, lachten.
Wolff erhob sich vorsichtig und setzte seinen Weg fort. »Ich werde das Fleisch probieren«, sagte er. »Wir können nicht ewig hier herumstehen und über Genießbarkeit oder Ungenießbarkeit des Fleisches diskutieren.«
»Ich fürchte mich auch nicht davor, es zu tun«, antwortete Vala. »Aber der ranzige Geruch des Fleisches ekelt mich an.« Sie verzog ihr Gesicht und biß in das Fleisch hinein. Widerwillig kaute und schluckte sie den ersten Bissen.
Wolff wartete gemeinsam mit den anderen. Eine halbe Stunde verging, ohne daß Vala Anzeichen von Übelkeit zeigte. Wolff nahm einen Fleischfetzen und begann zu essen. Erst jetzt merkte er, wie hungrig er war. Auch die anderen schienen jetzt davon überzeugt, daß das Fleisch weder giftig noch ungenießbar war. Sie krochen ebenfalls zum Kadaver des Tieres und bedienten sich.
Der tödliche Feuerstoß war von vernichtender Intensität gewesen. Ein Großteil des Fleisches war völlig verkohlt und somit verloren. Dennoch fand sich genügend Fleisch, um alle zu sättigen.
Nachdem sie gegessen hatten, nahmen sie das restliche genießbare Fleisch auf und marschierten los – flußabwärts.
Wolff blieb zunächst zurück und starrte nachdenklich auf die saugnapfähnlichen Schalen des Tieres. Aber er mußte sich schließlich eingestehen, daß seine Idee nicht durchführbar war. Die Fußknochen des Ungetüms waren zu dick, und zudem befanden sich zwischen Bein und Saugschalen mächtige Knorpel. Mit Valas Schwert mochte er es vielleicht schaffen, die Knochen und Knorpel zu durchtrennen. Aber damit wäre das

Schwert für alle Zeiten unbrauchbar geworden. Er folgte den anderen.

Nachdem sie etwa drei Kilometer gerutscht, gekrochen oder mühsam gegangen waren, erreichten sie eine Buschgruppe in der Nähe des Flußufers. Die meisten Büsche erreichten eine Höhe von einem Meter und waren wie Pilze geformt; der obere Teil breitete sich nahezu kreisrund über dem schlanken Fuß aus. Die Zweige waren dick und korkenzieherartig und wie bei den Bäumen wuchs grauer Flaum daraus hervor. Aus der Nähe erinnerte der Flaum allerdings eher an lange, dünne Nadeln. An den Enden der Zweige wuchsen große dunkelrote Beerendolden.

Wolff pflückte eine Beere und roch daran. Der Duft erinnerte ihn an Pecan-Nüsse. Die Haut war glatt und feucht. Er zögerte, in die Beere zu beißen. Wieder war es Vala, die die fremde Nahrung kostete.

»Schmeckt herrlich«, kommentierte sie. Während der folgenden halben Stunde aß sie sechs weitere Beeren.

Wieder schien es das Schicksal gut mit ihnen zu meinen. Die Beeren waren wie das Fleisch des Tieres eßbar.

Auch Wolff und die anderen aßen von den Beeren. Palamabron, der bis zuletzt gezögert hatte, beklagte sich, daß für ihn nur wenige Beeren übriggeblieben waren.

»Ist es vielleicht unser Fehler, daß du ein derartiger Feigling bist?« konterte Vala.

Palamabron warf ihr einen düsteren Blick zu, antwortete aber nicht. Theotormon hielt seine Chance für gekommen. »Ja, ein Feigling bist du . . .«, höhnte er. »Ein elender Feigling, der sich sogar davor fürchtet, in eine Beere zu beißen.«

Mit einer blitzschnellen Bewegung hatte Palamabron ausgeholt und zugeschlagen. Theotormon taumelte zurück und brüllte vor Schrecken und Wut. Es gelang ihm nur mühsam, sich auf den Füßen zu halten. Mit einem abschätzenden Blick maß er den

Bruder und sprang. Aber Theotormons Füße glitten aus, und er rutschte mit dem Gesicht nach unten gegen Palamabrons Füße. Darauf war dieser nicht vorbereitet gewesen. Er fiel um wie ein Kegel, rollte herum und kroch aus der Reichweite von Theotormons Flossen. Kaum hatten sich die beiden aufgerappelt, unternahmen sie, nahezu synchron, den vergeblichen Versuch, sich gegenseitig an die Kehle zu fahren.

Wolff hatte sich nicht am verächtlichen Gelächter der anderen Zuschauer beteiligt. »Wenn ihr eure zeitraubende und äußerst kindische Vorstellung nicht sofort beendet, so werde ich ihr ein Ende setzen!« sagte er.

»Keine Sorge, ich werde nicht den Laser benutzen, denn ich habe keine Lust, euretwegen Energie zu verschwenden. Wir werden euch ausstoßen und unseren Weg, unsere Suche nach den Toren Urizens, allein fortsetzen. Wir müssen einig sein, wenn wir Urizen nicht das Vergnügen gönnen wollen, daß wir uns gegenseitig vernichten!«

Theotormon ließ von Palamabron ab und spie ihn an. Und Palamabron wiederum spie Theotormon an. Aber wenigstens war der Streit beendet.

Inzwischen war mit den Monden auch die Nacht gekommen. Stumm schoben sich die Wanderer im bleichen purpurroten Schatten der Monde über den trügerisch glatten Boden voran. Die Nacht hatte der Stille des Tages ein Ende gesetzt. Von fern klang Blöken wie von Schafen und unwilliges Gebrüll wie von Kühen an ihr Ohr. Dann erscholl ein donnerndes Röhren wie das eines Löwen. Sie kamen an einer weiteren Buschgruppe vorüber und sahen kleine, zweifüßige Tiere, die von den Beeren naschten. Die Wesen waren ungefähr fünfundsiebzig Zentimeter groß. Ihre Körper waren vollständig mit braunem Fell bewachsen, die Gesichter klar geschnitten, mit großen Kaninchenohren und schrägstehenden, geschlitzten Augen. Sie hatten kurze, scharlachrote Stummelschwänze und zierliche Pfoten, die mit Saugscheiben versehen waren. Geschickt bewegten sie sich auf dem glatten Boden. Nachdem sie die Menschen wahrgenommen hatten, verharrten sie eine Zeitlang. Ihre Nüstern bewegten sich schnüffelnd. Schließlich schienen sie überzeugt davon, daß ihnen keine Gefahr drohte und widmeten sich wieder ausschließlich den Beeren. Lediglich eines der Tiere beobachtete sie weiterhin mißtrauisch und bellte plötzlich wie ein Hund.

Ein mächtiger Vierbeiner von der Größe eines norwegischen Elchhundes kam hinter einem kleinen Hügel hervorgeglitten. Sein Fell war zottig und gelblich. Der Körper erinnerte an den eines Fuchses, obgleich die Dimensionen nicht völlig übereinstimmten. Das Wesen kam dank seiner wie Schlittschuhe geformten, knochigen Füße rasch näher. Die Zweifüßler bellten erschrocken auf und wandten sich zur Flucht. Sie entfernten sich trotz der Saugfüße mit beträchtlicher Geschwindigkeit, doch der Gleitwolf war bei weitem schneller. Der Rudelführer der Zweifüßler schien zu erkennen, daß ihnen keine Chance blieb. Er ließ sich zurückfallen, bis er mit einem der Nachzügler auf gleicher Höhe war. Er stieß den Artgenossen zu Boden und beeilte sich dann weiterzulaufen. Das Opfer kreischte und versuchte, wieder auf die Saugfüße zu kommen. Aber der Gleitwolf war schon heran und stürzte sich auf das Kaninchen. Nach kurzem Kampf schlug er seine Fänge in die Kehle des Zweifüßlers.

Wolff musterte das Raubtier und überlegte, daß sie wie dieses gleitend wesentlich besser vorankommen würden. Das Problem war allerdings auch hier die Materialbeschaffung.

Der Gleitwolf riß und zerrte am Kadaver des Kaninchens und beachtete sie überhaupt nicht. Vorsichtig, jeden Laut vermeidend, zogen sie sich zurück und nahmen, nachdem sie genügend Distanz zwischen sich und die Bestie gebracht hatten, ihre Wanderschaft wieder auf. Die Konzentration darauf, nicht zu stürzen, nahm alle wieder voll in Anspruch.

Einige Zeit später trafen sie auf ein weiteres Tier, das in seinem bizarren Körperbau den anderen Tieren dieser Welt in nichts nachstand. Aus einem Hyänenkörper wuchs ein langer Hals mit schmalem Schädel, der mit einem weit ausladenden Rotwildgeweih bewehrt war. Auch dieses Tier sah gefährlich aus, schien aber dennoch friedfertig zu sein. Es schlug seine Fänge in einen der glasierten Felsen, riß einen Klumpen heraus und begann zu kauen.

Hin und wieder starrte es wachsam zu ihnen herüber. Doch sogleich wandte es sich wieder seiner Futterstelle zu, grunzte sichtlich zufrieden, und sein Magen rumorte so laut und weithin hörbar wie eine schadhafte Rohrleitung in einem alten Haus.

Sie gingen weiter. Nur kurze Zeit später erblickten sie eine ganze Herde jener seltsamen Felsenfresser. Nachdem sie bis auf dreihundert Meter herangekommen war, schickten ihnen einige Bullen drohende Eselsschreie entgegen. Die Warnung war unmißverständlich; Wolff und seine Begleiter machten um die Herde einen großen Bogen. Sie beobachteten die Tiere eine Weile. Die Jungen jagten einander tolpatschig nach oder wurden von den weiblichen Tieren gesäugt. Die Bullen bildeten einen Ring um Muttertiere und Jungtiere. Einer von ihnen hielt eine Zeitlang mit den Wanderern Schritt, um schließlich zurückzufallen und zur Herde zurückzukehren.

Aus der Ferne sahen sie antilopenartige Tiere mit roten, diamantförmigen Zeichnungen auf weißem Fell und langen, ineinander verschlungenen Hörnern. Die Beine endeten in knöchernen Gleitkufen.

Wolff sah sich schließlich nach einem geeigneten Platz für ein Nachtlager um und machte ein windgeschütztes Tal ausfindig.

»Ich werde die erste Wache übernehmen«, erbot er sich. »Du, Luvah, wirst mich ablösen. Enion übernimmt die dritte Wache ...«

»Ich frage mich«, nörgelte Enion, »warum gerade du bestimmen willst, wer wann welche Wache zu übernehmen hat! Ich ...«
Wolff unterbrach ihn. »Natürlich kannst du dich weigern, deinen Teil der Pflichten zu übernehmen. Wie du willst. Allerdings könnte es dann durchaus möglich sein, daß du in den Fängen jenes gefährlich aussehenden Zeitgenossen erwachst ...«
Wolff deutete an Enions Schulter vorbei auf ein Wesen, das sich auf einem nahegelegenen Hügel niedergelassen hatte und zu ihnen herabstarrte.
Das Tier war riesig. Hervorstechendste Körpermerkmale waren der mit einer gewaltigen Mähne versehene Krokodilschädel sowie der katzenhafte Körper. Die Läufe waren, wie bei fast allen Tieren dieser Welt, mit Saugnäpfen versehen.
Wolff stellte den Strahler auf halbe Energie und feuerte. Er hatte auf die Mähne der Bestie gezielt und den Abzug nur ganz leicht und kurz betätigt. Ein fahler Blitz zuckte aus dem Lauf der Waffe. Die Mähnenhaare kräuselten sich vor Hitze. Die Bestie brüllte auf und zog sich zurück.
»Und jetzt, denke ich, sollten wir einen Anführer benennen«, schlug Wolff vor. »Bisher habt ihr euch um eine solche Entscheidung herumgedrückt. Weil ihr zu träge oder nach wie vor zu sehr mit euren eigenen unbedeutenden Problemen beschäftigt seid, habt ihr euch voll auf mich verlassen. Na gut, aber jetzt ist es an der Zeit, diesen Punkt eindeutig zu klären. Wenn in einem Notfall jeder von uns das tut, was er für richtig hält, so kann das unser aller Ende sein. Also – ich erwarte eure Stellungnahme.«
»Mein lieber Bruder«, sagte Vala, »ich glaube, daß du bereits mehr als einmal bewiesen hast, daß du der Mann bist, der uns führt. Darüber hinaus bist du im Besitz des Lasers. Vorausgesetzt, daß niemand von uns eine ebenso wirksame Waffe versteckt hält, verfügst du also über mehr Macht als alle anderen.«

»Ich will diese Wahl nicht von einer Waffe abhängig gemacht sehen«, erwiderte Wolff. »Aber da wir bei diesem Thema sind: Nur dir wäre es noch möglich, in deiner Kleidung eine Waffe verborgen zu halten. Im übrigen wird selbstverständlich derjenige, der Wache hält, den Laser bekommen.«

Alle hoben überrascht die Augenbrauen. Wolff sprach weiter. »Glaubt nicht, daß ich auf eure Loyalität vertraue. Ich denke jedoch, daß keiner von euch so dumm sein und den Laser für sich allein beanspruchen wird. Ich erwarte, daß ich die Waffe wieder ausgehändigt bekomme, bevor wir weitermarschieren.«

Dann stimmten alle Valas Vorschlag zu; nur Palamabron enthielt sich jeder Beteiligung.

»Ich brauche meine Stimme gar nicht erst abzugeben«, erklärte er. »Es ist ja wohl offensichtlich, daß ich von der Mehrheit überstimmt bin.«

»Wolltest du dich etwa selbst zur Wahl stellen?« erkundigte sich Vala spöttisch. »Aber nein, das kann nicht sein. Selbst jemand mit einem derartigen Maß an Selbstüberschätzung kann nicht ernsthaft an so etwas denken.«

Palamabron beachtete sie nicht, sondern wandte sich an Wolff. »Warum wurde ich nicht zur Wache eingeteilt? Vertraust du mir etwa nicht?«

»Unsinn!« entgegnete Wolff. »Du wirst morgen abend die erste Wache übernehmen. Und jetzt solltet ihr euch niederlegen und zu schlafen versuchen.«

Wolff hielt Wache, während die anderen auf dem harten Boden schliefen. Er lauschte dem fernen Rufen und Schreien der Tiere. Bislang noch nicht gehörte Geräusche mischten sich darunter: ein klagendes Seufzen ... ein Pfeifen ... schrille Flötentöne ... Einmal war eine Art Gongschlag zu vernehmen, und in dem Zwielicht über ihm flatterten Flügel. Aber nichts geschah. Kein Angriff erfolgte.

Hin und wieder erhob sich Wolff und drehte sich langsam um

sich selbst. Sein Blick versuchte die dunkelrote Nacht zu durchdringen. Keine Gefahr drohte. Nachdem eine halbe Stunde verstrichen war, weckte er Enion und gab ihm den Laser. Ebensowenig wie die anderen besaß er eine Uhr, um die Zeit genau zu bestimmen. Aber man hatte ihn wie sie alle als Kind einer Art Hypnose unterzogen, die ihn befähigte, die Sekunden so exakt zu bestimmen wie die präziseste Quarzuhr.

Wolff kauerte sich auf dem weißen Grund nieder. Es gelang ihm nicht sofort einzuschlafen. Er mußte an Palamabron denken und machte sich Sorgen. Morgen abend würde er ihm den Laser anvertrauen müssen. Und Palamabron war der unzuverlässigste seiner Begleiter. Zudem haßte er Vala abgrundtief. Konnte er der Versuchung widerstehen, sie im Schlaf zu töten? Wolff beschloß, am Morgen mit Palamabron zu reden. Er würde ihn warnen, ihm klarmachen, daß er alle töten mußte, wenn er Vala tötete. Das war mit dem Laser problemlos möglich, aber Palamabron hätte anschließend mit einem weitaus größeren Problem fertig zu werden – mit sich selbst, mit seiner Einsamkeit. Es war schon eigenartig. Die Gesellschaft von ihresgleichen war allen Lords nahezu unerträglich, aber Einsamkeit vermochten sie noch weit weniger zu ertragen. Jeder Lord liebte nur sich selbst. Aber durch die Umstände, die ihre Situation mit sich brachte – die Furcht vor Urizen –, war es beruhigend zu wissen, Gefährten in Elend und Gefahr zu haben.

Eine Idee durchfuhr ihn, bevor er einschlief. Warum hatte er nicht längst daran gedacht? Warum hatten die anderen nicht daran gedacht? Es war so naheliegend. Mit einem Boot würden sie schneller und weitaus sicherer vorankommen. Sie brauchten nicht länger auf dem glatten Boden zu kriechen und zu rutschen. Und Raubtiere vermochten ihnen nichts mehr anzuhaben. Morgen würde er sich darum kümmern ...

Schreie rissen ihn im Morgengrauen aus dem Schlaf. Wolff war sofort hellwach. Mehrere Tiere von der Gattung des am Tag

zuvor in Lagernähe beobachteten Krokodillöwen griffen an! Tharmas feuerte, und die bis auf wenige Meter herangekommene Bestie brach zusammen. Dann hob Tharmas den Strahl und tötete den letzten Angreifer.
Die Bestie fiel, schlitterte noch einige Meter über den Boden und blieb nach einem letzten wilden Aufbäumen liegen. Tharmas starrte auf die Kadaver. Noch immer war der Laser aktiviert. Der Energiestrahl fraß sich tiefer und tiefer in den Boden. Wolff rief Tharmas zu, daß er die Waffe deaktivieren solle.
Der zuckte zusammen und schien wie aus einem Tagtraum zu erwachen. Endlich nahm er den Finger vom Abzug. Der flirrende Strahl erlosch. Viel zu spät. Der größte Teil der Energie mußte verbraucht sein. Stöhnend nahm Wolff den Laser an sich. Nur ein Magazin war ihnen jetzt noch verblieben. Alle waren inzwischen erwacht, umstanden die Kadaver der Krokodillöwen und schwiegen.
Wolff erzählte von seiner Idee, die Reise mit einem Boot fortzusetzen.
Und er erklärte, wie er ein solches Boot zu bauen gedachte.
»Häutet die Löwen, dann werden wir weitersehen«, sagte er.
Die Gefährten kamen der Anordnung nach, obwohl sie skeptisch waren. Mit Theotormons und Valas Dolch lösten sie die Felle der Tiere. Die blutige Arbeit ging nur langsam voran. Sie waren ungeschickt, weil nicht gewöhnt, mit ihrer eigenen Hände Kraft zu arbeiten. Und immer wieder glitten sie auf der glasartigen Bodenfläche aus.
Gemeinsam mit Luvah, Vala und Theotormon schlitterte Wolff zu einer Buschgruppe hinüber. Eine drachenähnliche Kreatur fraß von den Beeren. Als sie der Drache erblickte, stieß er ein drohendes Zischen aus und wandte sich um. Eine seiner Pranken zuckte vor, aber Wolff und seine Gefährten wichen behende aus. Die Haut des Drachen war dick und gefurcht wie Panzerplatten. Selbst die Augen waren mit durchsichtigen Ab-

deckungen geschützt. Wild schlug die Kreatur mit dem Schädel hin und her. Ein paar tapsende Schritte brachte sie beängstigend schnell näher. Wolff schaltete auf volle Energie. Ein gleißender Energiestrahl fuhr in die hintere Schädelpartie des Ungetüms. Es krachte zu Boden und verendete.

»Bald wird der Laser unbrauchbar geworden sein«, murmelte Wolff. »Betet, daß dieser Augenblick noch nicht so bald kommt.«

Dann machten sie sich an die Arbeit. Wolff testete die Festigkeit der Stämme. Seine Gedanken überschlugen sich. Es war nahezu unmöglich, die Stämme zu fällen. Um ein Bootsgerüst bauen zu können, mußten sie zudem der Länge nach aufgeschnitten werden. Valas Schwert würde nach dieser harten Arbeit ruiniert sein. Es mußte eine andere Möglichkeit geben! Wolffs Blick fiel auf den Drachen. Das war die Lösung – der Kadaver würde ihr Boot sein!

Er nahm Valas Schwert und begann damit, die Fortbewegungsplatten des Drachen vom Körperpanzer zu lösen. Nachdem dies geschehen war, entfernte er die Innereien.

Inzwischen waren die anderen Lords herbeigekommen und beteiligten sich an der Arbeit. Es war eine blutige Tätigkeit, und bald waren alle blutbesudelt. Der Boden wurde noch glitschiger als vorher.

Vom Geruch des noch warmen Blutes wurden weitere Krokodillöwen angelockt. Sie kamen näher, umrundeten sie hechelnd und griffen dann an, halb wahnsinnig von dem Blutgeruch. Wolff schoß. Eine, zwei, drei Bestien überschlugen sich. Die anderen fielen über sie her und zerfetzten sie. Wolff feuerte wieder. Endlich gelang es ihm, die Krokodillöwen zu verjagen.

Die Arbeit an dem Boot konnte fortgesetzt werden. Während die anderen am Kadaver des Drachen arbeiteten, kümmerte sich Wolff um die Paddel.

Mit dem Laser schnitt er einige der seltsam geformten Zweige

von den Bäumen. Der Nadelbewuchs, der aus der Ferne wie Flaum aussah, ließ sich mit einem Dolch leicht lösen. Bis zum späten Nachmittag dieses Tages war die Arbeit beendet. Sie waren jetzt im Besitz eines recht beweglichen Kanus von gut zwanzig Meter Länge. Mund- und Nasenöffnungen des Raupendrachen waren hochgebunden worden, damit kein Wasser eindringen konnte.
Wolff beseitigte mit dem Laser Knorpelstückchen und Blut, das noch auf den Innenseiten der Panzerung klebte. Dann schoben sie das Drachenkanu zum Fluß hinunter. Sie fanden zufällig eine relativ flach abfallende Uferstelle und ließen das Kanu zu Wasser. Nachdem alle an Bord gegangen waren, stießen Wolff und Vala das Fahrzeug vom Ufer ab.
Die Strömung erfaßte sie und driftete sie in die Flußmitte. Gischt spritzte auf, näßte sie. Einer der nachtbringenden Monde zog am Himmel herauf. Ruhig trieb das Drachenkanu in der Strömung. Enion und Rintrah paddelten, um es auf Kurs zu halten. Die anderen versuchten zu schlafen.
Der Mond zog auf seiner Bahn weiter. Der helle Purpur des nackten Himmels folgte ihm. Die Wasseroberfläche wurde ruhiger. Nur vereinzelt waren leichte Wellenbewegungen oder Kräusel auszumachen. Der Fluß hatte sich sein Bett tief in den glasierten Boden gefressen, führte durch Schluchten und Täler und mündete schließlich wieder in flacherem hügeligem Land.
Die Tage vergingen ohne besondere Vorfälle. Nur der ekelerregende Gestank nach dem faulenden Fleisch und Blut des Drachen war allgegenwärtig und hüllte sie ein wie eine giftige Wolke. Einige der Männer klagten über Übelkeit. Ihre Mägen rebellierten und erbrachen Nahrung und Wasser. Einige andere rissen Witze darüber. Dann wieder wurde verdrießlich festgestellt, daß es unmöglich sei, in diesem Kanu zu schlafen. Und über allem lasteten die unausgesprochenen Fragen, die alle beschäftigten: Würde es ihnen gelingen, jenes Tor zu finden, das

sie nach Appirmatzum beförderte? Und wenn sie es tatsächlich schafften, bis in Urizens Palast vorzudringen – was würde sie dort erwarten?

Ein Tag und eine Nacht vergingen. Mehrere Stunden nach Anbruch des zweiten Tages veränderte sich ihre Situation schlagartig. Das Kanu trieb in eine weite Flußschleife, die hohen Ufer wichen zurück. Und dann sahen die Gefährten den Felsen, der den Fluß teilte. Eine weiße, hochaufragende Kuppel. Und auf dem höchsten Punkt dieser Kuppel erhoben sich zwei goldene Sechsecke!

Zehntes Kapitel

Unter Aufbietung aller Kräfte gelang es ihnen, das Kanu am Flußufer zu landen. Atemlos und durchnäßt zogen sie das Kanu auf das Ufer. Wolff starrte zu dem Felsendom hinüber. Es schien sinnlos, diese Wand ohne entsprechende Hilfsmittel erklimmen zu wollen. Sie benötigten Seile und Enterhaken. Möglicherweise fand ein Haken, der durch eines der Tore geschleudert wurde, irgendwo einen Halt.

Es mußte möglich sein, aus gegerbten Tierhäuten Stricke zu gewinnen. Aber woher konnten sie das Metall für die Haken nehmen? Danach in dieser Welt zu suchen, würde ein langwieriges Unterfangen sein. Und Wolff wollte keine Zeit mehr verlieren. Also blieb nur eine einzige Möglichkeit ... Allerdings war kaum zu erwarten, daß Vala und Theotormon bereit waren, seinem Plan zuzustimmen. Er behielt recht – beide wollten sich um keinen Preis der Welt von ihren Waffen trennen.

Wolff ballte die Fäuste. »Also gut, behaltet Messer und Schwert und eure Dickschädel! Aber ich warne euch. Wenn es uns anderen irgendwie gelingen sollte, die Tore zu erreichen, dann werden wir sie ohne euch durchschreiten. Das schwöre ich euch! Ihr werdet in dieser bleichen Welt aus Eisgestein zurückbleiben und hier zu leben gezwungen sein, bis euch ein Raubtier tötet oder ihr an Altersschwäche sterbt!«

Vala musterte die Männer, die sie umringten. Dann lächelte sie. »Na schön. Ich werde dir mein Schwert überlassen, Bruder.«

»Meinen Dolch bekommst du nicht, das verspreche ich dir«, stieß Theotormon hervor.

Die anderen griffen ihn an. Sie schlitterten zu ihm hinüber.

Theotormon kam auf seine Füße und wandte sich zur Flucht. Er wäre auch entwischt, hätte Wolff nicht im letzten Augenblick seinen Fußknöchel zu fassen bekommen. Theotormons Monsterkörper krachte zu Boden. Dann waren die anderen Männer heran und warfen sich auf ihn. Theotormon gab auf und warf das Messer zu Boden. Sie ließen von ihm ab. Er erhob sich und rutschte knurrend davon. Am Flußufer kauerte er sich nieder, eine einsame, schreckliche Gestalt vor der hochaufragenden Silhouette der weißen Felsenkuppel.

Mit einem Kreidestein, den er vorher gefunden hatte, zog Wolff Linien auf Valas Schwertklinge. Dann schnitt er mit dem Laser mehrere Dreiecke aus. Er legte die gezackten Dreiecke aufeinander und verschweißte sie mit mehreren Rundstücken. Er härtete die heißen Teile im kalten Wasser. Eine gute Stunde später war er fertig.

Da er Theotormons Dolch nicht gebraucht hatte, gab er ihn zurück. Dann schnitt er das Ende von Valas Schwert zu einer Spitze. Jetzt war ein Kurzschwert daraus geworden – besser als gar nichts.

Das Seil herzustellen, nahm mehrere Tage in Anspruch. Sie jagten und erlegten mehrere Tiere, häuteten sie, schnitten Streifen zurecht und verknoteten sie miteinander. Da die für das Gerben notwendigen Rohstoffe nicht aufzutreiben waren, blieb nichts anderes übrig, als zu improvisieren.

Wolff schmierte das geflochtene Rohleder mit Tierfett ein und hoffte, daß dies das Gerben weitgehend ersetzte. Am folgenden Morgen, als sich der purpurbringende Schatten des Mondes verzog, brachten sie das Drachenkanu oberhalb des Felsendoms zu Wasser und gingen an Bord. Ihr Unternehmen hatte begonnen.

Rintrah, Enion, Vala und Tharmas paddelten behutsam zum Felsen in der Flußmitte hinüber. Wolff stand aufrecht im Bug des leicht hin und her schlingernden Kanus.

Dann hatten sie den weißen Felsen erreicht. Fugenlos glatt ragte die Wand vor ihnen auf. Wolff konzentrierte sich. Dann schleuderte er den Enterhaken mit aller Kraft in die Höhe.
Der Dreifachhaken wirbelte durch das Tor und verschwand. Vorsichtig zog Wolff an dem Seil. In diesem Moment wurde das Kanu gegen den Felsen geschleudert. Sekundenlang glaubte Wolff, der Haken hätte Halt gefunden. Aber er lockerte sich und fiel zurück. Wolff versuchte, das Gleichgewicht zu halten, aber er konnte das Kentern des Kanus nicht verhindern.
Das Wasser schloß sich über Wolff ... Gleich darauf jedoch kam er wieder hoch. Es gelang ihm, sich an dem nach oben gekehrten Kiel des Kanus festzuklammern und weder Seil noch Haken zu verlieren.
Annähernd eine halbe Stunde benötigten die Gefährten, um das kieloben treibende Kanu zum Ufer hinüberzudirigieren. Mit vereinten Kräften schafften sie es schließlich. Naß, verdreckt und der Erschöpfung nahe, zerrten sie das Kanu aus dem Wasser.
»Wir werden es noch einmal versuchen«, keuchte Wolff. »Und wenn wir erneut scheitern, so werden wir dennoch nicht aufgeben. Immer und immer wieder werden wir unser Glück versuchen ... Aufgeben gilt nicht. Das ist übrigens eine alte irdische Redensart.«
»Erspare mir deine Weisheiten«, versetzte Rintrah ärgerlich. »Ich bin so naß wie eine ertrinkende Ratte, und genauso elend fühle ich mich. Meinst du wirklich, daß es sinnvoll ist, es noch einmal zu versuchen?«
Wolff sah Rintrah an. »Bleibt uns denn eine Wahl?«
Sie blickten ihn mißmutig an und halfen ihm dann widerwillig dabei, das Kanu zu Wasser zu bringen.
Wieder erreichten sie den Felsen in der Flußmitte wohlbehalten und ohne größere Schwierigkeiten. Wolff richtete sich vorsichtig auf. Dieses Mal würde er versuchen, die Spitze des

Sechsecks, die gut vierzehn Meter über dem Wasserspiegel lag, zu treffen. Es war ein überaus schwieriger Wurf, das wußte er.

Seine Wurfhand zuckte hoch. Wieder wirbelte der Haken durch die Luft. Sekundenlang schien er über dem Sechseck zu schweben. Dann verfing er sich mit einem scheppernden Geräusch am oberen Rahmen. »Geschafft!« stieß Wolff hervor. Prüfend ruckte er an dem Seil. Es straffte sich – und hielt!

Das Kanu glitt seitwärts an der Felswand entlang und lief Gefahr, in die Strömung zu geraten.

»Versucht es zu halten!« rief Wolff.

»Unmöglich!« keuchte Rintrah. »Wir können es nicht halten! Die Strömung ...«

Das Kanu wurde gegen den Felsen gedrückt. Es bog sich durch. Wolff, der nach wie vor aufrecht im Bug stand, erkannte die Gefahr. Wenn das Kanu weiter abgetrieben wurde, verlor der Haken seinen Halt.

Wolff klammerte sich an das Rohlederseil. Das Kanu wurde vom Wasser fortgezogen. Sekunden später hing er freischwebend an dem Seil. Seine Füße klatschten ins Wasser. Gischt spritzte auf. Zentimeter für Zentimeter zog er sich höher. Seine Finger schmerzten. Er versuchte, sich mit den Füßen am Fels abzustützen. Vergeblich. Immer wieder glitten sie ab.

Hand über Hand hangelte er sich an dem glitschigen Seil hoch. Eine mörderische Kletterei! Die Wölbung des Felsens ließ das Seil straff aufliegen. Dennoch schob er sich höher und höher.

Etwa auf halber Höhe ließ die Spannung des Seils urplötzlich nach. Ein scharfer Ruck, dann ein fetzendes Geräusch, das durch das Tosen des Wassers kaum zu hören gewesen war. Mit einem Aufschrei der Enttäuschung fiel Wolff in das Wasser zurück.

Nachdem Vala und Enion ihn an Bord des Kanus gezogen

hatten, stellte er fest, daß zwei Zinken des Hakens gebrochen waren. Sie mochten jetzt irgendwo auf dem Grunde des Flusses liegen.

»Und was werden wir jetzt machen?« fauchte Palamabron. »Dank deiner Experimentierfreudigkeit sind unsere letzten Waffen unbrauchbar gemacht worden! Die Energie des Lasers ist nahezu erschöpft! Und wir sind dem Ziel, durch dieses verteufelte Tor zu kommen, keinen Zoll näher gekommen. Im Gegenteil! Sieh uns an! Sieh mich an! Ich spucke Wasser wie ein alter Fisch, den man aus der Tiefe geholt hat. Und ich bin müde . . . Bei Los, wenn du wüßtest, wie müde ich bin!«

Wolffs Augenbrauen hoben sich leicht. »Ich frage mich . . .«

Palamabron warf seine Hände in einer theatralischen Geste hoch. »O nein! Nicht schon wieder eine von deinen wundervollen Ideen!«

»Nun, ob meine Ideen wundervoll sind oder nicht, das mag dahingestellt bleiben«, erwiderte Wolff. »Bisher war ich jedenfalls der einzige aus unserem Haufen, der überhaupt etwas zu bieten hatte. Ihr anderen beschränkt euch auf Jammern, Beschwerden und Verleumdungen.« Er wälzte sich auf den Rücken und starrte zu dem purpurnen Himmel hinauf. Luvah reichte ihm ein Stück Fleisch. Gedankenlos kaute er darauf herum. Er hatte daran gedacht, den Haken durch einen Drachen hinauftragen zu lassen. War diese Idee realisierbar? Er überlegte hin und her – und verwarf den Gedanken schließlich wieder.

Plötzlich setzte er sich auf. »Das könnte klappen! Zwei!«

»Zwei – was?« erkundigte sich Luvah, der aus seinem Halbschlaf aufgeschreckt worden war.

»Zwei Kanus und zwei Männer, die es verstehen, einen Haken gut zu werfen«, sagte er. »Verdammt, vielleicht haben wir Erfolg, wenn wir diesen Felsen gleichzeitig von verschiedenen Seiten her angehen. Oder hat einer von euch einen besseren Vorschlag? Nein, sicherlich nicht. In den hinter euch liegenden Jahrtausen-

den habt ihr eure Gehirne nur dafür gebraucht, euch gegenseitig umzubringen. Für nichts sonst seid ihr zu gebrauchen! Aber – bei Los! – ich werde euch beibringen, eure Köpfe wieder anderweitig zu gebrauchen!«
»Du bist erschöpft«, wandte Vala ein. »Du solltest dich niederlegen und dich ausruhen ...« Sie lächelte ihn an.
Ihre Freundlichkeit überraschte Wolff. Sekundenlang grübelte er darüber nach. Worüber mochte sie sich amüsieren? Eigentlich gab es keinen Grund. Auch Vala war durchnäßt, hatte Muskelkater und war frustriert wie jeder von ihnen.
War es möglich, daß unter ihrem Haß doch noch Liebe verborgen lag?
Möglicherweise war sie stolz auf ihn, weil er nicht aufgab, sondern weiter improvisierte und kämpfte, während die anderen lediglich ihren Unwillen pflegten.
Oder verfolgte sie noch immer ihren Plan, ihn glauben zu machen, daß sie ihn liebte, damit sie ihn für ihre Ziele einspannen konnte? Ganz gleich, welchen Grund ihre offen zur Schau gestellte Liebenswürdigkeit auch haben mochte – er würde Vala nicht vertrauen.
Wolff wandte sich wieder den akuten Problemen zu. Er hatte eine neue, bessere Idee, und die galt es nun zu verwirklichen.
Die Gefährten bauten ein mehrere Meter hohes Holzgerüst sowie drei Weidenboote. Das Gerüst wurde mit einiger Mühe auf den Weidenbooten und dem Drachenkanu verankert. Noch einmal erläuterte Wolff den anderen, was sie nun zu tun hatten. Dann gab er den Befehl zum Aufbruch.
Vorsichtig schoben sie die Weidenboote und das Drachenkanu ins Wasser. Das Holzgerüst schwankte leicht, als die Strömung die starr miteinander verbundenen Boote erfaßte. Die Lords begannen zu paddeln. Zögernd driftete das bizarre Wassergefährt zur Flußmitte.
Wolff begann das Gerüst zu ersteigen. Für einen winzigen

Sekundenbruchteil befürchtete er, es würde kippen. Aber nichts dergleichen geschah. Palamabron, Enion, Ariston und Tharmas, die im Drachenkanu saßen, hatten die schwankenden Bewegungen ausgleichen können. Das Gerüst hielt. Wolff kletterte rasch und behende höher.

Der Felsen in der Flußmitte kam jetzt rasch näher. Vala, Theotormon und Luvah, die in je einem der Weidenboote saßen, paddelten gegen die Strömung an. Ihre Gesichter waren verzerrt vor übermenschlicher Anstrengung. Auch die Lords im Drachenkanu paddelten nach Kräften. Das Gefährt wurde tatsächlich langsamer. Es ließ sich steuern!

Das Gerüst begann wieder bedrohlich zu schwanken. Aber jetzt hatte Wolff die Spitze erreicht. Er klammerte sich fest. In seinen Ohren war ein monotones Rauschen. Und dann war der weiße Felsendom erreicht.

»Vorsichtig jetzt!« schrie Wolff.

Die Gefährten fingen die Wucht des Aufpralls geschickt mit den Paddeln ab. Dennoch zuckte ein leichter Ruck durch das Gerüst. Aber es brach nicht! Dort, greifbar nahe, waren die goldenen Rechtecke! Aber schon brachen die Boote aus, trieben weiter, entfernten sich von dem weißen Felsen ...

Wolff wußte, daß er keine Sekunde mehr verlieren durfte. Behutsam richtete er sich auf. Seine Linke tastete nach dem Seil, das er sich um die Schultern geschlungen hatte. Das Gerüst schwankte. Mit stampfenden Bewegungen schlingerten die Boote vom Felsendom fort.

Jetzt! Wolffs Körper flog durch die Luft. Wie in einem Zeitraffer sah er das Tor heranschießen.

Wo würde er materialisieren? In Urizens Festung? Unwahrscheinlich. Wahrscheinlicher war, daß er auf jenem dritten Planeten, der Appirmatzum umkreiste, herauskam. Wolff stürzte durch das Tor, den Haken mit der Faust umklammert und das Seil über die Schulter geschlungen.

Elftes Kapitel

Geschmeidig rollte er ab und kam auf die Füße. Er sah sich um. Er war einen sanften Abhang hinabgerollt. Das Gestein war glatt, jedoch nicht so glatt wie in jener Welt, die er soeben verlassen hatte. Das Gehen bereitete keinerlei Schwierigkeiten. Wolff tat ein paar Schritte.

Die Basis des Sechsecks war auf dieser Seite mit dem Stein bündig. Deshalb also hatte der Haken nicht gegriffen.

Wolff lächelte. Natürlich hatte Urizen damit gerechnet, daß sie einen Haken durch das Tor schleudern würden. Und doch war sein Sohn jetzt auf der anderen Seite.

Wolff wischte sich den Schweiß aus dem Gesicht, trat noch näher an das Rechteck heran und griff in die scheinbar leere Fläche hinein. Dieses Tor war in beiden Richtungen aktiviert. Dies war keine Einbahnstraße ... Aus irgendeinem Grund schien es Urizen gleichgültig zu sein, ob sie auf den Planeten mit dem purpurnen Himmel zurückkehrten. Oder er war sich ziemlich sicher, daß sie dies auf keinen Fall tun würden.

Suchend blickte sich Wolff um. Unweit des Tores ragte ein kleiner Baum auf. Dort befestigte er das Seil. Dann ging er zum Tor zurück und warf das freie Ende hindurch.

Es straffte sich, und kurz darauf erschien Valas Gesicht. Wolff reichte ihr seine Hand. Nacheinander betraten nun auch die anderen Lords die neue Welt. Sie waren ungewöhnlich schweigsam.

Rintrah war der letzte, der sich in Sicherheit brachte. Wolff klopfte ihm auf die Schulter. Dann steckte er seinen Kopf für einen letzten Blick durch das Tor. Es war ein seltsames Gefühl zu wissen, daß der Körper in diesem Sekundenbruchteil gut und gerne vierzigtausend Kilometer von seinem Schädel entfernt war ... Wolff beeilte sich, seinen Schädel zurückzuziehen. Er wollte Urizen keine Gelegenheit zur Erprobung eines neuen Scherzes bieten. Es mochte nämlich durchaus dem Geschmack des Vaters entsprechen, das Tor plötzlich zu desaktivieren.

Der Himmel zeigte ein sattes Gelb. Das Land, das sie umschloß, war flach und trug zähes, knöchelhohes Gras. Zahlreiche Büsche der unterschiedlichsten Arten unterbrachen die Monotonie der Prärielandschaft. Die Beeren, die auf diesen Büschen gediehen, waren von verschiedener Größe, Farbe und Form. Nur eines hatten sie gemeinsam: einen schrecklichen, abstoßenden Geruch.

In der Nähe des Hügels, auf dem das Tor errichtet war, rollte Meeresbrandung gegen eine Küste. Sandstrand erstreckte sich, so weit das Auge blicken konnte.

Wolff blickte landeinwärts. Mächtige, bizarr geformte Berge ragten dort in die Höhe. Je länger er in diese Richtung starrte, desto sicherer war er sich, daß eine der Felsformationen wie ein gigantisches Gesicht geformt war.

Er machte die anderen darauf aufmerksam. »Ich denke, daß unser Vater uns damit erneut ein Zeichen geben will. Eine Markierung des nächsten Tores. Und gewiß hat er dieses Zeichen nicht nur zu unserem Wohle gesetzt.«

Sie nahmen ihre Wanderschaft auf. Ihr Ziel waren die fernen Berge.

Nachdem sie einige Stunden über die Prärie gewandert waren, gelangten sie an einen breiten Fluß, dessen Wasser rein und süß war. Sie rasteten und aßen von dem Fleisch und den Beeren, die sie von der weiß-purpurnen Welt mitgebracht hatten.

Der nachtbringende Mond kroch groß und sandfarben über den Horizont und überzog die Oberfläche des Hauptplaneten mit einer fahlen Dämmerung.

Sie beschlossen, während der Nachtperiode zu lagern. Früh am nächsten Morgen brachen sie wieder auf und marschierten den ganzen Tag hindurch. Aus den lauten, impulsiv tönenden Lords war ein schweigsamer Haufen geworden. Sie waren müde, fußkrank und – da ohne Waffen – nervös. Zugleich mochte ihr Schweigen die Stille dieser Welt widerspiegeln. Kein Säugetier, kein Vogel schrie oder pfiff und brach so die absolute Stille. Außer ihnen selbst und der Vegetation schien es auf diesem Planeten kein Leben zu geben. Dann wieder glaubten sie in der Ferne eine kleine Kreatur zu sehen, und sie beeilten sich, näher heranzukommen. Aber sie hatten kein Glück. So gingen sie weiter, schweigend, verbissen und fest entschlossen, nicht aufzugeben.

Die Berge lagen drei Tagesmärsche entfernt. Wolff und seine Gefährten kamen gut voran. Mit jeder Stunde, die verging, wurden die Gesichtszüge des Berges klarer und deutlicher erkennbar. Am Abend des zweiten Tages gab es keinen Zweifel mehr daran, daß es Urizens Gesicht war. Ein boshaftes Lächeln lag auf seinem Gesicht. Seine Augen blickten hochmütig auf sie herab.

Und die Gefährten wurden noch stiller und schreckhafter. Die Tatsache, daß das gigantische höhnische Steingesicht ihres Vaters allgegenwärtig war, zerrte an ihren Nerven. Vor diesem Gesicht gab es kein Entkommen. Unablässig schien sich Urizen über sie lustig zu machen.

Zur Mittagszeit des vierten Tages erreichten sie den Fuß des Gebirges. Über ihren Köpfen wölbte sich das mächtige Kinn Urizens vor.

Nicht weit von ihrem augenblicklichen Standpunkt entfernt teilte eine enge Schlucht die fleischfarbene Felswand. Der Weg schlängelte sich steil bergan. Zweifellos führte er bis zum Gipfel des Berges, der gut dreitausendfünfhundert Meter hoch aufragte.

»Es scheint keinen anderen Weg für uns zu geben«, sagte Wolff.
»Wir könnten versuchen, die Berge zu umgehen«, erwiderte Tharmas.
»Wir würden unsere Zeit unnötig verschwenden.«
»Warum sollen wir ausgerechnet das tun, was unser Vater von uns erwartet?« erkundigte sich Palamabron.
»Weil wir keine Wahl haben«, gab Wolff zurück.
»Ja, wir tanzen nach seiner Pfeife, wie es sich für brave Söhne gehört! Und das ermöglicht es ihm, unserer habhaft zu werden. Er wird uns einfangen und am Spieß braten – wie Geflügel.« Palamabron ballte die Fäuste. »Ich habe große Lust, mit diesem anstrengenden Wandern Schluß zu machen. Vor allem jetzt, da der Weg noch mühseliger zu werden verspricht...«
»Und wo willst du dich niederlassen?« fragte Vala. »Hier etwa? In diesem Paradies? Bist du tatsächlich so dumm, Bruder? Weißt du denn nicht, daß unser Proviant nahezu aufgebraucht ist? Heute morgen haben wir die letzten Beeren gegessen. Und auf dieser Welt scheint nichts Eßbares zu gedeihen. Die Strauchbeeren jedenfalls dürften giftig sein.«
»O Los! Sollte Urizen tatsächlich vorhaben, uns verhungern zu lassen?« rief Palamabron.
»Wenn wir nichts Eßbares finden, werden wir verhungern«, stellte Wolff fest. »Und wenn wir noch länger tatenlos herumstehen, werden wir ganz gewiß nichts finden.«
Er setzte sich in Bewegung. Der Boden der Schlucht bestand aus nacktem, glitschigem Fels, ein Hinweis darauf, daß es sich hier um das Bett eines früher mächtigen Flusses handelte. Der Fluß existierte nach wie vor. Die Wasser hatten sich ein neues, schmaleres Bett gefressen, rechter Hand, ein paar Meter tiefer als die steinigen Ufer. Hier und da wucherten niedere Büsche zwischen Steinen und felsigem Untergrund. Es war feuchtkalt und finster.

Den ganzen Tag hindurch folgten die Lords dem gewundenen Pfad. Abends verzehrten sie den restlichen Proviant. Auf hartem Gestein legten sie sich zur Nachtruhe nieder, und als sie am nächsten Morgen erwachten, fühlten sie sich zerschlagen und erschöpft. Ihre Eingeweide zogen sich krampfhaft zusammen. Hunger wühlte in ihren Mägen. Das Glück schien sie verlassen zu haben.
Wolff trieb die Gefährten zur Eile an. Wenn sie nur endlich diese finstere Schlucht hinter sich lassen konnten. Hier gab es gewiß nichts Eßbares. Es gab keine Fische im Fluß; es gab nicht einmal Insekten.
Automatisch setzten sie einen Fuß vor den anderen. Minuten wurden zu Stunden, Stunden zu Tagen. Am folgenden Tag erreichten sie eine Biegung.
Schweigsam und leise gingen sie. Palamabron sah das Lebewesen zuerst. Er versetzte Wolff einen mächtigen Seitenhieb. Das Tier war etwas mehr als einen halben Meter groß, stand auf känguruhartigen Hinterläufen und hielt mit zwei Lemurenpfoten einen Zweig. Sein Schädel glich dem einer reinrassigen Persianerkatze, lediglich die Ohren störten den Gesamteindruck; sie waren groß und löffelförmig wie die eines Kaninchenbocks. Ein khakifarbenes Fell bedeckte den Körper des Wesens.
Wolff machte eine vorsichtige Bewegung. Im gleichen Augenblick sah das Tier bereits gehetzt um sich. Es erblickte sie und machte sich mit großen Sprüngen davon. Der lange Schwanz stand starr von seinem Körper ab. Ein bizarrer Anblick.
Wolff verfolgte das Tier, aber schon nach einigen Metern gab er auf. Zu Fuß würde er es niemals einholen können. Es war viel zu schnell. Gut hundert Meter entfernt blieb der Hüpfer stehen und beäugte sie.
Wieder versuchte Wolff, sich ihm zu nähern. Behutsam schob er sich vorwärts. Das Tier ruckte wieder herum und floh weiter. Sekunden später war es bereits außer Sichtweite.

»Warum hast du nicht deinen verdammten Laser eingesetzt?« fragte Palamabron.
Wolff schüttelte den Kopf. »Das Tier lief viel zu schnell, als daß ich einen guten Schuß hätte plazieren können. Ich will die Energie des Lasers nicht vergeuden.«
Sie benötigten weitere Waffen – Speere. Die Büsche boten das nötige Material. Nachdem sie sich mächtige Stöcke, die schwer genug waren, um ihre tödliche Aufgabe zu erfüllen, geschnitten hatten, gingen sie weiter.
Nach etwa einer Stunde trafen sie erneut auf einen Hüpfer. Das Tier floh sofort.
Hungrig und verbittert setzten die Lords ihren Aufstieg durch die Schlucht fort. Sie bekamen jetzt häufiger Hüpfer zu sehen, aber immer hielten sich die Tiere in sicherer Entfernung, so daß weder der Laser eingesetzt noch mit den Knüppeln etwas ausgerichtet werden konnte. Schließlich kamen sie an eine Stelle, wo ein breiter Riß in der senkrecht aufragenden Wand der Schlucht klaffte. Ein Hohlweg, etwa dreihundert Meter breit, führte gut vierhundert Meter tief in den Felsen hinein und endete dann abrupt. Die Sohle dieser Schlucht mochte knapp zehn Meter tiefer liegen als jene, die sie bisher bergan bezwungen hatten. Der Boden war dicht mit Gebüsch bewachsen. Und inmitten der Büsche äste ein Hüpfer!
Wolff eilte zu den Gefährten zurück und sagte ihnen, was sie tun sollten. Luvah und Theotormon postierten sich an dem engen Durchgang zur eigentlichen Schlucht, die anderen folgten Wolff. Der Hüpfer war gefangen.
Wolff und seine Gefährten bildeten einen weiten Kreis. Der Hüpfer hob witternd den Schädel, seine Nüstern zuckten. Aber er bewegte sich nicht.
Vorsichtig hob Wolff die Rechte. Die Lords blieben stehen. Er ging allein weiter, den Knüppel hinter dem Rücken versteckt haltend.

Und dann war er bis auf zwölf Meter an den Hüpfer herangekommen. Er hob den Knüppel, und der Hüpfer verschwand.

Mit einem heiseren Schrei wirbelte Wolff herum. Konnte es möglich sein, daß das Tier mit solcher Geschwindigkeit gesprungen war, daß er es nicht hatte wahrnehmen können? Nein, unmöglich! Der Hüpfer war verschwunden!

Dann erschien der Hüpfer wieder. Und zwar zehn Meter entfernt. Wolff tat einen Schritt nach vorn. Und der Hüpfer war wieder verschwunden.

Knapp drei Sekunden später gab es zwei Hüpfer. Einer war drei Meter von Vala entfernt, der andere knapp fünfzehn Meter von Wolff.

Das Tier in Valas Nähe verschwand. Wolff warf sich herum und hetzte los, brüllte, erhob den Knüppel. Vielleicht blieb der andere Hüpfer lange genug erschrocken stehen.

Der zweite Hüpfer verschwand ebenfalls. Ein wenig später erschien er wieder. Dieses Mal zur Rechten von Wolff. Der andere Hüpfer befand sich dicht daneben.

Wolff blieb stehen. Die anderen Lords kamen heran. Aus den zwei Tieren wurden plötzlich – fünf!

Die Lords stürmten voran. Rufen, Schreie und Verwirrung. Einige Hüpfer tauchten plötzlich hinter ihnen aus dem Nichts auf. Tharmas und Palamabron wirbelten herum, um sie zu jagen. Die Hüpfer verschwanden wieder. Nach drei Sekunden gab es drei Hüpfer. Sie verschwanden wieder.

Dann war nur noch einer da. Die Lords konzentrierten sich auf ihn, setzten ihm nach – und hatten plötzlich zwei Tiere vor sich.

Drei Sekunden später wurden bereits drei Hüpfer gejagt.

Zwei davon verschwanden.

Der Hüpfer stand seelenruhig in ihrer Mitte und beäugte sie. Wie auf ein geheimes Signal hin rannten die Lords los. Zwei Hüpfer tauchten wieder auf, direkt vor Palamabron. Damit hatte er nicht gerechnet. Er erschrak, versuchte, seinen Lauf abzubremsen, stolperte und fiel aufs Gesicht. Schreiend wälzte er sich herum. Der Hüpfer sprang über ihn hinweg und verschwand in dem Moment, als Rintrah seinen Knüppel schleuderte.

Gleich darauf existierten wieder zwei Hüpfer.

Drei.

Dann, urplötzlich, waren alle verschwunden.

Die Lords starrten einander an. Stille. Nur der Wind und ihr schweres Atmen waren in der Schlucht zu hören.

Plötzlich – drei Hüpfer in ihrer Mitte.

Die Jagd begann erneut.

Da war ein Hüpfer!

Fünf.

Drei.

Sechs.

Sechs Sekunden lang existierten drei.

Dann wieder sechs.

Wolff gebot der sinnlosen Jagd Einhalt. Gemeinsam mit seinen Gefährten ging er zu Luvah und Theotormon, die das unheimliche Geschehen mit weit aufgerissenen Augen verfolgt hatten. Sie setzten sich, um wieder zu Atem zu kommen. Sie bestürmten Wolff mit Fragen. Aber auch er konnte sich die Fähigkeit der Hüpfer nicht rational erklären. Noch nicht.

Nachdenklich sah er zu den sechs Tieren hinüber, die nur gut einhundert Meter entfernt zur Ruhe gekommen waren und bereits wieder grasten. Die Lords musterten Wolff. Schließlich brach Vala das Schweigen.

»Wie erklärst du dir das, Jadawin?«

»Ich dachte an den Zeitpunkt, als das erste Tier verschwand«, antwortete er. »Und ich habe daraufhin versucht, die Dauer ihres Verschwindens abzuschätzen. Es muß ein Zusammenhang bestehen zwischen ihrer Anzahl und der Dauer ihres Verschwindens.« Er unterbrach sich und schüttelte den Kopf. »Ich bin mir nicht sicher. Vielleicht stimmt meine Vermutung, vielleicht auch nicht. Aber welche Erklärung sollte es sonst geben? Es sei denn ... Ja, da wäre noch eine Möglichkeit. Habt ihr je davon gehört, daß ein Lord mit Zeitreise-Experimenten erfolgreich war?«

Palamabron lachte.

»Du Esel!« rief Vala. Und zu Wolff gewandt sagte sie: »Ich hörte, daß Orc der Blinde viele Jahre lang versuchte, die Prinzipien der Zeit zu erforschen. Aber man sagt, daß er schließlich aufgegeben hat. Er hat behauptet, daß der Versuch, Zeit zu zerlegen, ein ebenso unlösbares Problem sei wie die Erklärung des Ursprungs des Universums.«

»Warum fragst du, Wolff?« erkundigte sich Ariston.

»Nun, es gibt ein winziges subatomares Teilchen, das von irdischen Wissenschaftlern Neutrino genannt wurde«, antwortete er. »Es ist ein ungeladenes Teilchen mit einer Nullwert-Restmasse. Versteht ihr, wovon ich rede?«

Sie schüttelten beinahe synchron die Köpfe.

»Du weißt, daß wir gut ausgebildet wurden. Aber das ist lange, sehr lange her. Tausende von Jahren sind seither vergangen. Tausende von Jahren, in denen wir unser wissenschaftliches Interesse auf unsere Defensiv- oder Offensivsysteme beschränkten.« Luvah hatte gesprochen.

»In der Tat! Ihr seid eine Horde ungebildeter Götter!« sagte Wolff. »Die mächtigsten Wesen im Kosmos – barbarische, analphabetische Gottheiten!«

»Was hat dein Gefühlsausbruch mit unserer augenblicklichen Situation zu tun?« fragte Enion. »Und warum beleidigst du uns? Warst du es nicht, der sagte, daß wir aufhören müssen, uns gegenseitig zu beleidigen, wenn wir überleben wollen?«

»Verzeiht mir«, sagte Wolff. »Aber manchmal überwältigt mich die Diskrepanz ... Laßt es gut sein. Jedenfalls benimmt sich das

Neutrino ziemlich seltsam. Man könnte in der Tat sagen, daß es sich in der Zeit rückwärts bewegt.«

»Und – tut es das wirklich?« fragte Palamabron.

Wolff schüttelte den Kopf. »Ich bezweifle es. Aber man kann seine Verhaltensweise zweifellos mit Begriffen aus dem Bereich der Zeitreise erfassen, ob das Neutrino sich nun tatsächlich antichronologisch bewegt oder nicht. Und ich glaube, daß man diese These auch in unserem speziellen Fall anwenden kann. Vielleicht können sich die Hüpfer tatsächlich vorwärts oder rückwärts in der Zeit bewegen. Vielleicht lag es in Urizens Macht, derartige Tiere zu erschaffen. Aber eigentlich glaube ich nicht daran. Es ist viel wahrscheinlicher, daß er sie aus einem fremden, uns unbekannten Universum importiert hat.

Ganz gleich, woher sie kommen – sie scheinen jedenfalls die Fähigkeit zu besitzen, in der Zeit umherspringen zu können. Und zwar mit einem Limit von drei Sekunden.« Mit seinem Knüppel zeichnete er einen Kreis auf den Boden. »Das hier soll jenes Tier darstellen, welches wir zuerst gesehen haben ...« Er zog eine Linie, dann einen weiteren Kreis. »Der Hüpfer ist verschwunden. Dieser Strich ist also gleichbedeutend mit seiner Nichtexistenz in unserer Eigenzeit. Er bewegte sich in der Zeit vor- oder rückwärts ...«

»Ich könnte schwören, daß sein erstes Verschwinden keine drei Sekunden dauerte«, murmelte Vala.

Wolff zog einen Strich vom zweiten Kreis aus und zeichnete schließlich einen dritten Kreis. Im rechten Winkel hierzu legte er eine Gerade, die zum zweiten Kreis zurückführte.

»Der Hüpfer sprang in der Zeit vorwärts – zumindest kann man sein Verhalten so umschreiben. Dann sprang er rückwärts, zu jenem Zeitpunkt, den er nicht eingenommen hatte, als er den ersten Sprung tat. So sahen wir ihn sechs Sekunden lang. Er sprang erneut. Wieder vorwärts. Zu jenem Zeitpunkt, als seine erste Reinkarnation aus dem ersten Zeitsprung materialisierte. Und plötzlich existieren zwei Hüpfer. Zweimal das gleiche Tier. Der Zeitsprung bewirkte einen Verdopplungseffekt.«

»Aber es waren doch ganz plötzlich fünf Hüpfer!« sagte Rintrah.

Wolff nickte. »Richtig. Mal sehen, ob wir auch diese Angelegenheit auf einen gemeinsamen Nenner bringen können. Zwei Hüpfer existierten. Nummer eins sprang, wurde einer von den fünf Hüpfern. Gleich darauf sprang er rückwärts. Der nächste Sprung führte in der Zeit wieder vorwärts. Also war er nach seiner Materialisation Nummer drei von unseren fünf Freunden. Nummer zwei war zwischenzeitlich gesprungen – und stellte nun Nummer zwei dar. Nummer eins und zwei sprangen vorwärts und wieder zurück – und bildeten schlußendlich Nummer vier und fünf. Alles klar? Es geht noch weiter ...

Nummer vier und fünf sprangen erneut – zu jenem Zeitpunkt, als wir nur zwei Hüpfer wahrnahmen. In der Zwischenzeit war Hüpfer Nummer eins über drei Sekunden gesprungen. Nummer vier verhielt sich passiv. Nummer fünf sprang ...« Wolff lachte, als er die schlaffen Gesichter der Gefährten sah.

»Das ist unmöglich«, stieß Tharmas hervor. »Zeitreise! Du weißt, daß das unmöglich ist!«

»Sicher weiß ich das«, stimmte Wolff zu. »Aber wenn diese Tiere keine Zeitsprünge machen – was dann? Ihr wißt nicht mehr als ich. Wenn ich also ihre Verhaltensweise mit dem Begriff *Zeitsprung* zu umschreiben vermag, und wenn diese Umschreibung dazu dient, ihrer habhaft zu werden – was ist dann dagegen einzuwenden?«

»Warum benutzt du nicht den Laser?« fragte Rintrah ungeduldig. »Wir sind alle sehr hungrig. Ich bin geschwächt von der Jagd auf diese ... diese Irrlichter!«

Wolff zuckte die Schultern und erhob sich. Gemächlich ging er

auf die Zeithüpfer zu. Sie ästen ruhig weiter, behielten ihn aber im Auge. Als er bis auf dreißig Meter herangekommen war, hüpften sie davon. Wolff folgte ihnen, den Laser gezückt.
Jetzt hatten die Hüpfer das Ende der Schlucht erreicht. Sie hüpften seitlich auseinander. Wolff zielte und feuerte. Der Hüpfer verschwand. Der weißglühende Strahl fraß sich in die Felswand hinein.
Wolff warf sich herum und zog erneut den Abzug durch. Wieder zuckte der E-Strahl auf. Der Hüpfer wich seitwärts aus. Wolff machte seine Bewegung mit. Das Tier verschwand.
Und jetzt reagierte Wolff blitzschnell. Er schwang den Laser herum. Ein Hüpfer materialisierte. Wolff richtete den weißen Strahl auf ihn.
Gleichzeitig verschwand er. Hinter Wolff erscholl ein Ruf. Langsam drehte er sich um. Seine Augen weiteten sich ungläubig, als er den Kadaver sah.
Vala hob beide Hände. »Der Hüpfer materialisierte tot. Er war schon tot, hörst du ...«
»Aber ich habe ihn nicht getroffen. Nicht ihn ...«
»Dennoch war er bei seiner Materialisation vor drei Sekunden, möglicherweise bereits ein wenig früher, tot«, erklärte sie. »Er war schon drei Sekunden lang tot, bevor du den anderen Hüpfer getroffen hast.« Sie hielt inne, lächelte. »Ich rede von einem anderen Hüpfer ... Unsinn, es ist derselbe Hüpfer. Er wurde getötet, bevor du ihn getroffen hast. Zumindest jedoch im gleichen Augenblick. Er hat einen Zeitsprung in die Vergangenheit gemacht.«
»Du willst sagen, daß ich dieses Tier zuerst getötet – und dann getroffen habe«, murmelte er.
»Hauptsache, wir haben etwas zu essen.«
»Es ist wenig genug. Der eine Hüpfer gibt nicht genug Fleisch her, um uns alle satt zu machen.«
Wolff drehte sich plötzlich um und beschrieb mit dem Strahl

einen waagrechten, Bogen. Steine zerbarsten ... Und dann, nur wenige Zentimeter von einem Hüpfer entfernt, erlosch der Strahl.
Wolff zog noch einmal den Abzug durch. Vergeblich. Nichts geschah. Der Hüpfer stand wie erstarrt und blinzelte ihn mit seinen großen Augen an. Begriff das Tier, daß ihm momentan keinerlei Gefahr mehr drohte?
»Die Energie ist aufgebraucht«, sagte Wolff, als er die fragenden Blicke der anderen bemerkte. Mit einer müden Handbewegung nahm er das leere Magazin heraus und steckte den Laser hinter seinen Gürtel. Obwohl die Waffe jetzt nutzlos war, dachte er nicht daran, sie fortzuwerfen. Möglicherweise gelang es ihm irgendwann und irgendwie, in den Besitz neuer Magazine zu kommen. *Eine vage Hoffnung,* dachte er. *Eine sehr vage Hoffnung.*
»Wir können die Jagd mit unseren Knüppeln fortsetzen«, schlug er vor.
»Ich werde mich nicht mehr daran beteiligen!« stieß Palamabron hervor. »Ich kann nicht mehr ... Ich habe Hunger! Und ich gedenke jetzt etwas dagegen zu tun ...«
Die anderen Lords stimmten ihm zu. Sie alle waren schwach und hungrig und brauchten sofort etwas zu essen. Wolff konnte sie nur zu gut verstehen. Auch sein Magen knurrte gewaltig.
Sie machten sich über den erlegten Hüpfer her. Obwohl das Fleisch halb verkohlt war, schlangen sie es gierig hinunter.
Nachdem sie den schlimmsten Hunger gesättigt hatten, rasteten sie eine Weile, um wieder zu Kräften zu kommen. Dann erhoben sie sich und nahmen die Verfolgung der Zeithüpfer auf.
Sie planten, die Tiere zu umkreisen, um die Knüppel wirksam einsetzen zu können. Ob dieser Plan allerdings praktisch realisierbar war, würde dann die Zukunft zeigen.
Stunden später war es den Lords gelungen, die Herde einzuholen. Auf einen Wink von Wolff hin schwärmten die Männer aus.

Die Hüpfer beobachteten sie voller Mißtrauen und begannen, unruhig zu werden. Und dann brachen sie aus. Sie verschwanden, materialisierten mal hier, mal dort ... Das Chaos war perfekt. Die Lords heulten wie hungrige Wölfe, schwangen ihre Knüppel und schlugen wild um sich. Und Tharmas hatte Glück! Dicht vor ihm materialisierte ein Hüpfer ... Der Lord schlug mit vernichtender Wucht zu. Der Knüppel krachte gegen den Schädel des Tieres. Zuckend brach es zusammen. Tharmas tötete es mit einem weiteren Schlag.
Die anderen Hüpfer verschwanden und rematerialisierten erneut. Acht Hüpfer. Drei Sekunden später existierten nur noch drei von ihnen. Weitere drei Sekunden später waren es wieder neun. Dann waren alle verschwunden. Neun rematerialisierten. Plötzlich waren es nur noch zwei. Dann elf. Dann sieben. Dann wieder nur noch zwei.
Wolff schleuderte seinen Knüppel. Und er traf. Der Hüpfer wurde vornüber geschleudert. Im gleichen Sekundenbruchteil war Vala über ihm und tötete ihn mit einem harten Schlag ins Genick, bevor er sich von seiner Benommenheit erholen konnte.
Fünfzehn weitere Hüpfer erschienen aus dem Nichts. Zwei verschwanden sogleich wieder. Rintrah und Theotormon töteten je einen von den verbleibenden.
Gleich darauf waren die überlebenden Hüpfer verschwunden, und es schien, als habe es sie nie gegeben.
Und eine Minute später spielten die Tiere plötzlich verrückt. Verschreckt, in Todesangst, warfen sie sich hin und her. Der Zeitreiseeffekt bewirkte, daß sie sich innerhalb weniger Minuten verdoppelten, verdreifachten, vervierfachten. Kurz darauf war ihre Zahl bereits auf weit über eintausend angewachsen.
Den Lords gelang es nicht mehr, weitere Hüpfer zu erlegen. Die ständig wachsende Horde der Zeithüpfer schien mit einem Male allgegenwärtig zu sein. Überall materialisierten die Tiere,

und sie stießen, traten, kratzten, schlugen und schubsten. Und dann – wie auf ein lautloses Zeichen hin – brachen sie aus. Einer lebendigen Springflut gleich galoppierten sie über den glatten Felsboden und waren Augenblicke später bereits verschwunden.
Wolff erhob sich langsam. Sein Körper fühlte sich zerschunden und zerschlagen an. Er brauchte seine Gefährten nicht anzusehen, um zu wissen, daß es ihnen ebenso erging. Er wischte sich über das Gesicht. Dann fiel sein Blick auf die vier bewegungslosen Kadaver. Es war ein trauriger Witz. Von nahezu eintausendachthundert Hüpfern hatten sie jämmerliche vier erlegt!
»Eine gute Mahlzeit für jeden von uns«, stellte Vala fest. »Besser als überhaupt nichts. Aber was werden wir morgen tun?«
Die anderen antworteten nicht. Sie begannen, Holz für die Lagerfeuer zu sammeln. Wolff lieh sich Theotormons Dolch und häutete die Hüpfer.
Am nächsten Morgen aßen sie den Rest des Fleisches. Dann brachen sie auf. Wolff schlug eine schnellere Gangart vor, und seine Gefährten folgten widerspruchslos. Nur das stete Rauschen des Flusses begleitete sie auf ihrem Weg. Die schroffen Felswände schienen enger zusammenzurücken, je höher die Menschen kamen. Scheinbar unendlich weit entfernt leuchtete der gelbe Himmel, ein feiner Riß in der Dunkelheit der Felsen.
In einiger Entfernung rematerialisierten Hüpfer. Wolff reagierte schnell. Er schleuderte einen faustgroßen Stein, aber er verfehlte das Tier. Gleich darauf verschwand der Hüpfer so abrupt, als wäre er um eine Ecke aus Luft gehuscht.
Drei Sekunden später kam er sieben Meter von seinem ursprünglichen Standort wieder in Sicht und hüpfte so eilig davon, als hätte er sich plötzlich einer sehr wichtigen Verabredung erinnert.
Und von diesem Augenblick an bekamen die Gefährten keinen Zeithüpfer mehr zu sehen. Zwei Tage, nachdem sie die letzte

Mahlzeit zu sich genommen hatten, waren sie beinahe bereit, von den Buschbeeren zu kosten.
»Der abstoßende Geruch der Beeren muß doch nicht unbedingt bedeuten, daß sie unangenehm schmecken«, sinnierte Palamabron halblaut. Und er fuhr fort: »Und selbst, wenn sie unangenehm schmecken, so heißt das noch lange nicht, daß sie giftig sind. Wir sind ohnehin dem Tode geweiht. Warum also sollten wir die Beeren nicht probieren?«
»Eine gute Frage, Palamabron«, meinte Vala lächelnd. »Warum willst *du* die Beeren nicht probieren? Iß doch ein paar ...«
Sie lächelte noch breiter, als fände sie Vergnügen an dem offensichtlichen Konflikt zwischen Palamabrons Hunger und seiner Furcht.
»Nein«, antwortete Palamabron. »Nein, ich werde nicht für euch Meerschweinchen spielen. Warum sollte gerade ich mich opfern? Ich werde von den Beeren nur dann essen, wenn ihr es mir gleichtut – und zwar zur gleichen Zeit.«
»Oh, du möchtest in guter Gesellschaft sterben«, sagte Wolff. »Mach schon, Palamabron! Iß du allein von den Beeren – oder halte endlich deinen Mund. Mit deinem Geschwätz verschwendest du nur unsere Zeit. Wir werden nicht von den Beeren essen. Wenn du es auch nicht tun willst, dann vergiß es.«
Palamabron starrte nachdenklich auf die Beere, die er zwischen zwei Fingern hielt. Dann roch er daran, verzog das Gesicht und warf sie fort.
Wolff setzte sich wieder in Bewegung, und die anderen folgten. Etwa eine Stunde später erreichten sie eine Seitenschlucht, die nur wenig kleiner war als jene, in der sie ihre erste Hüpfer-Jagd veranstaltet hatten.
Vielleicht hatten sie Glück und trafen hier erneut auf Hüpfer?
Wolff hob einen runden Stein auf, der gerade die richtige Größe und das richtige Wurfgewicht hatte, und näherte sich dem Durchgang.

Tatsächlich! Nur wenige hundert Meter entfernt fraß ein Hüpfer!
Wolff ließ sich auf Hände und Knie nieder und kroch weiter. Schlangengleich wand er sich voran; jeden Strauch, jeden Felsen nutzte er als Deckung. Er schaffte es, bis auf wenige Meter an das Tier heranzukommen.
Aber plötzlich wurde es unruhig. Das Mahlen der Kiefer hörte auf. Witternd hob der Hüpfer den Kopf, die Nüstern bewegten sich leicht, die Ohren zitterten.
Wolff drückte sich gegen den kalten Boden und blieb bewegungslos liegen. Er schwitzte vor Anstrengung und Spannung. Die unfreiwillige Hungerkur hatte ihn bereits erheblich geschwächt. Nur mühsam konnte er sich zurückhalten, nicht einfach aufzuspringen, sich auf den Hüpfer zu werfen, ihn auseinanderzureißen und sein Fleisch roh hinunterzuwürgen. Er war so hungrig, daß er sich sogar zutraute, die Knochen des Hüpfers zu zertrümmern und das Mark zu schlürfen ...
Er zwang sich, bewegungslos zu verharren. Es konnte nur noch Sekunden dauern, bis sich das Mißtrauen des Tieres gelegt hatte. Es würde sich wieder der Nahrungsaufnahme widmen. Er, Wolff, würde seine schildkrötenhaft langsame Annäherung fortsetzen, und dann ...
Mit einem Schlag wurden seine Hoffnungen zunichte gemacht. Ein Tier, das an einen Wolf erinnerte, tauchte direkt hinter dem Hüpfer auf – und sprang sofort.
Die Zähne des Wolfs schlossen sich mit einem häßlichen Geräusch. Sie hatten das Genick des Hüpfers verfehlt. Der Hüpfer war verschwunden. Im gleichen Sekundenbruchteil verschwand auch das Raubtier.
Sekunden später rematerialisierten zwei Hüpfer und der Chronowolf. Jetzt sah er die Kreatur ganz deutlich – den geschmeidigen Körper, der von einem grauen Fell bedeckt wurde, den spitz zulaufenden Schädel, den buschigen Schweif ...

Ob Urizen diese Bestie, der es möglich war, den Hüpfern durch die Zeit zu folgen, geschaffen hatte? Oder war es die Natur gewesen? War ein natürlicher Feind notwendig gewesen, um zu verhindern, daß die Hüpfer diese Welt übervölkerten?

Wolff hatte Zeit, seinen Überlegungen nachzuhängen. Die Tiere materialisierten erneut – und verschwanden wieder. Also waren beide, der ursprüngliche Hüpfer wie der Chronowolf, vorwärts gesprungen. Der Hüpfer war nur den Bruchteil einer Sekunde geblieben und dann wieder zurückgesprungen. Folglich hatte er sich selbst reproduziert, und damit stand der Chronowolf vor der Qual der Wahl.

Wieder verschwanden die Tiere. Und erschienen neu – verdoppelt. Jetzt existierten zwei Hüpfer und zwei Chronowölfe. Die Jagd hatte begonnen, nicht nur räumlich, sondern auch in den fremdartigen, grauen Korridoren der Zeit.

Die Tiere sprangen und verschwanden.

Wolff rannte zu einem Felsen hinüber, der von Buschwerk umwuchert wurde. Er warf sich in das Unterholz und verhielt sich still.

Jetzt existierten sieben Tiere. Dieses Mal kam der Chronowolf direkt hinter seiner Beute aus dem Irgendwo heraus. Sein Körper spannte sich und warf sich vorwärts. Mit einem wilden Knurren schlug er seine Fänge in den ungeschützten Hals des Hüpfers. Der Wolf hatte seine Beute geschlagen.

Sieben Hüpfer lebten nach wie vor. Einer von ihnen mußte in der Zeit vorwärts und gleich darauf wieder rückwärts gesprungen sein.

Die Hüpfer verschwanden. Der Chronowolf verschwand ebenfalls.

Warum kümmerte er sich nicht mehr um seine Beute? Plötzlich sprangen sechs Wölfe in der Schlucht umher. Sie fielen sich gegenseitig an. Ein ungestümer Kampf entwickelte sich. Knurren, Fauchen ... Dann brach ein Chronowolf tot zusammen. Plötzlich – nur Leere.

Drei Sekunden lang geschah nichts. Wolff kam aus seiner Deckung hoch, hetzte vorwärts und warf sich wieder zu Boden. Wölfe wie Zeithüpfer rematerialisierten. Die wilde Jagd nahm ihren Verlauf. Ein weiterer Wolf war aus dem Mutterleib der Zeit heraus geboren worden. Parthenogenese der Zeitreisenden!
Zwei Wölfe stürzten sich mit heiserem Gebrüll aufeinander, während der dritte unschlüssig schien. Die Hüpfer preschten in verrückter Panik umher. Der Wolf griff an, als ein Hüpfer todesverachtend nahe an ihm vorbeisauste.
Schließlich war der Kampf der Wölfe entschieden. Ein Tier lag röchelnd in seinem Blut.
Ein weiterer Hüpfer wurde geschlagen. Die noch lebenden Tiere verschwanden. Als sie wenig später für Wolff wieder sichtbar wurden, starb noch ein Hüpfer. Der Chronowolf zerfetzte mit einem gewaltigen Hieb die Kehle seines Opfers.
Langsam erhob sich Wolff. Ein Wolf wurde von seinem Artgenossen getötet. Wolff schleuderte einen Stein nach dem Sieger. Dieser mußte die Bewegung jedoch instinktiv wahrgenommen haben, denn er verschwand, bevor der Stein traf. Und als er drei Sekunden später aus seinem Zeitsprung herausschoß, hetzte er davon.
»Tut mir leid, daß ich dich der Früchte deines Sieges beraube, Freund«, rief Wolff ihm nach. »Aber du bist noch stark genug, die Jagd an einem anderen Ort fortzusetzen ...«
Dann rief er seine Gefährten und sagte ihnen, daß sich ihr Glück gewendet hatte. Das Fleisch von sechs Tieren würde ausreichen, ihre Mägen zu füllen und sie für den nächsten Tag mit dem nötigsten Proviant zu versehen.
Aber nur zu bald kehrte der Hunger zurück.
Seit drei Tagen hatten sie nichts mehr gegessen. Sie waren hager geworden. Ihre Augen lagen tief in dunklen Höhlen, und ihre Wangen waren hohl.

Wolff gab sich keinen Illusionen hin. Bald würde es vorbei sein. Aber mit dem letzten verbliebenen Rest seiner einstigen Kraft weigerte er sich, an das Ende zu glauben. Er weigerte sich aufzugeben.

An diesem Tag schickte Wolff seine Gefährten paarweise zur Jagd aus. Er selbst hatte allein jagen wollen, aber Vala bestand darauf, daß er Luvah als Begleiter akzeptierte.

»Ich ziehe es vor, allein zu jagen«, sagte sie. »Ich lege keinen Wert darauf, von nur einem einzigen Mann begleitet zu werden.«

»Du fürchtest, daß er dich tötet und ...« Wolff sprach nicht weiter.

Vala nickte. »Genau das fürchte ich«, gab sie zu. »Du weißt, daß alle sehr, sehr hungrig sind. Der Hunger mag sie auf die ungeheuerlichsten Gedanken bringen. Vielleicht hat Urizen dies sogar einkalkuliert. Ja, es wäre ihm sicherlich ein besonderer Spaß zu beobachten, wie wir uns gegenseitig umbringen und unsere Bäuche mit unserem eigenen Fleisch vollstopfen.«

»Wie du willst«, antwortete Wolff. Er ging mit Luvah davon, um eine Reihe von Seitenschluchten in Augenschein zu nehmen. Möglicherweise ließ sich irgendwo ein Hüpfer aufstöbern.

Nur wenig später war ihre Suche von Erfolg gekrönt. Sie sichteten eine ganze Herde. Wie schon so oft begannen sie mit dem geduldigen, stundenlangen Anschleichen an die scheuen Tiere. Schließlich trennte sie nur noch ein knapper Zentimeter vom Erfolg! Der Stein, den Wolff geschleudert hatte, flog haarscharf am Schädel jenes Tieres vorbei, das er als Opfer auserwählt hatte. Das bedeutete das Ende sämtlicher Hoffnungen. Die Hüpfer machten sich nicht einmal die Mühe, Zuflucht in der Zeit zu nehmen. Sie preschten davon und verschwanden in einer angrenzenden Schlucht.

Wolff und Luvah gaben nicht auf. Sie hefteten sich an die Fährte der Hüpfer und folgten ihnen. Stunden vergingen, und dann kündete der Mond eine neue Nacht an. Sie kehrten um, erschöpft, enttäuscht und mit der Gewißheit, daß auch diese Nacht nur von quälendem Hunger erfüllte Schlaflosigkeit bringen würde.

Als sie zu den Gefährten stießen, stellte Wolff sofort fest, daß Palamabron und dessen Jagdgefährte Enion fehlten.

»Ich weiß nicht, wie es mit euch steht«, sagte Tharmas, »im Grunde ist mir das alles gleichgültig. Ich bin jedenfalls zu erschöpft, um noch Lust zu verspüren, nach den verdammten Idioten zu suchen.«

»Vielleicht sollten wir uns doch nach ihnen umsehen«, meinte Vala. »Möglicherweise war ihre Jagd erfolgreich. Und nun füllen sie sich die Wänste mit gutem Fleisch ...«

»Ich werde mich nicht an der Suche beteiligen«, erklärte Tharmas. »Gut, sie mögen Glück gehabt haben. Sollten wir sie je wiedersehen, so werden wir das erfahren. Sie werden nicht fähig sein, ihre Zufriedenheit vor mir zu verbergen. Und dann – dann werde ich sie umbringen!«

»Sie werden nichts tun, was du bei entsprechender Gelegenheit nicht ebenfalls tun würdest«, versetzte Wolff. »Wozu also der Aufruhr? Wir wissen nicht, ob sie Beute gemacht haben. Schließlich war dies nur eine Vermutung Valas. Es gibt keinerlei Beweise.«

Murrend legten sich die Lords nieder. Bald darauf wurden sie von ihrer Schwäche übermannt und fielen in einen unruhigen Schlaf.

Irgendwann in der Nacht fuhr Wolff hoch. Hatte er sich getäuscht, oder hatte er tatsächlich einen Schrei gehört? Er erhob sich vollends und sah sich um. Nach wie vor fehlten Enion und Palamabron.

Vala war ebenfalls erwacht. »Hast du etwas gehört, Bruder? Oder war es lediglich das Knurren unserer Bäuche, das dich geweckt hat?«

»Einen Schrei möglicherweise. Er kam von flußaufwärts«, murmelte er, immer noch lauschend. Dann gab er sich einen Ruck. »Ich werde nachsehen.«
»Ich werde dich begleiten. Schlaf kann ich in dieser Nacht sowieso nicht mehr finden. Der Gedanke, daß Enion und Palamabron ein Festmahl halten, hält mich wach und wütend.«
»Ich glaube nicht, daß die kleinen Hüpfer das Festmahl darstellen ...«
»Du meinst ...«
»Vielleicht. Du selbst hast von dieser Möglichkeit gesprochen. Die Eskalation steht unmittelbar bevor. Der Zwang, es zu tun, wird mit jedem Tag stärker. Er wächst mit unserem Hunger und unserer Schwäche.« Wolff nahm seinen Knüppel auf und ging los. Vala hielt sich schweigend an seiner Seite. Sie folgten dem Lauf des Flusses, und trotz der Finsternis kamen sie gut voran.
Und dann sahen sie Palamabron! Sekundenlang tanzte sein Kopf über einem mächtigen Felsblock. Deutlich war das Profil des Mannes zu erkennen. Dann verschwand er.
Auf nackten Sohlen schlichen Wolff und Vala näher. Der leise Nachtwind trug ihnen seltsame Geräusche zu. Palamabron schien mit einem Stein gegen einen anderen zu schlagen.
»Versucht er, Feuer zu machen?« flüsterte Vala.
Wolff antwortete nicht. Würgende Übelkeit quoll in ihm empor. Er konnte sich nur einen Grund vorstellen, weshalb Palamabron hier und jetzt ein Feuer entfachen wollte.
Er hatte den Felsblock erreicht. Sekundenlang zögerte er. Instinktiv fürchtete er sich vor dem Anblick, der sich ihm bieten mußte, wenn er den Felsen umrundete.
Wolff kämpfte die Übelkeit nieder – und ging weiter.
Palamabron wandte ihm den Rücken zu. Er kniete vor einem Haufen aus Reisig und Laub und schlug ein Stück Feuerstein gegen den felsigen Boden.

Neben Palamabron lag der verkrümmte Körper eines Zeithüpfers. Wolff stieß einen Seufzer der Erleichterung aus. Aber wo war Enion? Wolff hob den Knüppel leicht an. »Nun ... Palamabron«, sagte er dann.

Palamabron stieß einen kurzen Schrei aus und warf sich vorwärts. Er fiel über die Feuerstelle hinweg, überschlug sich und kam auf die Füße. Mit entsetzt aufgerissenen Augen starrte er Wolff und Vala an. In seiner Faust befand sich ein unhandliches Feuersteinmesser.

»Er gehört mir«, keuchte er, nachdem er den ersten Schrecken überwunden hatte. »Ich habe ihn erlegt, und ich will ihn behalten. Ich sterbe, wenn ich nichts zu essen bekomme.«

»Nicht nur du stirbst, wenn du nichts zu essen bekommst«, erwiderte Wolff. »Wo ist dein Bruder?«

Palamabron spuckte aus. »Dieses – dieses Vieh! Er ist nicht mein Bruder! Woher soll ich wissen, wo er ist? Was geht es mich an?«

»Du bist gemeinsam mit ihm auf die Jagd gegangen«, sagte Wolff.

»Ich weiß nicht, wo er ist. Jeder von uns jagte auf eigene Faust. Wir haben uns getrennt.«

»Wir glaubten, einen Schrei gehört zu haben«, warf Vala ein.

»Sicherlich den Schrei eines Hüpfers«, sagte Palamabron. »Es – es war der Schrei jenes Hüpfers, den ich vorhin getötet habe. Ich fand ihn schlafend vor und schlug sofort zu. Im Sterben schrie er auf.«

»Vielleicht ...«, erwiderte Wolff. Rückwärts gehend entfernte er sich von Palamabron. Dann ging er am Flußufer entlang. Er hatte noch nicht einmal einhundert Meter zurückgelegt, als er die zu einer Klaue verkrümmte Hand sah.

Mit zusammengepreßten Lippen trat er näher heran. Er hatte Enion gefunden. Er war tot. Sein Hinterkopf war zerschmettert. Neben ihm lag der blutige Stein, mit dem er umgebracht worden war.

Wolff kehrte zu Palamabron und Vala zurück.
Die nächste unliebsame Überraschung erwartete ihn. Palamabron war verschwunden.
»Warum hast du ihn nicht aufgehalten?« fuhr er Vala an.
Sie zuckte die Schultern und lächelte. »Ich bin nur eine Frau. Wie hätte ich ihn aufhalten können?«
»Du hättest ihn aufhalten können, ich weiß es«, gab er zurück. »Aber wahrscheinlich willst du die Jagd auf Palamabron genießen. Ich werde dich enttäuschen müssen. Es wird keine Jagd geben. Palamabron hat den Hüpfer mitgenommen. Er ist in der Lage, sich zu stärken. Keiner von uns wird seine letzten Kraftreserven durch eine sinnlose Herumkletterei verschwenden.«
»Na schön«, sagte sie. »Und was werden wir jetzt tun?«
»Wir setzen unsere Wanderschaft fort und vertrauen auf unser Glück.«
»Und verhungern«, unterbrach sie ihn. Dann zeigte sie zu jenem Felsen hinüber, hinter dem Enions Körper lag. »Und dort liegt genügend Fleisch, um unseren Hunger zu stillen.«
Wolff antwortete nicht sofort. Er hatte nicht daran denken wollen, das Hungerproblem auf diese Art und Weise zu lösen. Aber jetzt wurde er damit konfrontiert, und er würde tun, was getan werden mußte. Vala hatte recht. Ohne diese Mahlzeit – so schrecklich es auch war, darüber nachzudenken – würden sie mit an Sicherheit grenzender Wahrscheinlichkeit sterben.
Genaugenommen hatte Palamabron ihnen einen Gefallen getan. Er war zum Mörder geworden. Er hatte die Schuld auf sich genommen. Sie konnten von Enions Fleisch essen, ohne sich als Mörder schuldig fühlen zu müssen. Natürlich bedeutete den anderen ein Mord nichts. Aber er, Wolff, hätte Höllenqualen gelitten, wäre er in die Zwangslage gebracht worden, ein menschliches Wesen zu töten, um selbst zu überleben. Und jetzt, als diese grausige Mahlzeit unmittelbar bevorstand, emp-

fand er lediglich eine leichte Abneigung. Der Hunger hatte die natürliche Abscheu vor Kannibalismus betäubt.

»Ich werde die anderen wecken«, sagte Wolff.

Als Wolff mit den anderen Lords zurückkehrte, hatte Vala bereits ein Feuer entfacht. Sie kauerte über Enions totem Körper und hatte mit der blutigen Arbeit begonnen. Wolff hielt einen Augenblick inne. Dann besann er sich. Er beteiligte sich an dem Mahl – also konnte er auch einen Teil der Arbeit tun.

Er nahm Theotormons Dolch. Rintrah und Tharmas boten ebenfalls ihre Hilfe an, aber Wolff wies sie zurück. Und er fragte sich insgeheim, ob er sich selbst bestrafen wollte, indem er die entsetzlichste Arbeit tat.

Nachdem das Fleisch lange genug über dem Feuer gebraten worden war, nahm er sich seinen Anteil und wandte sich ab. Er ging ein paar Schritte und kauerte sich dann gegen einen Felsen. Er war nicht sicher, ob er das Fleisch in seinem Magen halten konnte. Hätte er jedoch den anderen beim Essen zusehen müssen, so hätte er sich zweifellos übergeben. Irgendwie erschien es ihm nicht so schlimm, wenn er allein aß.

Bei Tagesanbruch brieten sie das restliche Fleisch und wickelten es in große Blätter. Erst am späten Vormittag brachen sie auf.

»Falls Urizen Zeuge unserer Mahlzeit war, muß dies ein großer Spaß für ihn gewesen sein«, sagte Wolff.

Vala wandte den Kopf und sah ihn an. »Laß ihm doch seinen Spaß«, meinte sie. »Auch ich werde noch meinen Spaß haben.«

»*Du?* Du meinst, daß *wir* unseren Spaß haben werden?«

»Ihr könnt tun und lassen, was ihr wollt. Mich interessiert nur das, was *ich* mache.«

»Typisch«, versetzte Wolff. Er musterte sie von der Seite. Vala war erstaunlich stark. Ja, sie strahlte förmlich Lebenskraft und Energie aus. War es das Fleisch, das ihre Genesung so rasch fortschreiten ließ? Er glaubte nicht daran. Selbst während der

Zeit des Hungerns schien sie nicht so gelitten zu haben wie die anderen. Wenn es jemand schafft, zu überleben und an Urizens Kehle zu kommen, dann ist es Vala, dachte er. Und gleichzeitig hoffte er, daß er in diesem Fall dicht hinter ihr war. Er wollte seine Rache, natürlich. Aber diese Rache war nicht ausschlaggebend. Wichtiger war für ihn die Rettung von Chryseis.

Zwölftes Kapitel

Nach einem weiteren Tag ohne Nahrung erreichten sie das Ende der Schlucht. Das Gelb des Himmels blendete sie. Vor ihnen erstreckte sich eine Ebene bis zum Horizont. Etwa einen halben Kilometer entfernt wölbte sich ein sanfter Hügel. Auf dem höchsten Punkt dieses Hügels waren zwei riesige Sechsecke errichtet.

Die Gefährten blieben stehen. Aus tränenden Augen starrten sie zu ihrem Ziel hinüber.

»Verlieren wir keine Zeit«, sagte Wolff. »Möglicherweise wartet auf der anderen Seite eine gedeckte Tafel auf uns.«

Tharmas lachte. »Und wenn das nicht der Fall ist?«

»Ich ziehe es in jedem Fall vor, bei dem Versuch, Urizens Defensivsysteme hinter mich zu bringen, zu sterben, als langsam und elend zu verhungern. Und im Moment sieht es ganz danach aus, als ob ...« Er sprach nicht weiter. Die anderen wußten ohnehin, was er meinte.

Etwa eine Stunde später erreichten sie die juwelenbesetzten Rahmen der Tore.

Wolff wandte sich an Vala. »Erneut bleibt dir die Ehre, das rechte oder das linke Tor für uns zu erwählen, Schwester. Aber beeile dich ... ich kann förmlich fühlen, wie meine Kraft dahinschwindet.«

Sie hob einen Stein vom Boden auf und kehrte den Sechsecken den Rücken zu. Dann schleuderte sie den Stein über ihren Kopf nach hinten. Er flog durch das rechte Tor.

»Damit ist die Entscheidung gefallen«, sagte Wolff. Er blickte alle der Reihe nach an und lachte. »Was für eine Crew! Edle

Lords! Eher wohl Landstreicher! Knüppel, eine zerbrochene Klinge, ein Dolch. Muskeln, die vor Schwäche zittern. Und Wänste, die nach Fleisch verlangen. Wurde je die Festung eines Lords von einem derart unwürdigen Haufen angegriffen?«

Vala lachte. »Nun, zumindest dein Humor ist dir erhalten geblieben, Jadawin. Und das will doch schon etwas heißen, nicht wahr?«

»Das will ich hoffen!« erwiderte er. Dann sprang er durch das Tor, das Vala ausgesucht hatte.

Er materialisierte unter einem tiefblauen Himmel. Der Boden unter seinen Füßen federte leicht. Die Gegend war – abgesehen von einigen wenigen steilen Hügeln, die so unwirklich und düster aussahen, daß sie unwillkürlich an gigantische Wucherungen erinnerten – ziemlich flach. Wolff kniff die Augen zusammen und starrte die Hügel an. Er glaubte nicht, daß sie aus Erdreich bestanden. Selbst der Grund, auf dem er stand, war kein Erdreich. Bräunlich und glatt war dieser Boden, von kleinen Löchern übersät. Aus jedem dieser Löcher wuchs ein Stengel, dünn wie ein Pfeifenreiniger und knapp einen halben Meter hoch.

Beinahe wie die Haut eines Riesen, dachte Wolff.

In der Ferne waren einige Bäume zu erkennen. Sie waren sehr hoch – wie hoch, das konnte er aus dieser Entfernung nicht zuverlässig schätzen. Aus den relativ dünnen, safrangelben Stämmen wuchsen glatte, sehr spitz zulaufende Äste, die in einem Winkel von fünfundvierzig Grad aufwärts gerichtet waren. Die Äste waren von dunklem Braun und spärlich mit großen, klingenförmigen Blättern bewachsen.

Eine weitere Minute verging, bis die anderen Lords kamen.

»Ihr habt wohl gehofft, daß ich – als Vorhut sozusagen – bereits einige Fallen aktiviert habe«, sagte Wolff. »Dann hättet ihr die Chance gehabt, ein paar Minuten länger zu leben. Aber wie ihr

seht, befinden wir uns auch dieses Mal noch nicht in Urizens Festung.«
Keiner antwortete. Wolff sah in Luvahs Augen. Er wich seinem Blick aus. Wolff wandte sich wortlos ab und trat an das Tor. Er überprüfte es mit raschen, sicheren Handgriffen. Es war deaktiviert oder – wie so viele Tore auf Urizens Welten – nur in einer Richtung passierbar.
Am Horizont bemerkte er eine lange schwarze Linie. Das Ufer eines Sees? Oder eines Ozeans?
Anders als in jener Welt, die sie soeben hinter sich gelassen hatten, gab es hier keinerlei Hinweise Urizens. Er schien es ihnen überlassen zu wollen, in welcher Richtung sie die Tore, die es auch auf dieser Welt geben mußte, suchten.
Wolff mußte an die Hügel denken, die er vorhin gesehen hatte. Ohne weiteres Zögern ging er los. Die anderen schlossen, immer noch schweigend, zu ihm auf. Sie kamen rasch voran. Der Boden federte unter ihren Schritten, aber es war kein unangenehmes Gefühl.
Der Schatten eines Vogels glitt vor ihnen über den Boden. Sie blickten auf. Das Tier war etwa so groß wie ein Weißkopfadler, mit weißem Gefieder und roten Beinen. Der Schädel war groß und wulstig wie der eines Affen. Anstelle der Nase wuchs ein mächtiger Schnabel hervor.
Der Vogel huschte so nahe über ihren Köpfen dahin, daß Luvah seinen Knüppel schleuderte. Nur knapp verfehlte er den prunkvollen Schweif. Mit empörtem Kreischen stieg der Vogel höher.
Wolff zeigte zu einem Baum hinüber. »Dort – das sieht wie ein Nest aus. Vielleicht finden wir Eier.«
Luvah war inzwischen losgerannt, um seinen Knüppel zurückzuholen. Plötzlich blieb er wie angewurzelt stehen. Er gestikulierte und zeigte zu Boden. Wolff starrte auf die Stelle, auf die Luvah deutete.

Der Boden bewegte sich! Er erhob sich in zentimeterhohen Wellen und lief auf den Knüppel zu.
Luvah drehte sich um und wollte davonlaufen, besann sich aber eines Besseren. Mit vier, fünf raschen Schritten erreichte er die Stelle, an welcher der Knüppel niedergegangen war. In dem Moment, als er danach greifen wollte, schwoll der Boden hinter ihm an. Höher und immer höher stieg er auf und bewegte sich immer schneller werdend voran. Eine gigantische Erdwelle …
Wolff schrie. Luvah wirbelte herum, erkannte die Gefahr und rannte los. Auch Wolff setzte sich in Bewegung. Er hatte keine Ahnung, was er unternehmen konnte, um Luvah zu helfen. Dennoch rannte er, als ginge es um sein eigenes Leben.
Und plötzlich brach die Welle.
Wolff und Luvah wurden langsamer, blieben stehen. Im gleichen Moment fühlte Wolff die Bewegung zu seinen Füßen. Die Erde hob sich unter ihm. Etwa drei Meter von Luvah entfernt wölbte sich der Boden ebenfalls.
»Weg hier!« rief Wolff.
Luvah antwortete nicht; er rannte bereits. Die Erde – oder was immer es auch sein mochte – jagte ihnen nach.
»Zum Tor!« schrie Wolff.
Minuten später erreichten sie ihr Ziel. Hier schien der Untergrund zumindest stabil zu sein. Hoffentlich blieb das so.
Hinter ihnen sank das Land ab. Ein gewaltiges Loch bildete sich. Tiefer und tiefer wurde dieses Loch. Dann rückten die Seitenwände zusammen. Ein ekelhaftes, schmatzendes Geräusch … Sekunden später war das Loch verschwunden. Das Land war flach und glatt wie zuvor. Nur die Stengel vibrierten leicht.
»Was war das, in Los' Namen?« fragte Luvah immer wieder. Sein Gesicht wies eine ungesunde Farbe auf, und seine Sommersprossen bildeten einen krassen Kontrast zu seiner Gesichtsfarbe.
Wolff fühlte mit ihm. Auch er spürte Übelkeit in sich. Das

Gefühl der zitternden, wabbelnden Erde ... Wie bei einem Erdbeben. Als es begann, hatte er zuerst daran gedacht.
Ein Schrei! Hinter ihnen! Palamabron! Er mußte ihnen gefolgt sein und gewartet haben, bis sie durch das Tor getreten waren. Schließlich hatte er wohl geglaubt, daß sie inzwischen weit genug von dem Tor entfernt waren. Nun teilte er das Los aller anderen – er war auf dieser Welt gefangen.
Sie stürzten sich auf den Mörder.
Wolff kam ihm zu Hilfe. »Laßt ihn in Ruhe!« befahl er.
Nur zögernd ließen sie von ihm ab.
Palamabron zitterte, und seine Zähne klapperten wie im Fieber aufeinander.
»Palamabron«, sagte Wolff. »Du hast unseren Pakt gebrochen und einen deiner Brüder ermordet. Deshalb mußt auch du sterben!«
Palamabron hob seinen Kopf. Er registrierte mit dem feinen Instinkt des überführten Täters, daß sein Leben nicht unmittelbar gefährdet war. Er faßte Mut. Vielleicht glaubte er, noch eine Chance zu haben.
»Ja, ich habe Enion getötet!« rief er. »Aber ich habe nicht von seinem Fleisch gegessen! Und ich mußte ihn töten. Es war Notwehr. Er war es, der *mich* angegriffen hat!«
»Sein Hinterkopf war zerschmettert!«
»Ich habe ihn niedergeschlagen! Er wollte sich erheben, um mich zu töten. Aber ich war schneller. Ich nahm einen Stein und schlug zu ...« Er brach ab und blickte sie beifallheischend an. »Es war sein Fehler, daß er mir den Rücken zukehrte. Sollte ich warten, bis er sich umdrehte?«
»Es ist sinnlos, darüber zu diskutieren«, antwortete Wolff. »Du bist frei. Du kannst gehen, wohin du willst. Dein Blut wird nicht an unseren Händen kleben. Geh!«
»Ihr laßt mich tatsächlich gehen?« wunderte sich Palamabron. »Warum?«

»Verschwende deine Zeit nicht mit überflüssigen Fragen«, erwiderte Wolff. »Wenn in zehn Minuten von dir noch etwas zu sehen ist, dann werde ich keinen meiner Gefährten zurückhalten. Geh! Beeile dich!«
»Irgend etwas an der Sache ist faul!« stieß Palamabron hervor. »Nein! Ich werde nicht gehen!«
Wolff wandte sich an die anderen. »Er hat es nicht anders gewollt. Tötet ihn!«
Palamabron schrie auf. Dann rannte er davon, so schnell ihn seine Füße trugen. Er schien geschwächt zu sein. Nach knapp dreißig Metern wurde er langsamer. Immer wieder sah er über die Schulter zurück. Als er sah, daß sie ihm nicht folgten, blieb er stehen.
Der Boden hinter ihm schwoll an und warf sich auf, bis er einen mächtigen Wall bildete.
Im gleichen Moment erkannte Palamabron die drohende Gefahr! Er sah die riesige Welle, die ihm nachraste.
Er schrie und begann erneut zu laufen. Die Welle überschlug sich, und die Erschütterungen, die ihrem Zusammenbruch folgten, warfen Palamabron zu Boden. Er wälzte sich herum, rappelte sich hoch und rannte weiter. Dann taumelte er.
Vor ihm tat sich ein Loch auf. Schreiend stürzte Palamabron zur Seite! Der Schrecken schien ihm neue Kraft zu verleihen. Das Loch verschwand. Wenige Meter entfernt klaffte der Boden erneut auf. Wieder entging Palamabron dem Tod nur knapp.
Eine weitere Erdwelle bildete sich direkt vor ihm. Palamabron kreiselte herum, rutschte aus, schlug hart hin. Er rollte sich ab, kam wieder hoch, stolperte davon.
Gleich darauf begann die Welle zu wachsen. Sie wurde größer und größer ...
Wolff vermochte Palamabron nicht mehr zu sehen. Es gab nur noch diesen gigantischen Erdwall. Dieser verharrte sekunden-

lang bewegungslos. Dann durchlief ihn ein leichtes Zittern. Es wurde intensiver. Dann war es vorbei. Der Wall fiel in sich zusammen, und gleich darauf lag die Ebene flach und scheinbar harmlos da.

Palamabron war verschwunden. Unweit von dem Standort, wo sie ihn zuletzt gesehen hatten, war eine knapp zwei Meter lange Erdwölbung zu erkennen.

»Verschluckt«, kommentierte Vala. Ihre Augen waren weit geöffnet. Jetzt befeuchtete sie mit der Zunge ihre Lippen.

»Ein Monster, das unser Vater für uns geschaffen hat«, meinte Wolff. »Möglicherweise ist dieser ganze Planet bedeckt von diesem ... diesem *Planetentier!*«

»Was?« Theotormon sah ihn starr an. Obwohl er durch die hinter ihm liegenden Strapazen mächtig abgenommen hatte, schien er allein in den zurückliegenden zwei Minuten gut und gerne fünfzig Pfund ausgeschwitzt zu haben. Seine Haut hing faltig von seinem Körper herab.

»Ich sagte – *Planetentier!* Das ist deutsch. Eine irdische Sprache.«

Ein Planet, dessen Oberfläche von einer lebendigen Haut überzogen war. Oder war es gar keine Haut? Handelte es sich bei ihrem tödlichen Gegner um eine gigantische Amöbe? Ein erschreckender Gedanke.

Fest stand, daß der Boden lebte. Die Millionen und aber Millionen Tonnen Protoplasma mußten einen gewaltigen Hunger entwickeln. Wie ernährte sich dieser gewaltige Organismus? Wolff entschloß sich, eine Antwort auf seine Fragen zu finden. Wenn sich ihm eine entsprechende Gelegenheit bot, würde er den Boden untersuchen. Er war ebenso neugierig wie ein Affe oder eine Siamkatze. Er brauchte diese Art der geistigen Beschäftigung. Und er würde keine Ruhe finden, bevor er das Wie und Warum nicht ergründet hatte.

Er setzte sich zu Rintrah und Vala. Die anderen Lords standen

nicht weit entfernt. Plötzlich erhob sich Vala. Sie tat ein paar Schritte, zögerte, blickte sich kurz um – und ging dann weiter. Vorsichtig setzte sie Schritt vor Schritt. Minuten später hatte sie bereits zwanzig Meter hinter sich gebracht.
Wolff verstand, was sie tat. Warum hatte er nicht selbst daran gedacht! Sie vermied es, die dünnen Pflanzenstengel zu berühren. Pflanzenstengel ...? Konnte es möglich sein, daß es Haare waren? Und die kleinen Löcher im Boden – Poren?
Wolff beobachtete Vala. In einem weiten Kreis kam sie zurück. Nicht ein einziges Mal hatte der Boden gezittert oder begonnen, bedrohliche Formen anzunehmen.
Wolff erhob sich. »Sehr gut, Vala«, sagte er anerkennend. »Das Tier – oder was immer dieses Ding unter unseren Füßen sonst sein mag – reagiert auf die Berührung der Stengel. Es vermag mit ihnen zu fühlen, Leben wahrzunehmen. Wenn wir vorsichtig genug sind, werden wir es wohlbehalten überqueren können. Allerdings gibt es da noch etwas, das mir ziemliche Sorgen macht.« Er zeigte zu den wie Auswucherungen wirkenden Hügeln, wo die Haarstengel nahezu den gesamten Boden bedeckten.
»Ich weiß auch nicht, ob wir dort durchkommen«, meinte Vala.
»Es bleibt uns nur, dieses Problem an Ort und Stelle zu lösen«, sagte Wolff und ging los. Zwei Schritte ... drei Schritte ... Er hielt seinen Blick starr auf den Boden geheftet und hütete sich, auch nur einen Stengel zu berühren.
Im Gänsemarsch folgten die anderen Lords. Nur Vala bildete eine Ausnahme. Sie schloß zu Wolff auf und ging im Abstand von fünf oder sechs Metern parallel zu seinem Weg.
»Es wird unter diesen Umständen sehr schwierig sein, Tiere zu jagen«, sagte Wolff. »Wir werden unsere potentielle Beute und den Boden im Auge behalten müssen. Ein schreckliches Handikap.«

»Darüber mache ich mir momentan keine Sorgen«, erwiderte sie. »Ich halte es für ziemlich unwahrscheinlich, daß hier Tiere leben können.«

»Nun, zumindest wissen wir mit Sicherheit, daß wenigstens ein Tier existiert«, gab Wolff zurück. Dann schwieg er, obwohl es offensichtlich war, daß Vala nicht verstanden hatte, was er meinte.

Wolff ging in Richtung des Baumgebildes, auf dessen Astwerk er das Nest gesehen hatte. Nachdem sie nahe genug herangekommen waren, erkannten sie Einzelheiten. Das Nest war ein Haufen aus Reisig und Blättern, der zwischen Stamm und Ast eingekeilt lag. Das Ganze hatte einen Durchmesser von etwa einem Meter. Reisig und Blätter schienen von einer leimartigen Substanz zusammengehalten zu werden.

Wolff umging zwei Haarstengel, lehnte den Knüppel gegen den Stamm und begann dann zu klettern. Etwa in halber Höhe sah er die Spitzen zweier Sechsecke. Sie waren also auf einem der Hügel aufgestellt. Gut. Somit stand die künftige Marschrichtung fest.

Er schob sich weiter in die Höhe und erreichte das Nest. Mit beiden Beinen und der linken Hand klammerte er sich fest. Mit der freien rechten Hand tastete er in dem Nest umher. Seine Suche war erfolgreich. Er legte zwei Eier frei, beide grün und schwarz gesprenkelt und annähernd doppelt so groß wie irdische Puteneier. Behutsam nahm er die Eier aus dem Nest und reichte sie Vala.

In diesem Augenblick kehrte das Muttertier zurück! Der Vogel war größer als ein Weißkopfadler, sein Gefieder war seltsam pelzig und weiß mit blauen Streifen. Die Affenfratze war verzerrt, der Falkenschnabel weit aufgerissen. Säbelzähne, Geierfüße, die zu Klauen gespreizt waren. Der Archaeopterix-Schwanz peitschte die Luft.

Das Ungeheuer schoß auf Wolff herab, die Flügel dicht an den

Rumpf herangezogen. Zentimeter über Wolffs Schädel bremste es seinen rasenden Sturzflug ab, und die Schwingen öffneten sich. Mit einem infernalischen Kreischen flatterte das Tier um Wolff herum.

Möglicherweise diente das Kreischen dazu, die Beute zu lähmen. In diesem speziellen Fall jedoch war es wirkungslos. Wolff blieb unbeeindruckt. Er ließ sich fallen.

Über ihm war splitterndes Krachen zu hören, dann wieder dieses entsetzliche Kreischen. Verwirrung und Panik schwangen in diesem Kreischen mit. Das Untier war – von seinem eigenen Schwung vorangerissen – gegen das Nest gekracht.

Wolff kam auf allen vieren auf und rollte sich ab. Er wußte, daß er die Haarstengel berührte, aber dies war nicht zu verhindern gewesen.

Auch die anderen Lords hatten die Stengel berührt, als sie auf der Flucht vor dem Riesenvogel zurückgewichen waren.

»Zurück zum Baum!« schrie Wolff.

Vala hatte bereits gehandelt und erkletterte den Baum Wolff tat es ihr gleich. Ein riesiger Schatten zuckte heran. Und dann fetzten scharfe Klauen heiß wie weißglühendes Eisen über seinen Rücken. Das fliegende Ungeheuer!

Die Bestie flog einen sanften Bogen und kehrte zurück. Dieses Mal war Wolff auf den Angriff vorbereitet. Er klammerte sich an der rauhen, borkigen Rinde des Baumstammes fest und trat mit beiden Beinen nach dem Vogel. Er traf! Die Bestie wich zurück, griff dann aber erneut an. Wolff stieß sich ab. Fast horizontal flog sein Körper durch die Luft. Mit beiden Händen griff er sich das Untier, das seinen Flugschwung nicht mehr abbremsen konnte. Wolff griff zu, fiel, kam auf! Der Vogel wurde unter ihm begraben. Wolff drückte zu. Stinkender Atem schlug ihm ins Gesicht. Dann brach der Blick des Tieres.

Wolff wälzte sich zur Seite und rappelte sich auf. Er trat leicht gegen den Kadaver. Der Kiefer klappte auseinander und ent-

blößte die mächtigen Zähne. Speichel und Blut quollen aus dem Schnabel.
Erneut machte sich Wolff daran, den Baum zu erklettern. Die anderen hatten sich bereits in luftiger Höhe in Sicherheit gebracht. Nur Theotormon, riesengroß und durch seine Flossen behindert, fiel immer wieder auf den Boden zurück. Und immer wieder richtete er sich wimmernd auf und begann erneut das aussichtslose Unterfangen.
Vala kicherte hysterisch. Plötzlich jedoch verzerrte sich ihr Gesicht, und sie schrie auf. Sie stürzte. Der Ast, auf dem sie sich niedergelassen hatte, war gebrochen.
Wolff fing sie auf und ging gemeinsam mit ihr zu Boden.
Im gleichen Moment begann der Aufruhr des Bodens. Rings um den Baum warf er sich zu mächtigen Wellen auf. Jetzt erst bemerkte Wolff, daß Luvah und Ariston nicht auf dem Baum waren.
Er wandte sich um und sah sie. Die Erdwellen verfolgten sie. Die Angst verlieh ihren geschwächten, hungrigen Körpern neue Kräfte. Das Erdfleisch wölbte sich in ekstatischen Zuckungen und holte – sich wieder und wieder überschlagend – rasch auf. Weitere Wellenkämme bildeten sich, und Löcher klafften.
Luvah und Ariston trennten sich und versuchten, Bogen zu schlagen. Sie rannten, so schnell sie konnten. Aber die Wellen kamen näher und näher. Schließlich rannten die beiden Lords dicht aneinander vorbei und dann seitwärts davon. Die Wellen, Schwellungen und Vertiefungen trafen aufeinander und brachen zusammen. Das Chaos wirbelnder, gegeneinanderstoßender, alles verschlingender Formen aus Protoplasma schlug die Zuschauer gegen ihren Willen in seinen Bann. Der Mahlstrom des *Planetentiers* kam nur allmählich zur Ruhe.
Luvah und Ariston erreichten die Sicherheit des Baumes und begannen zu klettern, wobei sie sich gegenseitig behinderten.

Während sie sich aneinanderklammerten, nahm Wolff den Körper des Ungeheuers auf und schleuderte ihn weit von sich.
Sofort brach der Boden auf. Eine Schwellung wuchs hervor und fiel wieder in sich zusammen. Langsam versank der Kadaver des Vogels. Das Loch schloß sich, und die Landschaft glättete sich. Einige wenige Wellen erstarrten in der Bewegung.
Wolff starrte auf die Stelle, wo der Vogel verschluckt worden war. Jetzt waren sie wieder dazu verdammt zu hungern. Sinnlos, noch einen Gedanken daran zu verschwenden.
Wolff ging zu Vala und untersuchte sie flüchtig. Schmerzerfüllt verzog sie das Gesicht. Der Aufprall konnte nicht zu hart gewesen sein. Sie hatte sich nichts gebrochen. Lediglich an Gesicht und Schulter hatte sie sich ein paar blaue Flecken zugezogen, und ihren Arm würde sie eine Zeitlang nicht bewegen können – doch damit erschöpften sich ihre Verletzungen bereits.
Die Wunde, die ihr Stolz davongetragen hatte, schien schlimmer zu sein. »Ihr seid eine Horde von Feiglingen und Dummköpfen«, schimpfte sie. »Ihr Männer seid nur als Sklaven zu gebrauchen, wenn überhaupt!«
Die anderen schwiegen beschämt oder verdrossen.
Die ganze Angelegenheit begann Wolff zu amüsieren. Er lachte und straffte sich dann mit einem Stöhnen. Die Verletzung, die ihm von den Klauen des Vogels beigebracht worden war, hatte sich ziemlich nachdrücklich bemerkbar gemacht.
Luvah kümmerte sich darum. Noch immer quoll Blut aus der Wunde.
»Keine lebensgefährliche Verletzung«, kommentierte Luvah und reinigte die Wundränder. »Wenn du dich nicht irgendwie infizierst, überstehst du es. Ich hoffe es jedenfalls, da wir keinerlei Medizin zur Verfügung haben.«
»Du verstehst es, mir Mut einzuflößen«, brummte Wolff. Er sah sich nach den Eiern des Monstervogels um. Eines war verschwunden, wahrscheinlich ebenso wie der Vogel von dem

lebenden Boden verschluckt worden. Die Schale des anderen war zerborsten, und der Inhalt hatte sich über den Boden ergossen.

»O Los!« stöhnte Ariston. »Was soll jetzt aus uns werden? Der Hungertod ist uns sicher. Wir sind verloren! Keinen Schritt vermögen wir uns von diesem Baum zu entfernen, ohne von dem Planetenmonster bei lebendigem Leibe verschlungen zu werden. Unser Vater hat uns erlegt, und wir sind nicht einmal in die Nähe seiner Festung gekommen!«

»Ihr seid in der Tat bemitleidenswerte Geschöpfe, wenn man euch eurer Festungsmauern und Waffen beraubt hat«, sagte Wolff. »Dabei liegt die Lösung auf der Hand ...«

Er nahm Theotormons Dolch und entfernte sich ein paar Schritte von der Sicherheit des Baumes. Schließlich kauerte er sich nieder und rammte den Dolch kraftvoll in den Boden. Wenn die Haut dieses seltsamen Wesens flexibel genug war, sich zu verformen, so mußte sie auch verwundbar sein.

Mit einem ungestümen Ruck riß er den Dolch aus der Wunde, erhob sich und trat ein paar Schritte zurück. Der Boden reagierte, zog sich auseinander, bildete einen Trichter. Gleich darauf wuchs rund um die Wunde ein Kegel. Der Kegel vergrößerte sich, wurde höher ...

Geduldig wartete Wolff. Dann sah er die dünne, farblose Flüssigkeit. Er näherte sich der Wunde, wobei er darauf achtete, keinen der an dieser Stelle befindlichen Haarstengel zu berühren. Wieder kniete er sich nieder, und wieder trieb er den Dolch in den lebenden Boden. Er arbeitete rasch und konzentriert. Und dann hielt er einen faustgroßen Klumpen in der Hand. Das Fleisch des Bodens.

Seine Tat entfachte einen Sturm protoplasmischer Formen. Wellen bildeten sich, Krater, Wellenkämme, Wirbel, in denen sich der Boden zu korkenzieherartigen Säulen auftürmte. Endlich kehrte Bewegungslosigkeit ein.

»Rings um den Baum herum scheint das Fleisch des *Planetentiers* fester und weniger flexibel zu sein«, sagte Wolff mehr zu sich selbst. »Ich denke, daß wir sicher sind, solange wir hier Schutz suchen. Es mag natürlich sein, daß das *Planetentier* fähig ist, eine gigantische Erdwelle zu errichten, die uns hinwegfegt. Vertrauen wir darauf, daß dies nicht geschieht.«
Seine Gefährten hatten ihn beobachtet. Neue Hoffnung leuchtete in ihren Augen auf. Wolff machte eine einladende Geste. Sie warfen sich zu Boden und schnitten sich der Reihe nach ebenfalls Brocken heraus.
Das rohe Fleisch des *Planetentiers* war zäh, schleimig vor Eiter und übelriechend. Aber sie konnten es kauen und hinunterwürgen. Nachdem sie gegessen hatten, fühlten sie sich gekräftigt und zuversichtlicher.
Rintrah, Ariston und Luvah machten es sich am Fuße des Baumes gemütlich. Sie legten sich auf den Rücken, kreuzten die Arme hinter ihrem Kopf und sahen zum Blau des Himmels empor.
Wolff tat ein paar Schritte. Vala und Theotormon gingen einige Meter hinter ihm. Als Luvah dies sah, erhob er sich ebenfalls. Schweigend schritten sie dahin. Das Land brach nahezu übergangslos zu einem Flußlauf hin ab. Am Ufer wuchsen nur vereinzelt die sensitiven Haarstengel.
Wolff blickte in das silbern gleißende Wasser. Er sah Fische, die nur wenige Zentimeter vom Ufer entfernt dahinglitten. Unsagbar viele verschiedene Arten in den unterschiedlichsten Größen, Formen und Farben waren vertreten.
Ein langer, dünner, blasser Tentakel schoß aus dem Uferrand hervor und wand sich um einen großen Fisch. Zappelnd versuchte dieser freizukommen. Vergeblich. Mit gnadenloser Langsamkeit wurde er zum Ufer gezerrt.
Wolff kauerte sich auf die Knie nieder und beugte sich vor, um zu sehen, wie die Kreatur aussah, die soeben Beute gemacht hatte.

Die Kante, auf der er stand, erstreckte sich ziemlich weit in den Fluß hinein. Er konnte nicht einmal den Sockel des Landes sehen. Statt dessen bemerkte er eine Menge sich windender Tentakel. Überall lauerten diese Dinger auf Beute.
Im gleichen Moment, in dem er dies alles registrierte, schien einer der Tentakel auf ihn aufmerksam geworden zu sein. Schlangengleich glitt er aus der Tiefe empor.
Hastig zog sich Wolff zurück. »Ich habe mich gewundert, woher solch ein Monstrum seine Nahrung bezieht. Jetzt weiß ich es. Das *Planetentier* ernährt sich hauptsächlich von Wassertieren. Und ich halte jede Wette, daß das *Planetentier* ein riesiges Floß ist. Genau wie die Inseln auf der Wasserwelt ist es frei beweglich.«
»Schön, das zu wissen«, räumte Luvah ein. »Aber was hilft uns das weiter?«
»Wir benötigen mehr zu essen«, gab Wolff zurück. Er schien gar nicht gehört zu haben, was Luvah gesagt hatte. »Theotormon – du bist der beste Schwimmer von uns. Wagst du es, ins Wasser zu springen und ein wenig herumzuschwimmen? Aber halte dich dicht am Ufer, und sei stets bereit, dich an Land in Sicherheit zu bringen. Wenn dir Gefahr droht, mußt du schnell und gewandt sein wie eine Robbe!«
»Warum sollte ich mein Leben riskieren?« erkundigte sich Theotormon. »Du hast doch diese ekelhaften Tentakel gesehen, die in der Tiefe auf Beute lauern.«
»Ich vermute, daß sie blind zugreifen. Vielleicht sind sie in der Lage, Wasserschwingungen wahrzunehmen. Ich weiß es nicht. Aber du bist schnell genug, um ihnen ausweichen zu können. Außerdem sind die Tentakel unmittelbar unter meinem jetzigen Standort ziemlich klein.«
Theotormon schien nicht überzeugt zu sein. Er schüttelte den Kopf. »Nein, ich will mein Leben nicht für euch aufs Spiel setzen!«

»Wenn du es nicht tust, verhungerst du«, sagte Wolff. »Wir können uns nicht immer von dem Fleisch des Monstrums ernähren. Wir könnten es zu sehr reizen ...«
Er zeigte auf einen Fisch, der dicht unter der Wasseroberfläche dahinglitt. Das Tier war dick und schwerfällig, sein Schädel wie der einer Sphinx geformt.
»Würde es dir nicht gefallen, deine Zähne in dieses Prachtstück zu schlagen, Theotormon?«
Wolffs Bruder wurde wankend in seinem Entschluß. Man sah ihm deutlich an, daß er vor Gier beinahe die Furcht vergaß. Aber er schüttelte beharrlich den Schädel.
»Dann gib mir deinen Dolch!« verlangte Wolff schroff. Bevor Theotormon auch nur eine Bewegung machen konnte, hielt Wolff die Waffe bereits in der Faust. Kraftvoll stieß er sich ab und tauchte in das glasklare Wasser.
Der Fisch schwenkte mit einem blitzschnellen Ruck ab und schoß davon. Er war langsam, aber nicht langsam genug, um Wolffs Beute zu werden. Das war nicht anders zu erwarten gewesen. Er war ohnehin nicht ins Wasser gesprungen, um den Fisch zu erlegen. Er wollte feststellen, ob die Tentakel sein Eintauchen und seine Schwimmbewegungen wahrnahmen und nach ihm griffen.
Einer der Tentakel zuckte heran. Wolff warf sich im Wasser herum und kraulte zum Ufer zurück. Wenige Meter davon entfernt, verlangsamte er seine Schwimmgeschwindigkeit und tauchte unter. Der Tentakel war dicht vor ihm. Wolff ergriff ihn. Er konnte nicht sicher sein, daß die Spitze des Tentakels ungiftig war, aber er mußte es riskieren. Der Fisch, der vorhin ergriffen worden war, hatte heftig gekämpft, ohne Anzeichen einer Vergiftung zu zeigen. Ein gutes Omen.
Der Tentakel wand sich um ihn. Wolff nahm den Dolch und setzte einen Schnitt. Sofort wollte sich der Fühler zurückziehen. Wolff hielt sich mit einer Hand daran fest und schnitt weiter.

Das Wasser wurde dunkler, je tiefer er unter den Uferrand gezogen wurde. Dann war die Klinge durch das Fleisch gedrungen, und Wolff schwamm mit dem abgetrennten Teil zwischen den Zähnen an die Oberfläche zurück.
Er warf den Tentakel an »Land« und war im Begriff, sich selbst ans Ufer emporzuziehen. In dieser Sekunde wickelte sich etwas um seinen rechten Fuß. Ein Tentakel des *Planetentiers!*
Wolff klammerte sich am Ufer fest. »Helft mir!« rief er.
Theotormon tat ein paar wankende Schritte vorwärts, dann blieb er stehen. Vala starrte auf den Tentakel, der sich um Wolffs Bein gewunden hatte, und lächelte. Nur Luvah handelte. Er entriß Vala das Schwert und sprang ins Wasser. Sie lachte auf, dann folgte sie ihm. Dicht neben Wolff kam sie an die Oberfläche, entriß ihm den Dolch und tauchte hinab. Gemeinsam mit Luvah durchtrennte sie den Tentakel.
»Bist du unverletzt?« erkundigte sich Luvah später, als sie nebeneinander am Ufer saßen.
Wolff nickte. »Dank deiner Hilfe«, meinte er.
»Ob man diese Tentakel essen kann?« fragte Luvah nach einer Weile.
»Ich zweifle nicht daran«, erwiderte Wolff. »Für den Wohlgeschmack möchte ich allerdings nicht garantieren.«
Das Fleisch war zäh, und ein beißender Geschmack haftete ihm an. Aber das war unwichtig. Fleisch war Nahrung, und genau das war es, was sie brauchten, um rasch wieder zu Kräften zu kommen. Nachdem sie das Fleisch mehrere Male gegen einen Baumstumpf geschlagen hatten, wurde es genießbarer. Dennoch konnte sich Wolff nicht gegen den Eindruck wehren, Gummi zu kauen.
Nachdem sie gegessen hatten, nahmen sie ihre Wanderschaft über die lebende Ebene wieder auf. Nicht weit von dem ersten Hügel entfernt standen die Haarstengel besonders zahlreich. Ein unbemerktes Durchkommen schien unmöglich zu sein. Sie machten halt.

Wolff starrte zu den beiden goldenen Sechsecken empor. Sie waren ihrem Ziel so nahe gekommen ... Er nahm den Zweig, den er ausschließlich zu diesem Zweck mitgenommen hatte und warf ihn mitten in das leicht vibrierende Meer der Haarstengel hinein. Die gesamte Umgebung reagierte blitzartig und weitaus heftiger als an den weniger »behaarten« Stellen. Der Boden wütete.

»O Los!« keuchte Ariston. »Wir sind erledigt. Niemals kommen wir hier unbemerkt durch!« Er ballte die Faust gen Himmel. »Du, unser Vater! Ich hasse dich! Ich verabscheue dich und verfluche den Tag, da mich deine verdammten Lenden gezeugt haben! Vielleicht triumphierst du bereits! Vielleicht glaubst du, daß es dir gelungen ist, uns zu Boden zu zwingen. Aber – bei Los und bei dem krummen Enitharmon – ich schwöre, daß wir dich eines Tages doch bezwingen werden!«

»So ist es recht!« sagte Wolff. »Einen Augenblick lang dachte ich tatsächlich, du wolltest wie ein kranker Hund herumjammern! Gib es dem alten Bastard! Höchstwahrscheinlich kann er dich hören.«

Schwer atmend nickte Ariston. »Kühn genug geredet. Ich wüßte lieber, wie wir es anstellen, zu den Toren zu gelangen.«

»Keiner eine Idee?« fragte Wolff.

Sie schüttelten den Kopf.

»Wo ist die diabolische Klugheit, wo die wieselflinke Geistesgewandtheit der Kinder von Urizen?« fuhr Wolff fort. »Von jedem von euch habe ich Erzählungen darüber gehört, wie ihr mit eurem Verstand und eurer Kraft die Festung manch eines Lords eingenommen und dadurch manches Universum erobert habt! Und jetzt ...? Was ist jetzt mit euch los?«

»Ich glaube, daß wir alle uns von einem Schock erholen müssen«, antwortete Vala. »Wir alle sind anscheinend so mühelos hereingelegt und unserer Waffen beraubt worden. Das ist nicht leicht zu verkraften. Das zehrt am Selbstbewußtsein. Aus mächtigen Lords wurden normale Sterbliche. Ziemlich beklagenswerte Sterbliche, zugegeben.«

»Außerdem sind wir müde«, warf Luvah ein. »Meine Muskeln brennen und schmerzen. So muß man sich auf einem Planeten mit großer Schwerkraft fühlen.«

»Muskeln!« rief Wolff. »Muskeln!«

Sie wandten sich um und wanderten zu ihrem Ausgangspunkt zurück.

Wolff ging zum Baum. Die Wunde auf seinem Rücken schmerzte höllisch, aber er machte sich trotzdem daran, seine Idee in die Tat umzusetzen. Er arbeitete mit zusammengebissenen Zähnen. Die anderen Lords halfen ihm, und bald hielt jeder von ihnen ein Bündel Zweige in den Armen.

»Das dürfte reichen«, meinte Wolff. Er gab das Zeichen zum Aufbruch.

»Was hast du vor?« erkundigte sich Theotormon.

»Wir werden das *Planetentier* ermüden«, antwortete Wolff.

Sie erreichten den Fuß des Hügels, und Wolff schleuderte einen ersten Stock in das Stengelmeer hinein. Seine Gefährten taten es ihm gleich.

Der Boden reagierte. Er bebte, zitterte, erhob sich. Wellen entstanden und vergingen. Ein lebender Ozean unter der Gewalt eines unsichtbaren Hurrikans. Krater klafften auf, schlossen sich wieder. Wellen sausten hierhin und dorthin.

Die Lords teilten ihren »Angriff« ein. Unermüdlich schleuderten sie Stöcke und Äste. Und die Raserei des Bodens beruhigte sich. Das *Planetentier* reagierte nicht mehr auf jede Berührung der Haarstengel. Schwächer und harmloser wurden die Bewegungen. Der letzte, mit Wucht geworfene Stock ergab nicht mehr als eine flache Vertiefung und eine rasch wieder zerfließende Welle.

»Das Ungeheuer ist erschöpft«, kommentierte Wolff. »Wir sollten es wagen. Jetzt gleich – wahrscheinlich erholt es sich sehr schnell.«

Die anderen nickten zustimmend, und Wolff setzte sich an die Spitze. Zügig setzte er Fuß vor Fuß. Nichts geschah. Fünf Schritte ... Sechs Schritte ... Zehn Schritte ...
Voraus bildeten sich Löcher, doch sie waren nur wenige Zentimeter tief. Wolff umging sie. Und dann lag das Feld der Haarstengel hinter ihnen. Schweigend machten sie sich daran, den Hügel zu ersteigen. Obwohl die Seiten nahezu senkrecht anstiegen, boten Runzeln und Risse Händen und Füßen genügend Halt. Der Aufstieg war dennoch nicht leicht.
Ohne Zwischenfall erreichten sie die Spitze des Hügels. Wenige Meter entfernt leuchteten die Tore.
»Wähle, Vala. Welches Tor?«
»Ich finde, daß sie ihre Sache bisher nicht besonders gut gemacht hat«, sagte Ariston. »Warum also soll sie ein Abonnement darauf haben, unseren Weg zu bestimmen?«
Vala fuhr ihn wie eine Tigerin an. »Wenn du meinst, es besser machen zu können, dann tu es doch! Wähle du! Aber in diesem Fall solltest du auch genügend Selbstvertrauen beweisen und als erster durch das Tor gehen!«
Ariston trat zurück. »Schon gut«, sagte er. »Es hat keinen Sinn, den Brauch zu ändern.«
»So ist es jetzt also schon Brauchtum, daß ich wähle?« fragte Vala. »Na schön. Dann sage ich, daß wir durch das linke Tor gehen!«
Wolff zögerte nicht. Obwohl er kurz daran denken mußte, daß er nun möglicherweise schwach und waffenlos in Urizens Festung materialisierte, trat er durch das Tor.
Einen kurzen Augenblick lang verstand er nicht, wo er herausgekommen sein könnte oder was geschah. Er fühlte sich irgendwie benommen. Die Gegenstände, die über seinem Schädel herumsausten, waren allzu fremdartig.

Dreizehntes Kapitel

Der große graue Metallzylinder, auf dem er materialisiert war, rotierte ziemlich schnell. Beidseitig über ihm schwebten weitere Zylinder. Ein blaßrosa Himmel war im Hintergrund zu erkennen.

Zwischen den Zylindern glühten drei sandgelbe Lichtstrahlen. Jeweils drei Meter vor den Enden der Zylinder sowie aus deren Mitte heraus manifestierten sich diese Strahlen. Von Zeit zu Zeit blitzten farbige Lichter neben den Strahlen auf, zuckten auf- oder abwärts. Rot. Orange. Schwarz. Weiß. Purpurn. Die Farben zerplatzten. Dann sprangen sie – wie von einer unsichtbaren Kette gezogen – an den Strahlen entlang und erstarben schließlich.

Wolff schloß die Augen, kämpfte gegen Schwindelgefühl und Übelkeit an. Als er die Augen wieder öffnete, sah er seine Gefährten. Ariston und Tharmas stürzten zu Boden und krallten sich fest. Theotormon setzte sich, da er instinktiv zu fürchten schien, durch die Drehung in den Raum zwischen den Zylindern geschleudert zu werden. Nur Vala wirkte weder überrascht noch ängstlich. Sie lächelte. Eine bloße Demonstration von Mut? Wenn dem so war, dann war sie zu bewundern.

Wolff wandte seine Aufmerksamkeit wieder der bizarren Umgebung zu. Die Zylinder waren groß, fast so groß wie Wolkenkratzer. Warum schleuderte die Fliehkraft sie nicht hinweg? Zweifellos wiesen diese Körper eine enorm hohe Schwerkraft auf. Dennoch waren sie stationär.

Wie mochte Urizen dieses Kräftegleichgewicht erreicht haben?

Wie wurde verhindert, daß sich Objekte mit einer derartigen Schwerkraft nicht gegenseitig anzogen?
Möglicherweise waren die bunten Lichter das sichtbare Zeichen des fortgesetzten Ausgleichs von Statik und Dynamik. Möglicherweise waren sie es, die die relativ kleinen und doch erdschweren Körper hielten.
Aber was wußte er schon? Die ursprüngliche Wissenschaft der Lords war – gewaltig. Sie überstieg jegliche Vorstellungskraft. Und Urizen bediente sich der alten Wissenschaft. Es gab keinen Zweifel.
Tausende, vielleicht sogar Hunderttausende dieser Zylinder existierten hier. Sie rotierten knapp eineinhalb Kilometer voneinander entfernt. Sie drehten sich um ihre eigene Achse, umrundeten sich gewissermaßen gegenseitig in einem komplizierten Tanz.
Aus einiger Entfernung mochten diese unzähligen Einzelkörper wie eine einzige feste Masse aussehen.
Es war phantastisch. Und Wolff mußte daran denken, wie er von der Wasserwelt aus zu den anderen Planeten in Urizens Universum hinaufgesehen hatte. Damals hätte er sich nicht einmal träumen lassen, welche Wunder ihn hier erwarteten. Tödliche Wunder ...
Dennoch wies ihre augenblickliche Lage einen nicht zu übersehenden Vorteil auf. Auf einer derart winzigen Welt wie dieser mußten sie nicht sehr weit gehen, um die nächsten Tore zu finden ...
Aber war es nicht sehr verdächtig, daß Urizen ihnen die Sache so leicht machte?
Wolff ging zurück zu dem Tor, durch das er gekommen war. Es war deaktiviert.
Er nickte, wandte sich ab, bedeutete seinen Gefährten, ihm zu folgen und ging los. Er hatte den Zylinder noch nicht einmal zur Hälfte umrundet, als er die beiden Sechsecke erblickte. Sie

schienen wenige Zentimeter über dem Boden zu schweben. Der bleiche Himmel leuchtete rosafarben zwischen Boden und Rahmen. Wolff schritt schneller aus. Unablässig hatte er seinen Blick auf die Tore gerichtet und versuchte, die um ihn kreisenden, sich bewegenden anderen Objekte nicht zu beachten.

Und er war der erste, der Urizens neuerliche Teufelei bemerkte. Als sie sich den Toren bis auf knapp fünfzehn Meter genähert hatten – bewegten sie sich! Sie bewegten sich von ihnen weg!

Wolff begann zu rennen. Die Tore bewegten sich entsprechend schneller. Kaum merklich holte er auf. Schließlich blieb Wolff stehen. Die Tore taten es ihm gleich.

Er warf sich in einem kraftvollen Sprung vorwärts – und sah die Tore davonschießen.

Wieder begann er zu laufen. Er wurde schneller und schneller. Die Tore konnten die Distanz halten. Dann holte Wolff auf.

Seine Gefährten liefen hinter ihm. Er hörte ihre Schritte, die auf der metallenen Oberfläche seltsam hohl klangen, und er hörte ihren keuchenden Atem.

Wolff verringerte seine Laufgeschwindigkeit und hielt schließlich an. Die anderen Lords versammelten sich um ihn. Außer Atem schüttelten sie ihre Köpfe.

»Los! Erst trachtet er danach, uns verhungern zu lassen! Und jetzt erwartet er von uns, daß wir uns zu Tode laufen!«

Wolff wartete, bis er wieder bei Atem war. »Ich glaube, daß man diese Teufelsdinger einholen kann«, sagte er schließlich. »Ihre Fluchtgeschwindigkeit nahm proportional zu meiner Laufgeschwindigkeit ab. Je schneller ich wurde, desto mehr verringerte sich ihr Geschwindigkeitszuwachs. Aber ich kann nicht schnell und lange genug laufen, um sie einzuholen.«

»Früher konnte ich euch im Laufen mit Leichtigkeit schlagen«, meinte Luvah. »Aber jetzt bin ich schwach und . . .«

»Du mußt es trotzdem versuchen!« sagte Wolff eindringlich.
Luvah lächelte unsicher. Dann setzte er sich in Bewegung. Erneut schwebten die Tore davon. Luvah rannte schneller. Sekunden später waren Luvah und die Tore hinter der Krümmung des Zylinders außer Sicht geraten.
Wolff drehte sich um und rannte in entgegengesetzter Richtung los. Vala folgte ihm. Der verwirrend nahe Horizont schien ihnen förmlich entgegenzuspringen. Wolff lief schneller. Er holte das Letzte aus seinem ausgemergelten Körper heraus. Dann erblickte er Luvah und die Tore. Luvah hatte sich bis auf etwa drei Meter an sie herangearbeitet. Aber er wurde langsamer. Sein Gesicht war verzerrt. Stechend fuhr sein Atem aus seinen Lungen. Die Beine verweigerten den Dienst – und die Tore gewannen wieder Distanz.
Wolff tauchte hinter den Toren auf. Noch vier Meter ... Noch drei ...
Plötzlich glitten sie seitwärts davon, wie nasse Seife, die aus der Hand gleitet!
Vala hetzte im rechten Winkel auf die Tore zu. Wieder schwenkten sie ab.
Wolff rief die Lords zu sich heran. Seine Stimme klang unheimlich in dieser seltsam beschaffenen Atmosphäre. Luvah machte ein paar taumelnde Schritte, blieb dann aber stehen.
Ariston, Tharmas, Rintrah und Theotormon schwärmten aus. Unter Wolffs Anleitung näherten sie sich von verschiedenen Seiten den Toren. Sie hielten untereinander stets den gleichen Abstand und bewegten sich mit gleicher Geschwindigkeit. Die Tore schwangen vor und zurück, brachen aber nicht aus.
Nach zwei Minuten langsamer, geduldiger Annäherung konnten sie den Rahmen eines Sechsecks berühren. Dieses Mal machte Wolff sich nicht die Mühe, Vala zu fragen, durch welches Tor sie gehen sollten. Er trat durch das linke. Die anderen folgten dichtauf.

Die Enttäuschung war groß. Sie waren auf einem anderen Zylinder herausgekommen, und vor ihnen leuchteten die nächsten Sechsecke. Wieder begannen sie, die Tore zu umkreisen. Wieder näherten sie sich. Sie erreichten die Tore. Dieses Mal beschlossen sie, durch das rechte Hexagon zu treten. Wieder rematerialisierten sie auf einem Zylinder.
Sie gaben nicht auf. Wieder schwärmten sie aus, hielten nach den Toren Ausschau, umkreisten sie und traten schließlich hindurch.
Sinnlos. Das Ergebnis war stets das gleiche. Sie sprangen von einem Zylinder zum anderen.
Fünfmal bereits hatten sie den Zylinder gewechselt. Sie waren am Ende ihrer Kraft. Niedergeschlagen sahen sie sich an. Ihre Augen waren gerötet, dunkle Ringe der Erschöpfung hatten sich darunter eingegraben. Ihre Beine zitterten, der Brustkorb schmerzte. Sie waren schweißüberströmt und innerlich so ausgetrocknet wie der Wind der Sahara. Nur mühsam hielten sie sich auf den Beinen.
»Wir werden nicht mehr sehr lange durchhalten!« Rintrah sprach aus, was alle insgeheim dachten.
»Das solltest du nicht sagen«, gab Vala zurück. »Warum bist du nicht wenigstens hin und wieder originell?«
»Na schön. Ich bin durstig genug, um sogar dein Blut trinken zu können. Und vielleicht werde ich es tun. Dann nämlich, wenn ich nicht bald einen Schluck Wasser bekomme.«
Vala lachte. »Wenn du es wagst, dich mir zu nähern, werde ich mich zu wehren wissen. Sieh dir diese Klinge an. Sie ist kurz und häßlich verstümmelt, das gebe ich zu. Aber sie wird dich dennoch töten. Und dann werde ich dein Blut trinken. Oh, es wird dünn sein und obendrein schlecht schmecken – aber es wird meinen schlimmsten Durst zu lindern vermögen.«
Wolff unterbrach den Streit der beiden. »Ist es nicht seltsam, daß wir uns stets für jenes Tor entscheiden, das *nicht* in Urizens Fe-

stung führt? Vielleicht war unsere bisherige Strategie doch falsch. Vielleicht sollten wir uns trennen. Zumindest ein paar von uns könnten es so schaffen, zu unserem Vater vorzudringen.«
Die anderen diskutierten über seinen Vorschlag; nur Vala und Luvah schwiegen.
Wolff verschaffte sich Gehör. »Ich werde gemeinsam mit Vala und Luvah durch das linke Tor gehen. Ihr nehmt das rechte. Alles klar?«
»Warum willst du ausgerechnet Vala und Luvah als Begleiter haben?« fragte Theotormon argwöhnisch.
»Warum diese beiden? Wißt ihr möglicherweise mehr als wir? Wollt ihr uns loswerden?«
»Ich nehme Luvah mit, weil ich ihm – hoffentlich – vertrauen kann«, erwiderte Wolff. »Und Vala hat mehr als einmal bewiesen, daß sie am fähigsten unter euch ist.«
Wolff beachtete Theotormons Einwände nicht länger. Mit Vala und Luvah trat er durch das linke Tor ...
... und kam auf einem Zylinder heraus.
»Also müssen Theotormon, Rintrah, Ariston und Tharmas erfolgreich gewesen sein!« kommentierte Luvah.
Im gleichen Augenblick begann das Tor, durch das sie eben gekommen waren, erneut zu flimmern. Aristons Körper materialisierte. Dann erschien Rintrah. Dann Tharmas – und gleich darauf Theotormon. Verblüfft starrten sie einander an.
»Aber wir sind doch durch das andere Tor gegangen!« erklärte Rintrah.
Vala lachte. »Dann steht also fest, daß sich unser Vater einen neuen gemeinen Scherz mit uns erlaubt hat. *Beide* Tore sind auf den gleichen Zylinder einjustiert. Ich vermute, daß das bei sämtlichen Toren der Fall war und ist.«
»Das ist nicht fair von Urizen!« rief Ariston.
Und jetzt konnte Wolff nicht mehr an sich halten. Er mußte lachen.

Luvah stimmte ein – und gleich darauf folgten auch die anderen. Nur Ariston schwieg verbittert und starrte zu Boden.
Endlich verstummte das Gelächter. Die Heiterkeit der Männer verflog so rasch wie ein flüchtiger Traum. Die grausame Wirklichkeit hatte sie wieder.
»Ich kann mich täuschen, aber ich glaube, daß jeder einzelne Zylinder dieser ... dieses wirbelnden Universums ein Paar Tore vorzuweisen hat. Wenn wir so weitermachen wie bisher, werden wir uns wahrscheinlich von der Richtigkeit meiner Theorie überzeugen können. Aber wir werden sterben, bevor wir einen Bruchteil unseres Weges zurückgelegt haben. Wir müssen uns etwas Neues einfallen lassen.«
Schweigen. Alle saßen oder lagen auf dem harten, grau schimmernden Metall des ständig rotierenden Zylinders. Und rings um sie herum war Bewegung. Die anderen Zylinder tanzten eine schweigende, komplizierte Sarabande. Und so würde es wohl bis in alle Ewigkeit sein.
»Ich glaube nicht, daß wir ohne Ausweg sind«, sagte Vala schließlich. »Es sieht Urizen nicht ähnlich, das Spiel mit uns zu beenden, solange wir noch einen Atemzug und ein Quentchen Muskelkraft in uns haben. Es ist seine Art, die Qualen so lange hinauszuzögern, bis wir endgültig zerbrochen sind. Dann – und erst dann – werden wir jenes Tor finden, das uns in seine Festung führt. Zweifellos hat er einen vorzüglichen Empfang für uns vorbereitet, und wahrscheinlich wäre er sehr enttäuscht, wenn wir nicht kommen würden.
Deshalb glaube ich, daß wir unseren Verstand nicht richtig genutzt haben. Offensichtlich ist, daß die Tore auf diesen Zylindern zu den anderen Zylindern dieser Welt führen. Zumindest ist dies das Resultat, wenn man sie von der normalerweise üblichen – nämlich der juwelenbesetzten – Seite her durchschreitet. Was aber, wenn die Tore zweipolig sind? Vielleicht kommen wir so an das Ziel unserer Hoffnungen!«

»Aber ich habe das Tor überprüft«, wandte Wolff ein.
»Du hast das Eingangstor für das wirbelnde Universum überprüft – nicht jedoch die folgenden Doppeltore!«
Wolff schüttelte den Kopf. »Erschöpfung und Durst müssen mir den Verstand geraubt haben. Ich hätte daran denken sollen. Schließlich ist es die einzige Chance, die uns noch verblieben ist.«
»Dann los und zur Sache!« sagte Vala. »Sammelt eure Kräfte! Vielleicht ist dies der Ausweg aus diesem verfluchten wirbelnden Universum.«
Noch einmal machten sie Jagd auf die Sechsecke. Wieder gelang es ihnen, sie einzuholen und sich am Rahmen festzuklammern.
Vala ging als erste durch das Tor, und zwar entgegen der üblichen Richtung. Sie verschwand.
Wolff folgte ihr. Als er materialisierte und sich erneut auf einem Zylinder sah, fühlte er, daß sein Mut sich verflüchtigte wie Wein in einem Vakuum.
Aber dann erblickte er das Tor, und er wußte plötzlich, daß sie auf dem richtigen Wege waren. Auf diesem Zylinder gab es nur ein einziges Sechseck. Es war groß, glänzte golden und schwebte wenige Zentimeter über dem Boden. Im Gegensatz zu den anderen Toren drehte sich dieses stets um seine eigene Achse, immer rundherum, und beschrieb alle eineinhalb Sekunden einen Kreis.
Rintrah, Ariston, Tharmas und Theotormon erschienen. Fluchend blickten sie sich um. Dann sahen sie das goldene Sechseck. Luvah, der zuletzt materialisierte, klatschte in beide Hände.
Manches Gesicht hellte sich auf. Andere wieder verfinsterten sich bei dem Gedanken, einer neuen Gefahr gegenüberzustehen.
»Warum dreht es sich?« wollte Ariston wissen.

»Das weiß ich wirklich nicht, Bruder«, gab Vala zurück. »Möglicherweise gibt es nur eine wirklich sichere Seite, nur eine Seite, die uns das Weiterkommen ermöglicht. Wenn wir diese Seite wählen, bleiben wir unverletzt. Treten wir durch die falsche Seite ...« Sie vollendete ihren Satz nicht, und fuhr dann fort: »Zumindest würde dadurch erklärt, warum die Seiten gleich erscheinen. Keine Juwelen! Keine Möglichkeit, die Seiten zu unterscheiden!«

»Ich bin müde, und mir ist alles gleichgültig«, sagte Ariston. »Der Tod wäre mir willkommen. Für immer schlafen, befreit von den Qualen des Körpers und des Geistes – das ist alles, was ich mir noch wünsche.«

»Wenn du wirklich so fühlst, dann sollst du der erste sein, der durch dieses Tor geht!« Valas Stimme hatte nicht spöttisch geklungen – es war ihr ernst damit.

Wolff sagte nichts, aber die anderen stimmten Vala zu. Plötzlich schien Ariston gar nicht mehr so begierig darauf, zu sterben.

Er winkte ab. »Ich bin nicht so dumm, mich für euch zu opfern!«

»So bist du nicht nur ein Schwächling, sondern auch noch ein Feigling, Bruder!« sagte Vala. »Also gut – ich werde zuerst gehen.«

Ariston schien etwas sagen zu wollen, aber er schwieg. Dann gab er sich einen Ruck, ging auf das rotierende Hexagon zu – und blieb dann ein paar Meter davon entfernt stehen. Starr blickte er das Tor an.

Vala verhöhnte ihn. Ariston schwieg. Unbeweglich stand er vor dem Sechseck. Vala stieß ihn zur Seite. Ariston stürzte zu Boden.

Vala kauerte sich vor dem goldenen Kreisel nieder. Angespannt betrachtete sie ihn einige Minuten lang eingehend. Dann richtete sie sich auf – und sprang kopfüber durch das Tor.

Nichts geschah. Das Sechseck drehte sich weiter.
Ariston erhob sich. Ohne die anderen anzusehen oder auf ihren Spott zu warten, trat er an das Tor heran. Einen Sekundenbruchteil lang zögerte er noch, dann sprang auch er ...
... und kam auf der anderen Seite wieder heraus. Haltlos und schlaff wie eine Puppe brach er zusammen. Wolff eilte zu ihm, drehte ihn auf den Rücken. Aristons Mund klaffte auf. Seine Augen waren starr. Die Haut wurde grau.
Wolff erhob sich. »Er hat die falsche Seite erwählt. Jetzt wissen wir, was das bedeutet.«
»Immer wird diese Hure Vala vom Glück begünstigt!« rief Tharmas. »Hast du dir die Seite gemerkt, die sie gewählt hat?«
Wolff schüttelte den Kopf. In der rosafarbenen Dämmerung machte er sich daran, den Rahmen des Sechsecks zu untersuchen. Nirgends gab es eine Markierung.
Er gab Luvah ein Zeichen. Gemeinsam hoben sie Aristons Leichnam an Händen und Füßen hoch. Sie schwangen ihn vor und zurück. Auf Wolffs Kommando hin ließen sie los. Aristons Körper wirbelte durch das Tor. Wieder fiel er auf der anderen Seite zu Boden.
Wolff und Luvah nahmen ihn wieder auf. Wieder schwangen sie den toten Körper und schleuderten ihn durch das Tor. Und dieses Mal erschien er nicht wieder.
»Zählst du mit?« wandte sich Wolff an Rintrah.
Dieser nickte.
»Gut. Wenn sich die richtige Seite mir gegenüber befindet, dann gib mir ein Zeichen – aber rechtzeitig!«
Rintrah wartete, bis das Sechseck zwei Drehungen hinter sich gebracht hatte. Dann hob er seine rechte Hand. Wolff warf sich vorwärts und hoffte, daß Rintrah kein Fehler unterlaufen war.
Er materialisierte und stolperte über Aristons Körper. Aber er

fiel nicht. Verwundert tat er ein paar Schritte vorwärts. Ganz in der Nähe war das Rauschen von Brandung zu hören. Roter Himmel wölbte sich hoch über ihm.
Dann sah er Vala. Sie stand nur einige Schritte entfernt und lachte leise. Zumindest sie schien den Scherz Urizens lustig zu finden.
Sie waren auf eine Insel der Wasserwelt zurückgekehrt.

Vierzehntes Kapitel

Nacheinander kamen die Lords aus dem Tor, Rintrah als letzter. Ihre Enttäuschung hielt sich in Grenzen. Das war verständlich. Sie waren immerhin in vertrauter Umgebung materialisiert – zu Hause, konnte man beinahe sagen.

»Hier können wir trinken und essen«, rief Theotormon. »Nichts ist vergiftet und nur wenig ungenießbar.«

Das Hexagon, durch das sie gekommen waren, war die rechte Hälfte eines riesengroßen Doppeltores. Beide Sechsecke standen auf einem kleinen Hügel. Die unmittelbare Umgebung wirkte vertraut. Nachdem die Lords ihren Durst gestillt hatten, brieten und aßen sie die Fische, die Theotormon in der Zwischenzeit gefangen hatte. Dann teilten sie Wachen ein und legten sich nieder, um zu schlafen.

Am nächsten Tag unternahmen sie ihre erste Erkundungsreise. Bald bestand kein Zweifel mehr daran, daß sie sich tatsächlich auf jener großen Insel befanden, die von den Eingeborenen *Die Mutter der Inseln* genannt wurde.

»Es sind die gleichen Tore«, stellte Wolff fest. »Ihnen verdanken wir unsere Rundreise. Na schön. Wir sind durch das rechte Tor gegangen, also mag uns das linke in Urizens Festung führen.«

»Vielleicht«, erwiderte Tharmas. »Ich will gerne zugeben, daß wir uns hier nicht auf der schönsten aller Welten befinden. Aber es scheint mir doch besser zu sein, das Leben hier zu genießen, als zu sterben oder unter Schmerzen in einem von Urizens Verliesen zu enden. Warum vergessen wir die Tore nicht einfach? Hier gibt es Trinkwasser und Nahrungsmittel und eingeborene Frauen. Mag Urizen bis in alle Ewigkeit auf seinem Thron der

Macht sitzen und verfaulen, während er vergeblich darauf wartet, daß wir zu ihm kommen!«

»Hast du vergessen, daß du ohne deine Drogen altern und sterben wirst?« fragte Wolff. »Ist es das, was du willst? Außerdem gibt es keine Garantie, daß Urizen uns hier in Frieden leben läßt. Ist es nicht wahrscheinlich, daß er zu uns kommt, wenn wir nicht zu ihm kommen? Aber bitte. Du kannst hier wie im Traum eines Lotosessers bleiben, wenn du willst – aber ich werde nicht aufgeben!«

»Wie du siehst, Tharmas«, sagte Vala und lächelte verschlagen, »ist unser Bruder Jadawin wesentlich stärker motiviert als wir anderen, bis zu Urizen vorzudringen. Seine Frau – keine aus der Rasse der Lords, sondern der niederen Rasse der Erdenmenschen entsprungen – ist dessen Gefangene. Und unser guter Jadawin findet keine Ruhe, solange er sie in den Händen unseres Vaters weiß.«

»Ihr könnt selbst entscheiden, was ihr machen wollt«, meinte Wolff. »Jeder von uns ist sein eigener Herr.«

Er wandte sich ab und starrte eine Weile zu dem roten Himmel und den beiden riesigen Planeten empor, die in diesem Augenblick zu sehen waren. In der Ferne leuchtete ein Meteorit auf und erlosch.

»Warum sollen wir eigentlich durch den Haupteingang kommen ...«, murmelte er halb zu sich selbst. »Dort erwartet uns Urizen ohne jeden Zweifel. Warum schleichen wir uns nicht durch den Hintereingang, oder, um einen besseren Vergleich zu gebrauchen, durch ein Fenster in sein Heiligtum?«

Wolff erzählte, was er sich überlegt hatte. Nachdem er geendet hatte, schüttelten die anderen ihre Köpfe.

»Du bist verrückt«, sagte Rintrah.

»So, meinst du?« erwiderte Wolff. »Wie ich euch gerade zu erklären versucht habe, können wir alles, was wir benötigen, bekommen. Gut, wir müssen noch einmal durch die Tore gehen. Das bedeutet Gefahr, aber kalkulierbare Gefahr. Bedenkt, daß Appirmatzum lediglich vierzigtausend Kilometer entfernt ist. Warum sollen wir diesen Planeten nicht mit einem Fahrzeug erreichen können?«

»Einem Fesselballon-Raumschiff?« fragte Rintrah. »Jadawin, das Leben auf diesem Planeten Erde hat deinen Geist verwirrt.«

»Ich brauche die Hilfe jedes einzelnen von euch. Das, was wir vorhaben, ist ein Unternehmen großen Ausmaßes, und es ist sehr kompliziert. Es wird ungeheuere Anstrengungen von uns fordern und viel Zeit in Anspruch nehmen. Aber es ist zu schaffen!«

»Selbst wenn es wirklich zu schaffen ist – was sollte unseren Vater daran hindern, unser Fahrzeug frühzeitig zu bemerken?« sagte Vala. »Selbst wenn es den Raum zwischen dieser Welt und Appirmatzum bezwingt, ist es mühelos zu vernichten.«

»Wir müssen darauf bauen, daß Urizen keine Raumortung aktiviert hat. Warum sollte er? Es gibt nur einen Zugang zu diesem Universum – und diesen einen Zugang hat er unter ständiger Kontrolle. Niemand kann eindringen, ohne daß er es registriert. Er muß sich ganz einfach sicher fühlen.«

»Hast du auch daran gedacht, daß er möglicherweise einen Spitzel angeheuert hat?« fragte Vala. »Einer von uns könnte in Urizens Diensten stehen und für ihn spionieren.«

»Natürlich habe ich mir das überlegt. Ich sehe allerdings nicht ein, warum sich ein Verräter all den extremen Gefahren aussetzen sollte, die wir durchzumachen hatten.«

»Vielleicht belauscht uns Urizen gerade in diesem Augenblick«, warf Theotormon ein. »Dann ist Jadawins schöner Plan sowieso hinfällig.«

»Wir wissen nicht, ob Urizen uns belauscht. Zumindest besteht die Chance, daß er es nicht tut.«

»Es ist besser als Nichtstun«, entschied sich Vala für den Plan. Nach einer längeren hitzigen Diskussion stimmten auch die

anderen Lords zu. Die Beweggründe waren offensichtlich: Jeder mißtraute jedem. Und vorausgesetzt, Wolff war erfolgreich, so mußten jene, die nicht mit Hand angelegt hatten, damit rechnen, zurückgelassen zu werden. Damit wäre die letzte reelle Chance vertan, wieder in den Genuß der alten Privilegien zu kommen. Man wäre dazu verdammt, für ewig auf dieser Wasserwelt zu leben, nicht besser zu sein als die Eingeborenen. Eine grausige Vorstellung. Da war es wirklich besser, Wolffs Plan zu unterstützen.
Anschließend ging Wolff seinen Plan ohne Umschweife an. Er machte sich auf den Weg zum Dorf der Eingeborenen dieser Insel. Zu seiner Überraschung stellte er fest, daß sie nicht feindlich gesinnt waren. Sie hatten die Lords beobachtet und gesehen, wie sie durch das Zaubertor verschwunden und schließlich zurückgekommen waren. Nur Götter oder Halbgötter vermochten das zu tun.
Die Eingeborenen bekundeten immer wieder, froh zu sein, Wolff und seinen Gefährten helfen zu dürfen. Dieser Entschluß mochte auch von ihrer Religion – eine von der ursprünglichen Religion der Lords abgeleitete Form – mitbestimmt worden sein. Die Eingeborenen glaubten an Los. Er war ihr angebeteter Gott. Urizen hingegen war die Verkörperung des Satans. Die Propheten und Medizinmänner behaupteten, daß Urizen, der Böse, eines Tages gestürzt werden würde. An jenem Tag würden sie aufsteigen in den Alulos, in ihren Himmel.
Wolff grübelte nicht länger über das Gehörte nach. Er akzeptierte das Angebot der Eingeborenen. Er versuchte nicht, sie direkt mit den Tatsachen zu konfrontieren. Mochten sie glauben, was sie wollten. Ausschlaggebend war allein, daß durch ihre Mitarbeit wertvolle Zeit eingespart werden konnte.
Wolff teilte die Männer in Arbeitsgruppen ein. Er bestimmte die Arbeiten, die sogleich und mit dem Material, das auf dieser Welt zur Verfügung stand, getan werden mußten.

Er selbst trat, begleitet von Luvah, durch das Tor. Sie waren angetan mit Gasblasen, die sie über ihre Schultern gegürtet hatten. Bewaffnet waren sie mit kurzen Speeren, Bogen und Pfeilen.

Sie durchschritten ein Tor nach dem anderen und beschafften sich all jene Dinge, die Wolff zur Verwirklichung seines Vorhabens benötigte. Da sie um die Gefahren, die auf sie lauerten, wußten, konnten sie ihnen relativ leicht ausweichen. Dennoch würden die Abenteuer, die sie auf ihren Reisen erlebten, ausreichen, um mehrere Bücher zu füllen. Wichtig allein war, daß keine weiteren Verluste zu beklagen waren.

Auf späteren Reisen schlossen sich Vala und Rintrah Wolff und Luvah an. Gemeinsam holten sie Brocken der glasartigen Bodensubstanz von der Welt der Kufen- und Saugnapftiere. Von der Welt des *Planetentieres* beschafften sie sich ganze Berge von Vogeldung. Dieser sollte, vermischt mit ihren eigenen Exkrementen und denen der Eingeborenen, Natriumnitratkristalle liefern.

Quecksilber erhielten sie von den Eingeborenen. Nach den Quecksilberregenfällen die von den schwarzen Kometen verursacht worden waren, hatten Männer und Frauen dieses Metall gesammelt und große Vorräte angelegt, da die Tropfen Kultgegenstände darstellten. Erst nachdem Wolff nachdrücklich darauf hinwies, daß er das Quecksilber benötigte, um es gegen Urizen zu verwenden, wurde es ihm ausgehändigt.

Tage wurden zu Wochen. Wochen zu Monaten.

Die Arbeit ging zügig voran. Irgendwann entdeckte Wolff, daß eine der auf der *Mutter der Inseln* wachsende Pflanze Holzalkohol produzierte. Andere Pflanzen konnte man verbrennen, um die nötige Holzkohle zu gewinnen. Von der Welt der Zeithüpfer holten sie Schwefel.

Für die Herstellung von Salpetersäure benötigten sie einen Platinkatalysator. Wolff dachte an die Welt der rotierenden

Zylinder. Damals hatte er geglaubt, daß die Zylinder aus Platin oder zumindest einer Platinlegierung bestanden. Platin hatte einen Schmelzpunkt von 1773,5 Grad Celsius, und es widerstand allen mechanischen Schneideverfahren. Somit gab es keine Möglichkeit, Teile der Zylinder zu beschaffen. Ob Platin oder nicht – die Zylinder waren unzerstörbar. Luvah machte ihn – unnötigerweise – darauf aufmerksam, und Wolff erklärte ihm, daß er Urizens Gerätschaften für diese Aufgabe verwenden würde. Luvah staunte. Aber schon bald sollte er verstehen.

Wolff sammelte seine Gefährten um sich und eröffnete ihnen, daß er sie in das wirbelnde Universum mitzunehmen gedachte. Tharmas und Theotormon waren alles andere als erfreut. Dennoch ließen sie sich umstimmen und kamen mit.

Auf der Welt der rotierenden Zylinder angekommen, erläuterte Wolff sein Vorhaben. Gemeinsam zerrten sie das bewegliche Doppel-Sechseck zum Rand des Zylinders. Mit Theotormons Körpergewicht gelang es, die Sechsecke halbwegs über den Rand zu zwängen. Jene Kräfte, die die Tore aufrecht hielten, waren beträchtlich, aber der Kombination aus Gewicht und Muskeln der Lords vermochten sie nicht zu widerstehen.

Es gelang, das Tor zu bewegen. Und die mächtigen Dimensionskräfte wirkten wie eine gigantische Schere. Jener Teil des Zylinders, der in das Feld des Tores hineinragte, wurde förmlich abgeschnitten.

Nachdem sie das Tor wieder aufgestellt hatten, begaben sich die Lords hindurch. Wie sie es vorausgesehen hatten, rematerialisierten sie auf dem »benachbarten« Zylinder und fanden dort den abgetrennten Platinbrocken. Unermüdlich machten sie sich sogleich wieder an die Arbeit. Unter Zuhilfenahme des nächsten Tores zerkleinerten sie den Brocken.

Schließlich war auch diese Arbeit getan, und sie beschlossen, auf die Wasserwelt zurückzukehren. Auf dem Zylinder mit dem rotierenden Todestor angekommen, machte Wolff den Test. Er warf mehrere Steine in das Abstrahlfeld. Beim dritten Versuch hatte er Erfolg. Der Stein verschwand. Wolff markierte die entsprechende Seite mit einem Tupfer gelber Farbe, die er von der Wasserwelt mitgebracht hatte.

Sie kehrten wohlbehalten auf die *Mutter der Inseln* zurück.

In den folgenden Tagen und Wochen wurde die Insel zu einer gigantischen Schmiede umfunktioniert. Mächtige Rauchfahnen hingen über dem Land. Gestank war allgegenwärtig.

Die Eingeborenen beklagten sich, und Wolff hörte sich ihre Klagen an, hustete, lachte, drohte, je nachdem. Er trieb die Menschen zur Eile an.

Dreihundertundsechzig Tage und Nächte kamen und vergingen. Die Arbeit war schwer und langwierig. Oftmals gab es Enttäuschungen. Dann wieder war die Arbeit gefährlich.

Wolff und Luvah waren nahezu ständig unterwegs. Sie reisten durch die Tore von einer Welt zur anderen, und wenn sie zurückkehrten, führten sie stets wichtige Rohmaterialien mit sich.

Inzwischen war das mächtige Ballon-Raumschiff zur Hälfte fertiggestellt. Wenn es vollendet war, würde es mit den Lords an Bord aufsteigen, höher und höher schweben. Es würde die Atmosphäre der Wasserwelt durchdringen und hinter sich lassen. Die Pseudo-Schwerkraft-Felder verloren – wenn man Theotormon glauben konnte – rasch an Intensität, je höher man kam, und ihr Schiff konnte die Anziehungskraft des dunklen Mondes nutzen. Die Schwarzpulverraketen würden ihren Teil zur Steigerung der Geschwindigkeit beitragen. Mit kleineren Energieexplosionen sowie mit dem stoßweisen Freilassen von Gas würde das Schiff relativ leicht zu steuern sein.

Der eigentliche Rumpf des Schiffes, also jener Teil, in dem sie sich während der Reise aufhielten, mußte luftdicht verarbeitet sein. Das Problem der ständigen Lufterneuerung, der Zirkulation und andere damit zusammenhängende Probleme, welche

die Schwerelosigkeit mit sich bringen würde, hatte Wolff noch nicht durchdacht. Fest stand nur, daß auch nach dem Start ein gewisses Maß an Schwerkraft vorhanden sein würde, da ihr Weltenschiff, von den Gasblasen getragen, langsam aufwärts schwebte. Erst nachdem die Atmosphäre durchstoßen war, würde sich dieses Schweben verlieren. Von der Anziehungskraft des Mondes sowie der relativ schwachen Schubkraft der holzverschalten Raketen hing es schließlich ab, ob sie aus dem Schwerefeld der Wasserwelt entfliehen konnten.
Gelang ihnen dies, galt es, einer anderen Gefahr wirksam zu begegnen. Das Kraftfeld des Mondes würde sie erfassen und unweigerlich heranziehen.
»Es gibt keine Möglichkeit für uns, den richtigen Kurs und die nötigen Vektoren auf mathematischem Wege zu bestimmen«, sagte Wolff. »Wir sind gezwungen, nach dem Gehör zu spielen.«
»Hoffentlich sind wir für diese Aufgabe nicht zu unmusikalisch«, meinte Luvah. »Glaubst du, daß wir eine echte Chance haben?«
»Wenn alles nach meinen Vorstellungen verläuft, dann glaube ich das schon«, antwortete Wolff. »Nur jetzt, heute, möchte ich an andere Dinge denken. Beispielsweise an die Raumanzüge. Daran muß noch gearbeitet werden. Da wir uns nicht vollkommen darauf verlassen können, daß der Rumpf unseres Schiffes völlig dicht ist, müssen wir diese Dinger während der ganzen Reise tragen.«
Sie stellten Knallquecksilber für die Explosionskapseln her, ein dunkelbraunes Pulver, das aus der Reaktion von Quecksilber und Alkohol mit konzentrierter Salpetersäure entstand.
Die Salpetersäure, die Schwefel zu Schwefelsäure oxidieren ließ, wurde schrittweise gewonnen. Natriumnitrat – das man durch Auskristallisierung des mit menschlichen Exkrementen vermengten Vogelmistes erhielt – wurde erhitzt. Freier Stickstoff,

der in der Atmosphäre der Wasserwelt vorkam, wurde durch die in den Gasblasen enthaltene Wasserstoffkombination zu Ammoniak gebunden. Daraufhin wurde das Ammoniak bei der dafür nötigen Temperatur mit dem aus einer sauerstoffproduzierenden Blase gewonnenen Sauerstoff vermischt. Dieses Gemisch wurde über eine feine Drahtgaze aus glattem, reinem Platin geleitet, um zu katalysieren.
Die so entstandenen Stickstoffoxide wurden in Wasser gelöst. Verdünnte Säure gewann man, indem man durch Destillation eine Konzentration herbeiführte.
Das Material für Schmelzkessel, Behälter und Rohrleitungen lieferte die glasartige Substanz von der Welt der Kufentiere. Schwarzpulver stellte man aus Holzkohle, Schwefel und Salpeter her. Wolff gelang es auch, Ammoniumnitrat, einen Sprengstoff von beträchtlicher Wirkung, herzustellen.
»Stellst du nicht viel zuviel Sprengstoff her?« fragte Vala eines Tages. »Wenn meine Berechnungen stimmen, können wir lediglich einen Bruchteil deiner Produktion an Bord des Schiffes nehmen. Nehmen wir mehr mit, so werden wir nicht einmal vom Boden abheben.«
»Das stimmt schon«, gab er zu. »Sicherlich hast du dich auch schon gefragt, weshalb ich den Sprengstoff an verschiedenen, weit voneinander entfernt liegenden Plätzen deponiert habe. Ich will es dir erklären. Schießpulver ist instabil. Nehmen wir an, eine Pulverdeponie fliegt in die Luft. In einem solchen Fall bleiben die anderen Deponien unversehrt.«
Rintrah, der ebenfalls zugehört hatte, wurde blaß. »Willst du damit etwa sagen, daß der Sprengstoff, den wir an Bord nehmen, jederzeit explodieren kann?«
»Genau das. Es ist ein weiteres Risiko, das wir eingehen müssen. Nichts an unserem Unternehmen ist einfach oder sicher, wie ihr wißt. Es ist eine Ironie des Schicksals, daß – vorausgesetzt, wir erreichen Appirmatzum – Urizen selbst es war, der sämtliche

Materialien für seine Vernichtung zur Verfügung gestellt hat. Unfreiwillig hat er uns mit einfachen Waffen ausgestattet, mit denen wir möglicherweise seiner Supertechnik wirksam begegnen können.«

»Wenn wir dieses Abenteuer überleben, dann können wir uns darüber amüsieren«, meinte Rintrah. »Dennoch bin ich skeptisch. Ein unbestimmbares Gefühl sagt mir, daß Urizen der lachende Sieger sein wird.«

»Abwarten – wer zuletzt lacht, lacht am besten«, antwortete Wolff.

In dieser Nacht schlich sich Wolff in Luvahs Hütte. Als er eintrat, erwachte Luvah sofort. Wolff bedeutete ihm, sich ruhig zu verhalten. Dennoch tastete Luvah nach seinem Dolch.

»Ich bin gekommen, um mit dir zu reden, und nicht, um dich zu töten. Luvah, du bist der einzige, dem ich vertrauen kann. Ich brauche deine Hilfe.«

»Das ehrt mich, Bruder«, erwiderte er. »Du bist bei weitem der beste Mann von uns. Und ich weiß, daß du mir nicht vorschlagen wirst, die anderen zu hintergehen.«

»Ein Teil meines Planes mag zunächst wie Verrat klingen«, gab Wolff zurück. »Höre mir dennoch gut zu, Bruder!«

Noch zur gleichen Stunde verließen sie gemeinsam die Hütte. Sie trugen Schaufeln und Hacken zu jenem Hügel, auf dem die Doppeltore errichtet waren. Zwanzig Eingeborene warteten bereits auf sie. Sie arbeiteten zügig und hart, und als der Mond auf seiner Bahn weiterzog und die Nacht mit sich nahm, hatten sie einen tiefen Graben rund um den Hügel gezogen. Sie gruben weiter, immer tiefer, bis nur noch eine dünne Schicht Wurzelwerk das Wasser zurückhielt. Nun wies Wolff die Eingeborenen an, Ammoniumnitrat und Sprengkapseln im Graben anzubringen. Als auch dies getan war, schaufelten sie den Graben wieder zu. Dann versuchten sie, sämtliche Spuren der Arbeit zu verwischen.

»Es ist immer noch offensichtlich, daß hier gegraben wurde«, sagte Wolff. »Aber ich setze darauf, daß keiner unserer Gefährten hierherkommt. Zudem soll heute Ruhetag sein. Ich denke, daß niemand etwas merken wird. Und die Eingeborenen werden schweigen.«
Wolff starrte nachdenklich auf die Tore. »Und nun werden wir beide noch einmal die Rundreise zu Urizens Planeten antreten. Und dieses Mal müssen wir uns beeilen.«
Sie erreichten den Planeten der Zeithüpfer. Wolff reichte Luvah eines seiner Blasrohre. Die Eingeborenen der *Mutter der Inseln* fertigten diese gefährlichen Waffen aus den hohlen Bambuspflanzen. Mit Pfeilen, deren Spitzen mit einem aus einer bestimmten Fischart gewonnenen Betäubungsmittel präpariert waren, jagten sie Vögel und Ratten.
Wolff und Luvah jagten Zeithüpfer. Schon nach relativ kurzer Zeit hatten sie fünf Tiere ins Reich der Träume geschickt, und Wolff war zufrieden. Sie nahmen die schlafenden Tiere mit sich. Dann machten sie sich daran, einen Chronowolf aufzuspüren. Das Jagdglück war ihnen auch dieses Mal hold. Nach nicht allzu langer Suche entdeckten sie einen Wolfsbau. Sie räucherten das Raubtier aus, und Wolff schoß. Der Wolf taumelte, tat noch ein paar tapsende, unbeholfene Schritte und brach schlafend zusammen.
Die beiden Männer begaben sich zu den Sechsecken und warfen die schlafenden Tiere durch jenes Tor, das möglicherweise zu Urizens Welt führte. Wenn sie Pech hatten, wartete jenseits des Tores allerdings nur ein Sekundärplanet, etwa so, wie das bei den Toren auf den Zylindern des wirbelnden Universums der Fall gewesen war.
»Ich hoffe, die Tiere werden in Urizens Festung einige der Alarmanlagen aktivieren«, sagte Wolff. »Dieser Alarm wird unseren Vater eine Weile beschäftigen. Die Fähigkeit der Hüpfer und der Chronowölfe, sich in der Zeit vor und zurück zu

bewegen, werden ihr Überleben eine Weile sichern. Ja, möglicherweise vervielfältigen sie sich derart, daß sie sich in der gesamten Festung ausbreiten. Unzählige Alarmsignale würden ausgelöst werden, unzählige Fallen ihre Vernichtungsarbeit aufnehmen.
Urizen wird staunen – und er wird abgelenkt sein, wird jenes Tor, das er für unsere Ankunft vorgesehen hat, nicht mehr so intensiv beobachten können.«
»Das ist pure Spekulation«, erwiderte Luvah.
»Was ist schon hundertprozentig sicher?« gab Wolff zurück. »Selbst für uns, die nahezu unsterblichen Lords, gibt es keine Sicherheit. Hinter jeder Ecke lauert der Tod auf uns. Gehen wir also um die Ecke, treten wir dem Tod entgegen.«
Sie traten durch das Tor und materialisierten auf dem Planeten des *Planetentieres.* Weder von den Zeithüpfern noch von den Chronowölfen war eine Spur zu sehen. Die Chancen, daß die Tiere in Urizens Festung angekommen waren, standen gut.
Dann erreichten sie die Wasserwelt. Luvah warf Wolff noch einen kurzen Blick zu, dann ging er davon, um seine Aufgabe zu erfüllen. Wolff sah ihm nach. Vielleicht war es falsch, Vala zu verdächtigen, mit Urizen verbündet zu sein. Aber sie war es gewesen, die stets vom Glück begünstigt worden war. Jeder Gefahr hatte sie souverän getrotzt, stets hatte sie einen Ausweg gewußt und schnell und überzeugt gehandelt. Er mußte daran denken, wie ausdauernd sie gewesen war. Und wie selbstsicher. Damals, als sie auf dem Planeten der glitschigen Eisfelsen materialisiert und in den reißenden Fluß gestürzt waren. Sie war scheinbar mühelos geschwommen. Vielleicht, weil unter ihrer Kleidung eine Art Schwimmgürtel verborgen war?
Dann das auffällige Pech bei der Wahl der Tore. Stets waren sie auf einem Sekundärplaneten herausgekommen. Hätten sie nicht wenigstens einmal erfolgreich sein und auf Appirmatzum materialisieren müssen? Vala hatte einige Fehler begangen. Sie war

sich ihrer Sache *zu* sicher gewesen. Es schien, als spielte sie mit ihnen.
Obwohl Vala ihren Vater haßte, konnte sie mit ihm einen Bund geschlossen haben, um ihre Brüder und Vettern zu Tode zu bringen. Die haßte sie nämlich mindestens genauso sehr wie ihren Vater. Vielleicht hatte sie Sendegeräte an ihrem Körper versteckt, durch die Urizen stets umfassend darüber informiert war, was seine Gefangenen unternahmen und planten. Möglicherweise existierten sogar Kameras, so daß er das tödliche Spiel auch visuell genießen konnte. Und Vala würde sich – da sie unmittelbar an dem Spiel beteiligt war und sich selbst hier und da in Gefahr begeben mußte – auf ihre ganz spezielle perverse Art und Weise daran ergötzen.
Wolff kehrte zu dem Hügel mit den Sechsecken zurück, um die letzte Phase seines Planes einzuleiten. Die Eingeborenen hatten ihre Arbeit nahezu vollendet. Das Schiff war mit Schwarzpulver, Ammoniumnitrat und Quecksilbersprengstoff beladen.
Wolff betrachtete das mächtige Skelett des Schiffes. Sogar die Gasblasen waren bereits angebracht worden. Das Unterdeck des Schiffes war beinahe fertiggestellt. Die nächste Bauphase sah vor, daß der obere Teil des Rumpfes fertiggestellt werden sollte. Dazu würde es wohl nicht mehr kommen. Der Plan war weit genug gediehen.
Niemals würde es gelingen, in dieser Nußschale den Planeten Appirmatzum zu erreichen. Das hatte Wolff von Anfang an gewußt. Aber er hatte Vertrauen in das Projekt vorgetäuscht, und so war die Arbeit weitergegangen. Sollte einer von ihnen ein Spion Urizens sein, so mußte er getäuscht worden sein. Das – und nur das – war Sinn und Zweck der Übung gewesen.
Es war möglich, daß Urizen ihn jetzt, in diesem Augenblick, beobachtete. Natürlich. Er würde sich fragen, was er, Wolff, plante. Irgendwann würde er es verstehen. Und dann war es – hoffentlich – zu spät.

Die Eingeborenen lösten die beiden Schiffshälften aus ihrer Verankerung. Sanft schwebten sie ein paar Meter in die Höhe und verharrten dort schließlich. Einige Tonnen Sprengstoff drückten das Schiff nieder.
Wolff atmete auf. Auch dieser Teil seines Planes klappte. Er gab das Startzeichen. Die Eingeborenen schoben, drückten und zerrten. Die beiden Schiffshälften näherten sich Zentimeter um Zentimeter. Wolff ließ die Zündschnüre anglimmen.
Jetzt mußte ein heimlicher Beobachter erkennen, daß die Eingeborenen nicht daran dachten, die Schiffshälften zu vereinigen! Sie schoben sie weiter. Meter um Meter näherten sie sich dem Tor!
Begleitet von einem wilden Singsang, arbeiteten die Eingeborenen unermüdlich. Der Rumpf einer Schiffshälfte glitt durch das Tor – und wurde wie von einem unsichtbaren Ungeheuer verschlungen. Minuten später waren beide Schiffshälften verschwunden.
Luvah trat aus dem Dschungel. Über seiner Schulter trug er den regungslosen Körper Valas. Die anderen Lords folgten ihm dichtauf: erschreckt, verwirrt, verärgert oder verängstigt.
Wolff erklärte ihnen, was er plante. »Keinem außer Luvah konnte ich vorbehaltlos vertrauen. Ich verdächtige Vala, ein Spion Urizens zu sein. Vielleicht täusche ich mich, und sie ist unschuldig. Gut, dann werde ich mich zu gegebener Zeit bei ihr entschuldigen. Vorerst aber ist sie unsere Gefangene. Wir dürfen kein Risiko eingehen.
Wir werden sie mitnehmen. Wenn sie erwacht, wird es ihr nicht mehr möglich sein, irgend etwas gegen uns zu unternehmen. Möglicherweise ist der Kampf zu diesem Zeitpunkt bereits entschieden. Und jetzt zieht die Anzüge an. Wie ich euch bereits erklärt habe, schützen sie uns unter Wasser ebenso wie im freien Raum.«
Luvah blickte zu dem Sechseck hinüber, das auf Urizens Welt

Appirmatzum führen mußte. »Meinst du, der Sprengstoff ist explodiert?«

Wolff zuckte die Schultern. »Das kann man nicht mit Bestimmtheit sagen. Es ist ein Tor, das nur in einer Richtung begehbar ist. Deshalb gibt es für uns keinerlei Anzeichen von Erfolg oder Mißerfolg. Aber wir können eigentlich mit einem Erfolg rechnen. Möglicherweise sind die Begrüßungsfallen zerstört. Und möglicherweise ist Urizen bestürzt.«

Luvah hüllte Vala in einen Anzug. Dann kleidete er sich selbst um. Wolff, der sich bereits umgezogen hatte, hielt eine brennende Fackel an die Zündschnüre, die mit dem Sprengstoff, der rings um den Hügel verscharrt worden war, verbunden waren.

Fünfzehntes Kapitel

Eine gewaltige Detonation erschütterte die gesamte Insel. Die Erde wölbte sich auf und sackte gleich darauf wieder in sich zusammen. Eine riesige Rauchwolke stieg höher und höher. Wurzelwerk, Dreck und Steine prasselten hernieder. Der Qualm zerfaserte. Wolff führte seine Gefährten zu jener Stelle, an der vor kurzem noch die beiden Sechsecke gestanden hatten. Hinter ihnen bildeten sich mächtige Risse im Boden.

Minuten später erreichten sie ihr Ziel. Der Boden war abgesackt. Im Zentrum des Kraters waren die Sechsecke zu erkennen. Sie sanken rasch tiefer. Wasser stieg gurgelnd und schmatzend empor, schwappte über den Kraterrand. In diesem Augenblick splitterte der Teil der Insel, auf dem sich Wolff und die anderen aufhielten, vom restlichen Eiland ab. Ein heftiges Zittern durchlief den Boden. Wolff warf mehrere Sprengbomben in den Trichter, um das Absinken der Tore ins Meer zu beschleunigen.

Die neuerliche Detonation warf die Männer zu Boden. Wolff kam als erster wieder hoch und gab den Befehl zu springen. Gleichzeitig öffnete er die Sauerstofftanks und schloß den Helm. Seine Rechte umkrampfte den Speer. Dann glitt er in das aufgewühlte Wasser. Gleich darauf kam er wieder hoch. Mit gleichmäßigen Schwimmbewegungen hielt er sich über Wasser. Zerfetzte Wurzeln und leichtes, schwimmfähiges Erdreich umgaben ihn.

Er atmete tief ein und tauchte. Einige Meter unter ihm war der Rahmen des Sechsecks. Wolff hielt darauf zu und klammerte sich daran fest. Das Gewicht des Sechsecks würde ihn auf den Grund des Meeres hinabziehen.

Gleichzeitig fühlte er eine tastende Bewegung. Luvah, der Vala in seinem Arm trug, ergriff seinen Knöchel. Ein anderer Lord würde sich an Luvahs Knöchel festhalten. Theotormon war der einzige freie Schwimmer. Er war der einzige, der stark genug war, aus eigener Kraft den Meeresboden zu erreichen.

Wolff vergewisserte sich, daß er sich dem richtigen – dem linken – Tor zuwandte. Dann stieß er seinen Körper ab und glitt durch das Tor hindurch.

Er materialisierte. Eine gewaltige Halle. Chaos. Hell aufleuchtende Wände. Genügend Licht, um Einzelheiten erkennen zu können.

Geschafft! Sie waren in Urizens Festung!

Überall waren Zerstörungen zu erkennen. Mächtige weiße Metalltüren waren grotesk verbogen und vermochten den eindringenden Wassermassen keinen Widerstand zu bieten. Das Wasser drang in die anderen Bereiche der Festung vor. Und das war gut so. Wäre der Empfangsraum hermetisch versiegelt gewesen, so wären sie möglicherweise von dem gigantischen Druck getötet worden. Irgendwann hätte der Wasserdruck zwar die Portale gesprengt, aber für sie wäre dies in jedem Fall zu spät gekommen.

Wolff ließ sich treiben. Ein Korridor mit brodelndem Wasser. Wolff warf sich herum und entging der Falle. Das Wasser riß und zerrte an ihm, trug ihn weiter.

Plötzlich senkte sich der Korridor. In einem Winkel von fünfzig Grad schoß das Wasser abwärts. Wolff blieb kaum Zeit festzustellen, daß sich der Korridor teilte. Und dann wurde er hilflos aus einem großen Fenster geschleudert. Inmitten eines Wasserfalls wurde er herumgewirbelt. Wie im Zeitraffer nahm er vorbeirasende Palastwände wahr, einen Garten, Blumen.

Der Aufprall raubte ihm sekundenlang den Atem. Halb bewußtlos tauchte er auf, kam an die Wasseroberfläche. Das Meerwasser hatte diesen Teil des Gartens völlig überflutet. Wolff klammerte sich an einer Steinmauer fest. Früher mochte diese Mauer den Lustgarten Urizens begrenzt haben, jetzt war sie das steinerne Ufer eines künstlich geschaffenen Sees. Zentimeter für Zentimeter zog er sich aus dem Wasser. Dann wälzte er sich auf den Rücken. Nach wie vor hielt er den Speer in der Hand. Auch die anderen Waffen waren noch vorhanden. Dann tauchten seine Gefährten auf. Rintrah. Luvah. Theotormon. Tharmas. Schließlich Vala. Wolff kümmerte sich um Tharmas. Er schien verletzt zu sein. Vielleicht war er gegen den Fensterrahmen geschmettert worden. Sein Bein war dicht unterhalb des Knies gebrochen, die rechte Gesichtshälfte zerschmettert.

Vala bestürmte Wolff mit Fragen. Er machte eine Handbewegung und brachte sie damit zum Schweigen. Jetzt war keine Zeit, um Erklärungen abzugeben. Rintrah sagte ihr, was geschehen war und warum es geschehen war.

Vala erholte sich rasch. Sie lächelte. »Du hast es also wieder einmal geschafft, Jadawin! Du hast Urizens Waffen gegen ihn selbst gekehrt!«

»Ich weiß immer noch nicht, ob du tatsächlich eine Verräterin bist oder nicht«, erwiderte Wolff. »Vielleicht bin ich auch zu mißtrauisch. Aber in Gesellschaft von anderen Lords kann man nicht mißtrauisch genug sein, wenn man überleben will. Wenn du unschuldig bist, werde ich dich um Verzeihung bitten. Wenn nicht... Nun, unser Vater ist jetzt mit Sicherheit davon überzeugt, daß du ihn betrogen hast und auf unserer Seite stehst. Also wird er versuchen, dich zu töten. Du wirst ihm nichts erklären können. Es sei denn, du kommst ihm zuvor und tötest ihn, bevor er dich tötet. Es bleibt dir keine Wahl.«

»Du warst schon immer ein Fuchs, Jadawin«, sagte Vala. »Gut, ich werde Urizen töten, bevor er mich tötet. Wer weiß, vielleicht bietet sich mir diese Gelegenheit. Noch vor wenigen Stunden hätte ich geschworen, daß wir in eine Falle gehen würden, sobald wir in seinen Bereich vordringen. Aber wir sind hier, und wir leben. Und Urizen steht einem tödlichen Problem gegenüber!«

Sie deutete zu dem großen Fenster hinauf, durch das sich noch immer sprudelnd, gischtend und tosend Wasser ergoß. »Das Tor befindet sich offenbar an der höchsten Stelle des Palastes. Und Wasser fließt bekanntlich stets bergab und nimmt den Weg des geringsten Widerstandes. Wenn Urizen nicht sehr, sehr schnell etwas unternimmt, wird er ertrinken wie eine Ratte, die in ihrem eigenen Loch gefangen ist.«

Sie drehte sich um und zeigte auf das Land außerhalb des Festungspalastes. »Wie du siehst, liegt die Festung in einem Tal, das vollkommen von hohen Bergen umgeben ist. Es wird einige Zeit dauern, aber wenn die Tore auf der Wasserwelt nicht vorschnell auf seichtem Grund stranden – und das ist nicht anzunehmen –, so wird dieses Tal überflutet werden. Und das Wasser wird höher und höher steigen, bis es sich schließlich über den ganzen Planeten ausgebreitet hat.«

»Warum ziehen wir uns nicht einfach in ein sicheres Bergversteck zurück?« sagte Rintrah. »Es wäre mir eine Genugtuung, aus der Ferne zusehen zu dürfen, wie unser guter Vater jämmerlich ersäuft!«

Wolff schüttelte den Kopf. »Nein – Chryseis wird irgendwo in diesem Palast gefangengehalten.«

»Na und? Was geht uns das an?«

»Urizen ist im Besitz eines Fluggerätes«, erwiderte Wolff. »Wenn es ihm gelingt, damit aus seinem Palast zu entfliehen, dann sind wir erledigt. Er braucht sich nicht einmal mehr anzustrengen, um uns zu vernichten. Denke nach. Wie Vala bereits sagte – irgendwann wird dieser Planet völlig überflutet sein. Vorausgesetzt, daß Urizen die Flucht gelingt, wäre es am bequemsten für ihn, uns auf dieser Welt zurückzulassen. Wenn wir nicht verhungern, dann werden wir elend ertrinken. Nein, wenn ihr irgendwann in eure eigenen Universen zurückkehren wollt, werdet ihr mir helfen müssen, Urizen unschädlich zu machen.« Wolff wandte sich an Theotormon. »Während deiner Gefangenschaft hast du dich in dieser Festung aufgehalten und hattest ein gewisses Maß an Freizügigkeit. Wirst du dich noch einigermaßen zurechtfinden? Mit deiner Hilfe könnten wir möglicherweise einige tödliche Fallen umgehen.«

Theotormon neigte seinen monströsen Schädel. »Auf dem Grunde dieses Sees existiert ein Eingang. Ein Korridor führt direkt in das Zentrum der Festung. Wir könnten die oberen Stockwerke erreichen. Wenn wir weder Fußboden noch Wände berühren, werden uns die Fallen Urizens nichts anhaben.«

Sie ließen sich wieder ins Wasser gleiten und schwammen am Rand entlang, vorsichtig darauf bedacht, den herabdonnernden Wassermassen zu entgehen. Dann tauchten sie in die Tiefe hinab. Eine bizarre grüne Unterwasserwelt umgab sie. Das Portal kam in Sicht. Mit zwei, drei kraftvollen Schwimmbewegungen erreichte Wolff es als erster und schwamm hindurch. Das Wasser war überall. Er schwamm weiter, nachdem er sich kurz vergewissert hatte, daß die anderen Lords und auch Vala dicht hinter ihm waren.

Eine Treppe mit breiten Stufen aus rotem und schwarzem Gestein. Alles war überflutet. Sie erreichten das zweite Obergeschoß des Festungspalastes. Bis hierhin war das Wasser noch nicht vorgedrungen. Es war jedoch nur eine Frage der Zeit, bis auch hier oben sämtliche Räumlichkeiten überflutet waren.

Sie kamen in den Korridoren des vierten Stockwerks an. Urizens Palast war in jeder Hinsicht großartig und stand den Palästen anderer Lords in nichts nach. Die Wände wurden von wertvollen Gemälden und Wandbehängen geschmückt. Skulpturen, Statuen und überall angehäufte Schätze zeugten von zahllosen erfolgreichen Beutezügen in anderen Universen. Urizen hatte in seinem langen Leben sehr viel Zeit gehabt, diese Schätze zu horten.

Wolff blickte auf. »Wo ist Vala?«
»Sie war eben noch hinter mir«, antwortete Rintrah.
»Dann ist sie also nicht in Gefahr«, murmelte Wolff. »Wir aber desto mehr. Falls sie sich von uns getrennt hat, um sich mit Urizen zusammenzutun.«
»Also tun wir gut daran, wenn wir ihr zuvorkommen!« Das war Luvah.
Sie setzten sich wieder in Bewegung. Wolffs Sinne waren bis zum Zerreißen angespannt. Zweifellos existierten hier überall Vernichtungssysteme. Aber das einströmende Wasser mochte die Energieversorgung der Festung lahmgelegt haben. Auch wenn Urizen mit sämtlichen Eventualitäten gerechnet hatte – die Möglichkeit, daß sich das Wasser eines ganzen Meeres in seine Domäne ergießen könnte, konnte er eigentlich nicht bedacht und berücksichtigt haben.
»Im nächsten Stockwerk wurde ich gefangengehalten«, sagte Theotormon. »Dort befinden sich auch Urizens Privaträume.«
Schweigend stiegen sie eine weitere Treppe empor. Wolff ging langsam. Beim geringsten Anzeichen einer Gefahr würde er reagieren. Ohne Zwischenfall erreichten sie das nächste Stockwerk und blieben stehen. Für einen Moment überlagerten Ehrfurcht und Erinnerung an die Zeit der Kindheit den Haß der Eindringlinge. Die Wände der gigantischen Halle bestanden aus weißem Marmor und waren mit zahlreichen Flachreliefs versehen. Szenen von unzähligen Planeten waren wiedergegeben. Urizen auf einem Thron sitzend. Darunter entstand aus dem Chaos ein neues Universum. Wolffs Blick glitt weiter. Eine neue Szene. Er erkannte sich selbst, seine Brüder, Schwestern und Vettern. Kinder, die auf einer grünen Wiese herumtollten. Eine Erinnerung an glückliche Zeiten. Glückliche Zeiten? Immer wieder hatte es auch Schatten gegeben, die die Tage des Hasses und der Furcht ankündigten.
Theotormon sagte: »Man hört das Tosen des Wassers. Es dürfte

nicht mehr lange dauern, bis auch dieses Stockwerk vom Wasser verschlungen wird.«

»Wahrscheinlich wird Chryseis dort festgehalten, wo du einst eingesperrt warst«, meinte Wolff. »Führe uns dorthin, Theotormon.«

Auf seinen mächtigen Säulenbeinen wankte Theotormon vor ihnen her. Ohne Zögern fand er seinen Weg. Sie gingen durch stille Korridore, mächtige Räume und Säle, durch ein verwirrendes und zugleich wunderschönes Labyrinth. In der Ferne war das Toben der Wasser zu hören, ein monotones, dumpfes Donnern, furchteinflößend und unheimlich.

Schließlich hielt Theotormon vor einem ovalen Portal an. Gemälde an den Wänden zeigten die zerrissenen Silhouetten geflügelter Wesen. Trübes rotes Licht erfüllte den dahinterliegenden Raum.

»Hier wurde ich gefangengehalten«, flüsterte Theotormon. »Aber ich fürchte mich, über die Schwelle zu treten.«

Wolff hielt den Speer in den Raum. Nichts geschah.

»Warte eine Minute!« sagte Theotormon, als Wolff den Raum betreten wollte. »Vielleicht erfolgt eine verzögerte Reaktion.«

Wolff nickte. Er zählte die Sekunden, versuchte abzuschätzen, wie weit er inzwischen in den Raum vorgedrungen wäre. In diesem Moment zuckte ein blendender Lichtblitz auf. Wolff taumelte ein paar Schritte zurück. Seine Augen schmerzten, Lichtpunkte flimmerten.

Als er wieder sehen konnte, stellte er fest, daß der Speer vernichtet war. Hitze waberte in der sich im Raum ausdehnenden Luft. Man roch den Geruch von verkohltem Holz.

»Du hast Glück gehabt«, kommentierte Theotormon.

Wie konnten sie diese Falle umgehen? Wie konnten sie dem lauernden Tod ein Schnippchen schlagen? Wolff trat ein paar Schritte zurück. Dann schleuderte er die Reste seines Speers in den Raum. Wieder brach gleißendes Licht hervor. Die Schatten der Lords waberten an den Wänden des Korridors entlang. Eine Hitzewelle folgte.

Wolff unternahm einen dritten Versuch. Er warf einen Pfeil in den Raum, drehte sich um und begann zu zählen. Drei Sekunden vergingen, bis die Falle ansprach. Hier kamen sie nicht weiter.

Sie kehrten um und gingen zur Treppe zurück. Das Wasser war indessen bis in dieses Stockwerk vorgedrungen. Der Boden der Korridore und Räume stand bereits knöcheltief unter Wasser.

Sie erreichten die Treppe. Wolff schloß seinen Helm. Sogleich flutete atembare Luft ein. Er gab den anderen ein Zeichen, drehte sich um und rannte in jene Richtung zurück, aus der sie soeben gekommen waren. Das Wasser stieg rasch. Bald mußte er schwimmen, um vorwärts zu kommen. Dann standen sie wieder vor dem Raum mit der Lichtfalle. Am Torbogen jagte Wolff einen Pfeil von der Sehne des Bogens. Mit einem surrenden Geräusch flog er davon. Das Licht vernichtete ihn. In dem Moment, als das Licht erlosch, warf sich Wolff vorwärts. Dichtauf folgten Theotormon und Luvah. Drei Sekunden blieben ihnen, um etwas mehr als zwanzig Meter zurückzulegen.

Sie schafften es. Hinter ihnen brach das Lichtchaos los. In Sekundenbruchteilen trocknete das Wasser auf ihren Schutzanzügen, ein heißer Schauer rann über ihren Rücken.

Rintrah, der mit dem verletzten Tharmas die Nachhut bildete, winkte ihnen zu. Dann redete er auf Tharmas ein. Rintrah schoß seinen Pfeil in den Raum. In dem Augenblick, in dem der Lichtblitz zerfaserte, rannte Rintrah los, direkt in die Hitze hinein. Tharmas zögerte. Wolff schrie, er solle zurückbleiben. Tharmas tat ein paar humpelnde Schritte. Mit dem gebrochenen Bein würde er es niemals schaffen!

Rintrah hatte inzwischen zehn Meter hinter sich gebracht. Elf. Zwölf. Tharmas stürzte und kroch verzweifelt weiter. Das Wasser, das in den Raum flutete, riß ihm Hände und Füße weg. Rintrah erreichte Wolff, Theotormon und Luvah.

Eine Lichtexplosion und ein Schrei. Ein Körper, der ins Wasser stürzte. Es roch nach verbranntem Fleisch. Tharmas war nur noch ein dunkles Etwas. Wasser spülte über seinen Leichnam.
Sie gingen weiter. Theotormon führte sie zu einer schmalen Tür. Vorsichtig suchten sie nach einer Vernichtungsmaschinerie. Sie fanden nichts und schritten über die Türschwelle in einen halbkreisförmigen Raum, der einen Radius von mindestens einhundert Metern hatte. Mehrere große Käfige waren in diesem Raum aufgestellt.
Wolff erkannte den Mann, der in einem dieser Käfige kauerte, sofort. »Urizen!« schrie er.

Sechzehntes Kapitel

Der Käfig war drei mal drei Meter groß. Eine dünne Decke lag auf dem Boden. Rechter Hand gab es ein Loch, vermutlich, um Urizens Exkremente aufzunehmen. Auf der gegenüberliegenden Käfigseite war ein automatischer Nahrungsspender angebracht, unweit davon sah man einen Wasserhahn.

Urizen war sehr groß und sehr mager. Sein Gesicht wirkte hart und kantig wie das eines hungrigen Falken. Sein Haar war zerzaust, fettig und so lang, daß es über seinen Rücken bis hinab zu den Waden fiel. Der Bart war nahezu ebenso lang. Urizens einstmals schwarzes Haar war jetzt von grauen Strähnen durchzogen. Ein weiteres Zeichen dafür, daß er schon sehr lange in diesem Käfig gefangengehalten wurde. Wenn die Unsterblichkeitsdroge abgesetzt wurde, wirkte sie noch jahrelang nach, bevor sich sichtbares Altern einstellte.

Urizen richtete sich auf und trat dicht an die Gitterstäbe heran.

»Bleibt zurück!« wandte sich Wolff an seine Gefährten. Dann tat er ein paar Schritte. Dicht vor dem Käfig blieb er stehen. Urizen musterte ihn aus tiefliegenden, fiebrig glänzenden Augen. Er sagte kein Wort.

»Haßt du uns noch immer so sehr, daß du uns sterben lassen würdest?« fragte Wolff.

Mit der Spitze eines Pfeils berührte er die Stäbe. Lichtadern zuckten auf, liefen über das Metall.

Urizen lächelte finster. »Die Berührung der Stäbe ist nicht tödlich, Jadawin, nur schmerzhaft. Du warst schon immer ein gerissener Fuchs. Niemand außer dir und deiner Schwester Vala und vielleicht Red Orc hätte es geschafft, zu mir vorzudringen.«

»Also war es Vala, die deinen Fallen getrotzt und den Schlingenleger in der Schlinge gefangen hat«, stellte Wolff fest. »Meine Schwester ist wirklich eine bemerkenswerte Frau.«

»Wo ist sie? Ist sie dieses Mal endlich tot? Ich weiß, daß sie sich euch angeschlossen hat. Sie sagte mir, daß sie dies plante.«

»Nein, sie ist nicht tot, sondern hält sich ebenfalls im Palast auf. Man muß noch immer mit ihr rechnen«, antwortete Wolff. »Sie ließ uns in dem Glauben, daß du nach wie vor auf dem Thron der Macht sitzt. Sie hat mit uns gespielt, hat alle Gefahren mit uns geteilt und so getan, als sei sie unsere Verbündete. Ich verdächtigte sie, mit dir zusammenzuarbeiten, aber niemals hätte ich mir dieses hier träumen lassen ...«

»Ich bin dem Untergang geweiht«, flüsterte Urizen. »Es ist mir unmöglich, diesen Käfig zu verlassen. Und du kannst ihn nicht öffnen, um mir die Freiheit zu schenken. Selbst wenn du es wolltest, könntest du es nicht. Wenn mir nicht geholfen wird, werde ich bald sterben. Vala hat mir eine langsam fortschreitende, schmerzhafte Krebsgeschwulst eingepflanzt. Dreimal hat sie das bereits gemacht und sie dann kurz vor meinem Tod wieder entfernt. Sie entfernt und mich wieder gesundgepflegt.«

»Ich müßte lügen, wenn ich sagen würde, daß mir dein Schicksal leid tut«, sagte Wolff. »Du bekommst nur das, was du verdient hast.«

»Du predigst mir Moral, Jadawin?« brüllte Urizen unvermittelt. In seinen Augen flammte plötzlich wieder das alte Feuer, und Wolff fühlte, daß sich tief in seinem Herzen etwas rührte. War es die Furcht vor seinem Vater, die noch immer in ihm lebte? Oder war es Mitleid?

»Ich habe gehört, daß du dich seit deinem unfreiwilligen Aufenthalt auf der Erde sehr verändert hast, aber ich konnte es nicht glauben. Jetzt weiß ich, daß die Gerüchte der Wahrheit entsprechen.«

»Ich bin nicht gekommen, um mit dir zu diskutieren«, versetzte

Wolff, »es bleibt ohnehin nur noch wenig Zeit zum Reden und Handeln. Vater – du mußt mir sagen, wie ich heil in das Kontrollzentrum deines Palastes gelangen kann. Wenn du an Vala Rache nehmen willst, mußt du uns helfen.«

»Warum sollte ich reden?« erwiderte Urizen. »Ich werde sowieso sterben. So bleibt mir wenigstens das Vergnügen zu wissen, daß du, Rintrah, Luvah und Theotormon mich auf dem langen Weg in das ewige Dunkel begleitet. Es ist nicht gut, im Tode einsam zu sein.«

»Freut es dich auch zu wissen, daß Vala triumphiert? Daß sie weiterlebt? Ist es dir gleichgültig, daß sie deinen Körper präparieren und im Trophäensaal aufstellen wird?«

Urizen lächelte bitter. »Wenn ich rede, stirbt Vala, und ihr lebt weiter. Eine abscheuliche Wahlmöglichkeit. Fest steht, daß ich in jedem Falle der Verlierer bin.«

»Du magst uns hassen, Vater«, sagte Wolff. »Aber du kannst uns nicht vorwerfen, daß wir dir jemals etwas angetan haben. Vala hingegen ...«

Theotormon unterbrach ihn. »Bald wird das Wasser bis zu diesem Stockwerk vorgedrungen sein. Dann werden wir alle umkommen. Nur Vala wird sich in der Sicherheit des Kontrollzentrums ins Fäustchen lachen. Und dann wird sie sich Chryseis zuwenden ...«

Wolff fühlte sich hilflos. Es war sinnlos, Urizen zu drohen. Drohungen würden ihn nicht zum Reden veranlassen. Er war ein dem Tode Geweihter. Mehr konnte man ihm nicht antun.

»Also gut, gehen wir«, sagte er. »Wir können es nicht verantworten, noch mehr kostbare Zeit zu verschwenden.« Und an Urizen gewandt: »Lebewohl, Vater, für immer. Du mußt sterben. Es bleibt dir nicht mehr viel Zeit. Du verschließt deine Rache an Vala in deinem Herzen. Der Haß macht dich blind – und beraubt dich deiner Rache. Denke daran, wenn deine letzte Sekunde gekommen ist.«

»Warte!« rief Urizen ihnen nach.
Langsam wandte sich Wolff wieder um. Urizen befeuchtete seine aufgesprungenen Lippen. »Wenn ich euch alles sage, was ihr wissen wollt, werdet ihr mir dann einen letzten Wunsch erfüllen?«
»Du weißt, daß ich dich nicht befreien kann«, erwiderte Wolff. »Es bleibt nicht einmal genügend Zeit, um zu überlegen, wie du befreit werden könntest. Und selbst, wenn es in unserer Macht stehen würde, ich würde es nicht tun. Bevor ich dich wieder auf die Welt losließe, würde ich dich lieber töten.«
»Genau das ist mein letzter Wunsch«, sagte Urizen. »Ich will mir meinen Tod von dir einhandeln, mein Sohn. Ich leide fürchterliche Qualen. Mein Stolz verbot mir bisher, dies zuzugeben. Aber jetzt erscheint mir jede weitere Minute meines Lebens so lang wie tausend Jahre. Wäre nicht mein Stolz, so würde ich vor dir auf die Knie sinken und dich anflehen, mich von diesen meinen Qualen zu erlösen. Ich werde nicht flehen. Urizen bettelt nicht. Aber ein Handel – das ist etwas anderes.«
»Einverstanden«, erwiderte Wolff. »Ein Pfeil wird genügen.«
Urizen nickte, neigte sich vor und sprach im Flüsterton. Nachdem er geendet hatte, kam Gelächter aus einer Ecke des Raumes. Vala kam ihnen entgegen. Wolff legte einen Pfeil auf die Sehne des Bogens.
Plötzlich wurde Valas Körper durchscheinend. Eine Projektion. Wolff fragte sich, ob Vala sein Gespräch mit Urizen belauscht hatte. Wenn dies der Fall war, würde sie mit ihm, Luvah, Rintrah und Theotormon machen können, was sie wollte. Wenn sie sich bereits im Kontrollzentrum aufhielt, standen ihr entsprechende Mittel zur Verfügung.
»Ich gebe zu, daß ich es selbst nicht besser hätte planen können«, sagte die Vision. »Ihr müßt wissen, daß es mein größter Wunsch war, euch gemeinsam sterben zu lassen. Ein gemütliches Familientreffen! Jeder von euch kann den Todeskampf des anderen beobachten. Ist diese Idee nicht ausgesprochen hübsch? Anschließend

werde ich diesen Planeten und dieses Universum verlassen und mich um meinen überlebenden Bruder und meine geliebte Schwester Anana kümmern. Zuvor jedoch werde ich mich von den Strapazen dieses Spieles erholen und mich mit Chryseis amüsieren.«
»Bisher hast du jämmerlich versagt, und so wird es auch in Zukunft sein!« rief Wolff. »Selbst wenn es dir gelingen sollte, uns zu töten, wirst du nicht mehr lange genug leben, um deinen Triumph auskosten zu können! Das *Etsfagwo*-Gift der Eingeborenen der *Mutter der Inseln* ist dir doch ein Begriff, nicht wahr? Du weißt, daß es völlig geruch- und geschmacklos ist? Daß man es nicht wahrnehmen kann, wenn es der Nahrung beigemengt ist? Und du weißt, wie dieses Gift wirkt? Der Körper nimmt es auf, und lange Zeit zeigt sich keinerlei Wirkung. Und plötzlich durchzucken schreckliche Schmerzen das Opfer, Schmerzen, die stundenlang andauern. Und es gibt kein Gegengift gegen das *Etsfagwo.* Ja, Vala, du weißt ja, daß ich dich als Verräterin im Verdacht hatte. Deshalb ließ ich gestern *Etsfagwo* in dein Abendessen träufeln. Bald wird die Wirkung einsetzen, Vala. Du wirst leider nicht mehr in der Lage sein, über uns zu lachen.«
Natürlich war alles von vorn bis hinten erlogen. Er hatte Vala nicht vergiftet, hatte nicht einmal mit dem Gedanken gespielt, es zu tun. Aber wenn sie schon sterben mußten, so sollte Vala dafür wenigstens mit ein paar Stunden seelischer Pein bezahlen.
Valas Projektion schrie vor Wut und Verzweiflung auf. »Du lügst, Jadawin!« rief sie. »Niemals wärest du fähig, derart niederträchtig zu handeln! Du könntest es einfach nicht tun. Du versuchst nur, mich zu verunsichern.«
»Du wirst bald wissen, ob ich gelogen habe oder nicht«, entgegnete Wolff mit ruhiger Stimme. Dann drehte er sich um. Der gefiederte Pfeil zuckte von der Sehne und bohrte sich in Urizens Brust. Der Lord zuckte zurück, taumelte und fiel. Dann fiel sein Kopf zurück. Urizen war tot.
Gleichzeitig erlosch Valas Projektion. Grüner Schaum spritzte

aus versteckt angebrachten Rohren an der Decke. In Sekundenschnelle breitete er sich aus, und bald schon reichte er den Gefährten bis zu den Knien. Beißende Dämpfe wallten im Raum. Wolff krümmte sich unter heftigem Husten. Seine Augen tränten. Der Bogen war seinen Händen entfallen. Er beugte sich vor und tastete suchend in dem schleimigen Grün herum. Der Schaum stieg unerbittlich höher und höher und hüllte ihn nun völlig ein. Wolff hielt die Luft an, während er den Helm schloß und die Atemluft regulierte. Er wandte sich um. Die Gefährten waren nicht zu sehen. Hoffentlich waren sie geistesgegenwärtig genug gewesen, die Helme rechtzeitig zu schließen.

Nur wenige Schritte vom Ausgang entfernt, fühlte er, daß sich der Schaum zu verfestigen begann. Wolff kämpfte dagegen an, machte heftige Bewegungen. Langsam, zentimeterweise, kam er voran. Und dann verwandelte sich der Schaum in Gelee, die grüne Undurchsichtigkeit wurde durchscheinend. Er war gefangen wie eine Fliege in Bernstein.

Er konnte sich nicht mehr bewegen. Sein Blick war starr auf jenes Portal gerichtet, durch das er hatte entkommen wollen. Er versuchte, Arme und Beine zu bewegen. Mit größter Anstrengung gelang es ihm schließlich, sich einen oder zwei Zentimeter nach vorn zu arbeiten. Aber das Gelee, das ihn einhüllte, federte zurück.

Er war verloren. Jetzt konnte er nichts anderes mehr tun, als zu warten, bis der Luftvorrat verbraucht war. Das Atemsystem des Schutzanzuges war in sich geschlossen, Kohlendioxyd wurde nicht abgesondert, sondern neu aufbereitet, so daß die Luft atembar blieb. Ein offenes Atemsystem hätte längst seinen sicheren Tod bedeutet. Das Gelee umschloß ihn so fest, daß es unmöglich gewesen wäre, das Kohlendioxyd auszuatmen.

Noch eine halbe Stunde mochte ihm bleiben. Vala konnte triumphieren. Wo mochte Chryseis, die hübsche Chryseis mit den großen Augen, in diesem Augenblick sein? Wurde sie von

Vala gezwungen, seinem Tod zuzusehen? Oder quälte Vala sie mit Schilderungen der Foltern, die sie ihr zugedacht hatte?
Fünfzehn Minuten verstrichen quälend langsam, und Wolff zermarterte sein Gehirn, um doch noch einen Ausweg zu finden. Aber er wußte, daß es keinen Ausweg gab. Das Ende seines fünfundzwanzigtausendjährigen Lebens und damit das Ende gottgleicher Macht war nahe. Sein Leben war sinnlos gewesen. Im Grunde hätte er nie geboren werden sollen. Er würde sterben, und auch Chryseis würde sterben. Vala würde sie beide präparieren und im Trophäensaal aufstellen.
Nein, das stimmte nicht. Vala war gezwungen, Urizens Festungspalast zu verlassen. Das beständig aus dem Tor tosende Wasser sorgte dafür. So war ihr also dieses eine Vergnügen nicht gegönnt. Das Wasser würde höher und höher steigen. Sein und Chryseis' Körper würden auf dem Grunde eines neuen Meeres in Dunkelheit und Kälte ruhen. Irgendwann würde ihr Fleisch verfaulen, die Strömung würde mit ihren Knochen spielen ...
Das Wasser! Ein erster mächtiger Wasserschwall ergoß sich in den Raum und zerfetzte das Gelee. Rasch stieg das Wasser höher. Das Gelee begann sich aufzulösen. Der Vorgang benötigte jedoch seine Zeit. Das Meerwasser fraß sich hungrig in das Gelee. Zentimeter für Zentimeter kam es ihm entgegengekrochen. Eine halbe Stunde war bereits vergangen, jeder Atemzug konnte der letzte sein. Wolff versuchte, sich zu bewegen. Das Gelee war inzwischen wieder zu schleimigem, grünem Schaum geworden. Und dann war er frei! Er konnte sich wieder bewegen. Doch die Todesgefahr war noch nicht gebannt. Das Wasser stieg rasch an. Wenn es ihm nicht gelang, diesen Raum rechtzeitig zu verlassen, würde er ertrinken.
Wolff öffnete den Helm. Die anderen waren hinter ihm. Wie durch einen grünen Schleier sah er sie. Er warf sich herum, schwamm zu ihnen und zerrte sie aus dem Gelee, das sie teilweise noch umschloß. Rintrah war tot, obwohl er seinen

Helm noch rechtzeitig hatte schließen können; irgend etwas war schiefgegangen.
Wolff gab Theotormon und Luvah ein Zeichen und schwamm dem Ausgang entgegen. Gelee verstopfte den Ausgang. Wolff wühlte sich in die grüne Masse hinein. Er arbeitete voller Verbissenheit. Das zähe Zeug löste sich nur allmählich, aber dann brach er durch. Mit dem Kopf voran wurde er in den angrenzenden Raum geschwemmt. Luvah und Theotormon folgten ihm dichtauf und prallten gegen ihn.
Endlich gelang es ihnen, festen Boden unter die Füße zu bekommen. Sie rappelten sich auf. Es blieben ihnen nur wenige Minuten – auch dieser Raum würde nur zu bald überflutet sein.
»Urizen hat mir von einem Geheimgang erzählt, der zu einem zweiten Kontrollzentrum des Palastes führt. Dieses zweite Kontrollzentrum ist allein Urizens überzogenem Sicherheitsbedürfnis zu verdanken. Der alte Fuchs hat damit gerechnet, daß es irgendwann einem seiner Feinde gelingen könnte, in das Zentrum vorzudringen. Aber um dorthin zu gelangen, müssen wir den Raum mit der Lichtfalle passieren, und Urizen fand keine Zeit mehr, mir zu sagen, wie man diese Falle unschädlich macht. Wenn das Wasser hoch genug gestiegen ist, schließen wir unsere Helme und schwimmen durch. Möglicherweise ist das Wasser unser Verbündeter.«
Sie begaben sich in eine Ecke des Raumes, um vor der vollen Wucht der einströmenden Wassermassen einigermaßen geschützt zu sein. Wolff bewegte sich voran und spähte durch die Tür in den angrenzenden Raum. Das Wasser schien die Lichtfalle nicht zu aktivieren. Wolff schleuderte seine Steinaxt. Selbst durch seine geschlossenen Augenlider hindurch nahm er den Lichtblitz wahr. Das Wasser brodelte.
Minuten später trieben die Lords dicht unter der Decke des Raumes dahin. Wolff schloß seine Maske. Luvah und Theotormon taten es ihm gleich.

Wolff tauchte in die Tiefe und glitt durch die Tür. Er kam gut voran – aber dann versagte das Atemgerät seinen Dienst. Wolff hielt die Luft an und schwamm weiter. Plötzlich war seine Umgebung in grelles Licht gehüllt. Das Wasser wurde merklich wärmer. Er wurde in das nächste Gemach geschwemmt. Wolff stieß sich vom Boden ab. Sein Kopf brach durch die Wasseroberfläche, seine ausgestreckten Hände berührten die Decke.
Er wurde herumgewirbelt und stieß mit seinem Schädel gegen etwas Hartes. Vor seinen Augen flimmerten dunkle Punkte. Mühsam hielt sich Wolff an der Wasseroberfläche. Mit letzter Kraft zerrte er den Helm von seinen Schultern und pumpte Luft in seine schmerzenden Lungen. Wasser schlug in seinen Mund. Hustend ging er unter und kam gleich darauf wieder hoch. Theotormon und Luvah waren neben ihm.
Wolff spuckte Wasser aus. Dann zeigte er nach unten. »Folgt mir!«
Er tauchte. Das Wasser brannte in seinen geöffneten Augen. Er beachtete es nicht. Seine Hände glitten über die Wand. Dann sah er die grüne Jadestatue, von der sein Vater gesprochen hatte. Sie war nicht groß, höchstens einen halben Meter hoch. Einst mochte sie das Götzenbild eines fremden Volkes in einem fremden Universum gewesen sein. Wolff schwamm näher heran und berührte die Statue. Behutsam drehte er ihren Kopf. Ein Teil der Wand schwang auf.
Wolff warf sich vorwärts. Der hinter der Geheimtür befindliche Raum verschluckte ihn. Inmitten des hereinstürzenden Wassers kam er auf die Füße. Schemengleich huschten Theotormon und Luvah an ihm vorbei. Die Geheimtür schwang langsam gegen den Wasserdruck in ihre ursprüngliche Stellung zurück. Im Raum stand das Wasser nur etwa fußhoch.
Wolff trat an jenes Pult, das Urizen ihm beschrieben hatte. Seine Finger berührten einen rechteckigen Sensorpunkt, auf dem ein Symbol in der alten Schrift wiedergegeben war. Bildschirme

flackerten auf. Ein helles Summen war zu hören. Das Zentrum erwachte zum Leben.
Wolff tat einen Schritt zurück. Zum ersten Mal seit langer Zeit huschte wieder ein Lächeln über sein hageres Gesicht.
»Vala ist entmachtet«, sagte er dann. »Die Steuerpulte und Kampfsysteme des primären Kontrollzentrums sind desaktiviert, ebenso sämtliche Fluchttore. Nur die permanent existierenden Tore, wie etwa jenes zur Wasserwelt, sind nach wie vor benutzbar.«
Er trat an eine Befehlskonsole und justierte einen Bildschirm. Aber dann zog er die Hand zurück und schüttelte den Kopf. Einen Augenblick lang blieb er in Gedanken versunken stehen.
»Nein, ich werde sie nicht warnen«, sagte er schließlich. »Wenn Vala die wahre Situation nicht kennt, kann uns dies nur von Vorteil sein. Theotormon, höre mir jetzt gut zu ...«
Wenig später aktivierte Theotormon auf ein Zeichen von Wolff hin den bereits justierten Bildschirm. Wolff und Luvah hatten sich hinter den Konsolen versteckt. Valas Gesicht erschien. Ihr Haar war feucht und schimmerte kupferrot. Als sie Theotormon erblickte, verzerrte sich ihr hübsches Gesicht und zeigte nur noch Wut.
»Du?« rief sie.
»Hallo, liebe Schwester«, gab Theotormon zurück. »Ich habe einige Überraschungen für dich. Wußtest du beispielsweise, daß deine sämtlichen Fluchtwege nicht mehr existieren? Daß du völlig machtlos bist?«
»Wo sind deine Brüder? Die anderen, die dir überlegen sind?«
»Sie sind tot. Ihre Atemgeräte versagten. Nur ich überlebte, ich, Theotormon. Mein veränderter Körper rettete mein Leben. Ich konnte die Luft anhalten, bis mich das Meerwasser aus dem Gelee befreite.«
»Dann ist Jadawin endlich tot? Ich kann es noch gar nicht glauben ... Du versuchst doch nicht, mich hereinzulegen, du ... dumme Schnecke?«

»An deiner Stelle würde ich mir derartige Ausdrücke verkneifen!«
»Ich möchte seine Leiche sehen!« sagte Vala.
Theotormon zuckte mit seinen Schultern. »Das dürfte unmöglich sein, Schwester. Jadawins Leichnam treibt irgendwo im Palast herum. Ich selbst konnte diesen Raum nur mit Müh und Not erreichen, und ich denke nicht daran, ihn zu verlassen.«
Vala sah das Wasser, und sie schien Theotormons Worten zu glauben.
»Dann bist du ebenfalls ein Gefangener. Du nach Fisch stinkender Idiot glaubst, mich in der Hand zu haben? Du hast wirklich nur das Gehirn eines Fisches. Ich habe noch einen Trumpf im Ärmel: Ich weiß nämlich, wo das Raumschiff versteckt ist, das mich von diesem Planeten fortbringt – zum nächsten Planeten mit einem Tor, das es mir erlaubt, dieses Universum zu verlassen. Nun, Theotormon?«
Er kratzte sich mit einer Flosse verwirrt am Schädel. »Ich weiß nicht, was ich dazu sagen soll, Vala«, murmelte er.
»Ja, das glaube ich dir«, erwiderte sie. »Also werde ich dir einen Vorschlag unterbreiten. Du bist dumm – aber nicht zu dumm. Deshalb wirst du meinen Vorschlag akzeptieren. Du gibst mir die Freiheit, und als Gegenleistung garantiere ich dir, dich in meinem Schiff mitzunehmen.«
Wolff spähte zu Theotormon hinüber.
»Wer garantiert mir, daß ich dir vertrauen kann, Vala?« erkundigte sich Theotormon.
»Niemand. Aber auch mir garantiert schließlich niemand, daß ich dir vertrauen kann. Wir müssen uns so arrangieren, daß keiner von uns den anderen hereinlegen kann. Bist du einverstanden?«
»Nun, ich weiß nicht . . .«
»Auch ich bin in Sicherheit, Theotormon«, sagte Vala. »Dieser

Raum ist unzerstörbar. Selbst wenn das Wasser kilometerhoch steigt, wird mir hier nichts geschehen können. Außerdem bin ich bestens ausgerüstet. Lebensmittel und Trinkwasser werden mich mindestens ein Jahr in diesem Raum überleben lassen. Ich kann hier sitzen und dein Sterben beobachten. Und irgendwann werde ich einen Ausweg finden. Glaube mir, irgendwann werde ich es schaffen, herauszukommen.«

»Wenn das so ist«, entgegnete Theotormon, »warum tust du es dann nicht?«

»Weil ich nicht ein ganzes Jahr lang in diesem Raum eingeschlossen sein möchte. Ich habe noch viel zu tun.«

»Na schön, Vala. Aber was wird mit Chryseis geschehen?«

»Sie kommt mit. Ich habe meine Pläne mit ihr.« Plötzlich war ihr Mißtrauen wieder wach. »Weshalb interessierst du dich für sie?«

»Nun, ich ...« Theotormon machte eine wirkungsvolle Pause, bevor er fortfuhr. »Vielleicht könntest du sie mir überlassen. Ich meine – wenn man Jadawins Worten Glauben schenken wollte, dann soll sie sehr schön sein, und ich ...«

Vala lächelte. »Zugegeben, es wäre eine schreckliche Art von Folter, wenn ich sie dir als Gefährtin geben würde. Aber mir ist das nicht genug. Sie hat Schlimmeres verdient. Nein, ich werde sie dir nicht überlassen.«

»Dann gibt es keinen Handel«, entgegnete Theotormon. »Du kannst sie behalten, kannst dich ein Jahr lang mit ihr amüsieren. Aber sag mal – wie willst du überhaupt das Raumschiff erreichen, hmm? Du müßtest fleißig schwimmen. Und der Wasserdruck ist enorm ...«

»Du dummer, egoistischer Schmerbauch!« schrie Vala. »Du würdest tatsächlich lieber sterben, als mir mein Vergnügen zu gönnen. Also gut, ich werde dir das Mädchen überlassen!«

Wolf lächelte. Seine Rechnung ging auf. Es war Theotormon gelungen, Valas Zorn zu wecken und sie so abzulenken. Sie wurde unvorsichtig.

Theotormon klatschte vergnügt seine Flossen zusammen, und Wolff hoffte, daß diese Freude lediglich gespielt war. Nicht auszudenken, was geschehen würde, wenn Theotormon ausgerechnet jetzt noch auf den Gedanken kam, ihn zu betrügen.

»Der Handel gilt also«, sagte Theotormon zufrieden. »Wie gelangen wir zu dem Raumschiff?«

»Du bist voreilig, Theotormon«, wehrte Vala ab. »Ich werde erst reden, wenn ich frei bin. Ich traue dir nicht, das weißt du ja.«

»Das beruht auf Gegenseitigkeit«, erwiderte Theotormon. »Wenn ich dich jetzt befreie, wirst du dich sofort absetzen.«

»Ist es dir nicht möglich, die Kontrollen so zu justieren, daß sich die Tore in dem Moment öffnen, wenn du hier ankommst?«

Theotormon knurrte und tat so, als wäre dieser Gedanke völlig neu für ihn. »Gut. Ich will es versuchen«, antwortete er schließlich. »Aber ich stelle eine weitere Bedingung. Wenn sich die Tore öffnen, müßt ihr mir unbekleidet und waffenlos entgegenkommen. Auch ich werde waffenlos sein. Wir werden gleichzeitig losgehen und uns in jenem Geheimgang, der die beiden Kontrollzentren miteinander verbindet, treffen.«

Vala stöhnte auf. »Und ich dachte ...! So wußtest du also, wie man hierherkommt? Der Korridor, natürlich. Ich muß zugeben, daß ich mich schon oft gefragt habe, warum Urizen diesen Korridor gebaut hat. Da er jedoch vor einer massiven Wand endet, habe ich mir keine weiteren Gedanken darüber gemacht. Jetzt allerdings ... Der alte Fuchs hatte sich ein Ausweichlager geschaffen.«

»So ist es«, sagte Theotormon. »Aber dein Wissen wird dir nichts nützen. Wenn ich es nicht will, wirst du das Kontrollzentrum nicht verlassen können. Tu also, was ich dir gesagt habe. Entkleide auch Chryseis. Ich will nicht, daß du eine Waffe an ihrem Körper verstecken kannst ...«

»Du willst kein Risiko eingehen, nicht wahr? Vielleicht bist du doch intelligenter, als ich bisher dachte.«

Was hatte Vala vor? Wenn sie tatsächlich nackt und unbewaffnet

aus dem Kontrollzentrum trat, war sie Theotormon mit seinen größeren Körperkräften hilflos ausgeliefert. Sie mußte wissen, daß er sie angreifen würde, wenn sie das Versteck des Raumschiffes preisgegeben hatte.
Theotormon bluffte ebenfalls. Er kannte das Versteck des Raumschiffes; Wolff, der es von Urizen erfahren hatte, hatte es ihm vorhin gesagt. Es gehörte zu ihrem Plan, Vala einen scheinbaren Vorteil zu geben. Es mußte gelingen, sie aus der Sicherheit des Kontrollzentrums herauszulocken. Ohne triftigen Grund würde sie niemals herauskommen. Wolff kannte seine Schwester. Bevor sie sich ergab, würde sie lieber sterben. Und Chryseis würde sie mit sich in den Tod nehmen. Niemals würde sie dem bloßen Wort eines Lords vertrauen. Also wäre es sinnlos gewesen, ihr freies Geleit zuzusichern für den Fall, daß sie sich ergab und Chryseis die Freiheit schenkte. Vala hätte nur gelacht. Wolff fragte sich, ob er ein Versprechen, daß er ihr geben würde, überhaupt halten könnte. Er haßte Vala. Außerdem zählte er sich nicht mehr der Rasse der Lords zugehörig. Wie also würde er reagieren? Er vermochte es nicht zu sagen. Nicht in diesem Augenblick.
Theotormon desaktivierte den Bildschirm. Valas Bildnis erlosch. Wolff öffnete die Tür, die in jenen Gang führte, der die beiden Kontrollzentren miteinander verband. Beide Zentren und der sie verbindende Gang waren eine geschlossene Einheit, die durch viereinhalb Meter dicke Wände aus einer Metallegierung geschützt waren, die jedem Wasserdruck, ja, selbst der geballten Wucht einer Wasserstoffbombe widerstehen konnte. Die Innenwände dieser Räumlichkeiten waren mit einer Substanz ausgekleidet, die die Strahlen einer Neutronenbombe mühelos absorbierte. Urizen hatte an alles gedacht, aber trotzdem hatte ihn sein Schicksal ereilt.
Sie drangen in den Gang vor. Gemälde, Skulpturen und wertvolle Möbel, Schatzkisten, angefüllt mit Edelsteinen und

Gold, waren hier gehortet. Wolffs Blick fiel auf einen Kandelaber, der aus einem einzigen gigantischen Diamanten geschnitten war und an einer Kette aus Gold hing. Und dies war nicht einmal eines der wertvollsten Objekte. Das gesamte Vermögen des reichsten Mannes der Erde hätte nicht ausgereicht, um dies alles bezahlen zu können.

Wolff kauerte sich hinter einem Sofa nieder, das mit einem seidigen, schokoladenbraun und azurblau schimmernden Fell bezogen war. Luvah versteckte sich hinter der lebensgroßen Statue eines Menschen.

Mit einem letzten Blick überzeugte sich Theotormon davon, daß seine Kampfgefährten bereit waren. Dann ging er in das Kontrollzentrum zurück, um Vala mitzuteilen, daß er bereit war. Dann würde er die Sperre lösen, die den Ausgang des primären Kontrollzentrums blockierte ...

Das Tor öffnete sich. Licht fiel in den Korridor und zeichnete bizarre Muster auf den Boden, an die Wände. Sekunden verstrichen, ohne daß etwas geschah.

Dann erschien Valas Kopf.

Vorsichtig, mißtrauisch spähte sie in den geheimen Gang. Theotormon erschien auf der gegenüberliegenden Seite. Er betrat den Gang, jederzeit bereit, sich beim geringsten Anzeichen einer Gefahr zurückzuwerfen. Vala stieß ein leises Lachen aus. Mit leicht erhobenen Händen trat nun auch sic in den Gang. Sie war waffenlos und nackt, und sie bot einen atemberaubenden Anblick.

Aber Wolffs Blick streifte sie nur. Er hatte in diesem Augenblick nur Augen für dic Frau, die dicht hinter Vala ging. Chryseis! Auch sie war völlig nackt.

»Das Horn von Shambarimen!« sagte Theotormon in diesem Moment. »Fast hätte ich es vergessen. Wo hältst du es versteckt?«

»Es befindet sich im Kontrollzentrum«, antwortete Vala. »Ich brachte es nicht mit, weil ich mich an deine Anweisungen gehalten habe. Du sagtest, daß ich mit leeren Händen kommen soll – also bin ich mit leeren Händen gekommen.«

»Geh und hole das Horn, Chryseis«, befahl Theotormon. »Und wenn du damit zurückkehrst, hüte dich, damit auf mich zu zeigen. Halte es über deinen Kopf. Wenn du eine plötzliche Bewegung machst, bringe ich dich um!«

Valas Gelächter erfüllte den Korridor. »Bist du so mißtrauisch, daß du sogar sie verdächtigst? Du Narr! Sie wird dir nichts tun. Ich bin ihr Feind, und das weiß sie.«

Theotormon antwortete nicht. Er war von Wolff angewiesen worden, die Rolle eines überspitzt wachsamen Lords zu spielen, und er spielte seine Rolle überzeugend. Vala witterte die Falle nicht.

Vala und Theotormon gingen langsam aufeinander zu. Ihre Schritte waren bedächtig, beinahe zögernd. Fast schien es, als wären sie Partner in einem klassischen Tanz, so majestätisch und rhythmisch exakt abgestimmt bewegten sie sich.

Wolff rührte sich nicht. Er hatte vorher den Schutzanzug abgelegt, so daß er in seiner Bewegungsfreiheit durch nichts behindert wurde. Die nervliche Anspannung zeigte ihre Wirkung. Ein feiner Schweißfilm bedeckte seinen Körper. Weder er noch Luvah waren bewaffnet. Beide hatten ihre Waffen verloren, bevor sie das geheime Kontrollzentrum erreichten. Zu ihrer Enttäuschung hatten sie dort keine Waffen finden können. Dabei war es ziemlich unwahrscheinlich, daß Urizen dem Kontrollzentrum kein sorgfältig bestücktes Waffenarsenal angegliedert hatte. Aber vermutlich war dieses Arsenal so gut getarnt, daß nur Eingeweihte in der Lage waren, es zu finden. Urizen hatte dieses Geheimnis mit in den Tod genommen.

Der Plan war einfach. Sie würden warten, bis Vala an Luvah vorbeigegangen war. Dann würde dieser sie von hinten angreifen, Theotormon im gleichen Augenblick von vorn. Wolff würde seine Gefährten im Kampf unterstützen.

Einige Meter von dem Diamantkandelaber entfernt blieb Vala abrupt stehen. Auch Theotormon hielt an.

»Also gut, mein häßlicher Bruder«, sagte sie. »Es scheint, als hättest du deinen Teil unserer Abmachung erfüllt.«

Er nickte. »Nun bist du an der Reihe. Wo befindet sich das Raumschiff?«

Theotormon tat einen Schritt vorwärts und hoffte, daß Vala dies ebenfalls tun würde. Aber Vala bewegte sich nicht.

»Der Eingang zum Versteck des Schiffes wird von diesem rosenförmigen Spiegel verdeckt«, sagte sie spöttisch. »Wie du siehst, warst du deinem Ziel sehr nahe. Du hättest dich mit dem Raumschiff in Sicherheit bringen und mich dem Tode überlassen können. Aber du warst ja ahnungslos, du einfältiger Dreckskerl!«

Theotormon stieß ein zorniges Knurren aus und warf sich vorwärts. Luvah kam hinter seiner Statue hervor. Er prallte gegen Chryseis und verlor wertvolle Sekunden. Wolff kam ebenfalls hoch und rannte auf Vala zu.

Sie schrie auf und hielt ihre rechte Hand in die Höhe, wobei die Handfläche rechtwinklig zu ihrem Arm stand und die Finger steif zur Decke gerichtet waren. Aus der Handfläche brach ein scharf gebündelter, nadelfeiner weißer Strahl. Valas Hand beschrieb einen Bogen nach links. Der Strahl wanderte über Theotormons Hals und trennte seinen Schädel ab. Einen Augenblick lang stand der monströse Körper starr und hochaufgerichtet, während Blut aus dem Halsstumpf sprudelte. Dann kippte er langsam, wie im Zeitlupentempo, vornüber.

Vala wirbelte herum. Wolff warf sich zu Boden. Der tödliche Strahl huschte über ihn hinweg. Aus den Augenwinkeln heraus sah er, daß sich Chryseis hinter einer Statue in Sicherheit gebracht hatte. Der Strahl zerschmetterte den Schädel der Statue. Chryseis blieb unverletzt.

Luvah griff Vala mit gesenktem Kopf an. Geschmeidig wich Vala zur Seite hin aus und ließ ihre Handkante herabsausen. Wie ein

gefällter Baum brach Luvah zusammen. Sekundenlang glaubte Wolff, daß sie ihn mit dem Strahl töten würde. Aber sie tat es nicht. Warum sie es nicht tat, blieb ihr Geheimnis. Vielleicht wollte sie Luvah später foltern. Vala war und blieb eine typische Vertreterin der Rasse der Lords, und mit menschlicher Psychologie waren ihre Motive nicht zu erklären.
Vala wandte sich dem scheinbar hilflosen Wolff zu.
»Ich werde dich jetzt umbringen, Bruder«, sagte sie. »Du bist zu gefährlich, als daß ich es riskieren könnte, dich auch nur noch eine Sekunde länger am Leben zu lassen.«
»Noch bin ich nicht tot«, antwortete Wolff und ließ sich blitzschnell fallen. Er bekam Theotormons Schädel zu fassen und schleuderte ihn ihr entgegen. Das grausige Geschoß traf und ließ Vala zurücktaumeln. Sekundenlang war der Strahl auf die Decke gerichtet und fraß sich in die schwere Kette, die den eine halbe Tonne schweren Kandelaber hielt. Der Kandelaber fiel herab und begrub Vala unter sich.
Vorsichtig richtete sich Wolff auf, achtete aber darauf, daß er nicht in die Feuerlinie ihres Handstrahls geriet. Er sah, daß sie noch lebte und ihn anstarrte. Der Glanz war noch nicht aus ihren Augen gewichen. Arme und Körper lagen halb zerschmettert unter dem Kandelaber. Eine Blutlache bildete sich.
»Du hast es geschafft, Bruder«, stöhnte sie.
Chryseis kam hinter der Statue hervor und warf sich in Wolffs Arme. Schluchzend klammerte sie sich an ihn. Wolff strich sanft über ihr tigergestreiftes Haar und küßte sie mehrmals. Dann schob er sie entschlossen von sich.
»Wir müssen hier herauskommen, solange wir dazu noch Gelegenheit haben«, sagte er. »Lege deine Finger auf den Kopf der dritten Figur links von der oberen Zierkante des Spiegels.«
Sie tat, was er von ihr verlangt hatte. Lautlos schwang der Spiegel nach innen. Wolff nahm den bewußtlosen Luvah auf und tat ein paar Schritte.

»Robert! Was ist mit ihr?« fragte Chryseis.
Er blieb stehen. »Was soll mit ihr sein?« fragte er.
»Willst du sie so leiden lassen? Es kann lange dauern, bis der Tod sie erlöst . . .«
»Glaube ich nicht«, erwiderte Wolff. »Außerdem hat sie es nicht anders verdient.«
»Robert!«
Wolff seufzte. Für einen langen Augenblick war er wieder ein echter Vertreter seiner Rasse gewesen. Ein Lord. Der alte Jadawin.
Behutsam ließ er Luvah zu Boden gleiten. Dann ging er zu Vala. Darauf schien sie nur gewartet zu haben. Mit einer wilden Drehung bekam sie ihre Hand frei. Der Strahl flammte auf. Wolff wich aus, stürzte, warf sich jedoch nach vorn. Wie eine Stahlklammer schloß sich seine Hand um die Hand Valas. Knochen brachen. Dann bohrte sich der Strahl in Valas Brust. Sie stieß einen letzten Schrei aus, bevor sie starb. Haltlos sank ihr Körper zurück.
Wenig später betraten Wolff, Chryseis und der noch etwas benommene Luvah das Raumschiff.
Das Schiff hob ab. Über ihnen tat sich eine riesige Schleuse auf. Das Schiff stieg höher und ließ den Planeten Appirmatzum hinter sich in der Dunkelheit des Raumes zurück.
Das Tor, das aus Urizens Welten herausführte, befand sich sorgfältig getarnt in den Bergen des Planeten der Zeithüpfer.
Jetzt erst fand Wolff Zeit, sich Chryseis Geschichte anzuhören.
»Ich wurde von einem Hexaculum geweckt«, sagte sie. »Du lagst noch in tiefem Schlaf. Valas Stimme manifestierte sich und drohte mir, daß du auf schreckliche Art getötet würdest, wenn ich ihren Anweisungen nicht exakt Folge leisten würde.«
»Du hättest es eigentlich besser wissen sollen«, erwiderte Wolff. »Wenn Vala in der Lage gewesen wäre, mir etwas anzutun, so hätte sie es getan. Aber du warst in jenem Moment wohl zu sehr

um mein Leben besorgt, um einen Bluff in Erwägung zu ziehen.«

»Ich wollte schreien, wollte dich irgendwie warnen. Aber meine Angst, sie könnte ihre Drohung wahrmachen, war zu groß. So trat ich dann durch jenes Tor, das sie mir nannte. Es war ein Tor, das zu einer der unteren Ebenen unserer Welt führte. Bevor ich den Palast verließ, desaktivierte ich – ebenfalls auf Valas Befehl hin – sämtliche Alarmsysteme. Vala erwartete mich in der Höhle auf der anderen Seite unseres Tores und hatte dort ein neues Tor aufgebaut. Wir traten hindurch und materialisierten in diesem Universum. Den Rest der Geschichte kennst du ...

Luvah übernahm die Kontrollen, damit Wolff Chryseis umarmen und küssen konnte. Sie erwiderte seinen Kuß, und dann begann sie zu weinen. Auch Wolff weinte. Es waren nicht nur Tränen der Erleichterung, obwohl er glücklich war, Chryseis unverletzt in seinen Armen zu halten. Er weinte auch um seine toten Brüder und Vettern und um Vala, seine Schwester. Und er dachte an die Zeit, in der sie noch Kinder gewesen waren. Sie hatten sich geliebt und waren glücklich gewesen. Er trauerte nicht um die Erwachsenen, sondern um die Kinder, die sie einst gewesen waren, und über den Verlust dessen, was sie hätten sein können.

Knaur

Reisen in die 4. Dimension

(77156)

(77149)

(77159)

(77161)

(77160)

(77150)